河出文庫

歩道橋の魔術師

呉明益
天野健太郎 訳

河出書房新社

目次

歩道橋の魔術師

わたしが本当になりたかったのは魔術師だった。でもマジックをするとき、すごく緊張してしまうので、仕方なく、文学の孤独に逃げ込んだ。

——G・ガルシア゠マルケス

歩道橋の魔術師

　母さんはよく、「稼いでくる子供ってのは、なかなかいねえなぁ」と、ぼくに言った。つまり暗にぼくを非難していたのであり、さらにいくばくかの嘆きが含まれていた。もっとも、この嘆きを聞くようになったのは十歳を過ぎてからで、それまでのぼくはなかなか商売が上手（うま）かったらしい。

　うちは靴屋だった。ただ、小うるさいガキがお客さんに向かって、「お似合いですよ」とか、「お安くしますよ」とか、「それじゃあ、うち儲（もう）けが出ないんで」とか言ったところで、どうにも遊んでるみたいで説得力に欠ける。あるとき、母さんはやっといいアイデアが浮かんだらしく、ぼくにこう言った。お前、歩道橋で靴ひもと中敷きを売っておいで。子供が売ってりゃ、みんな買うだろう。なるほど、子供の無邪気な顔は、我々が人生を生き抜くために与えられた最初の武器だ。もっともそんなことに気づいたのは、ずっとあとの話だけれど。

　中華商場は全部で八棟あり、それぞれ「忠」、「孝」、「仁」、「愛」、「信」、「義」、「和」、「平」と名づけられていた。ぼくのうちは「愛」棟にあった。「愛」と「信」のあいだには歩道橋がかかっていて、「愛」と「仁」のあいだにもかかっていた。どちらかと言えば、ぼくは「愛」と「信」のあいだの歩道橋が好きだった。なぜってそっちのほうが長かったし、西門町（戦前より栄える台北市西部の繁華街）にもつながっていたからだ。歩道橋の上には物売りがたくさんいた。アイスクリームや包みパイ（焼餅）、子供服やワコールの肌着、あとは金魚、亀、すっぽん……それに「海和尚」っていう真っ青なカニを売ってるのを見たこともあった。ときどき警察が来て物売りを追っ払うのだが、歩道橋は四方八方につながっているから、物売りたちはひょいと風呂敷で売り物をくるんで、警察と別の方向へ逃げ、ついでにお手洗いを済ませて帰ってくる。そもそも警察だって、ちんたら歩いて取り締まるのだから、物売りのことをみな、痛風持ちだと思っていたに違いない。

　最初の日、姉貴が朝、歩道橋までぼくを連れてきて、昼ごはんのおにぎり（飯糰）を置いて帰っていった。ぼくはまず靴ひもを一足分ずつ歩道橋の欄干に結んだ。風が吹いて、靴ひもがひらひらと揺れた。それから腰掛けに座って、一足一足、靴の中敷きを左右対称に並べていく。ぼくは「響皮（シャンピー）」を一番手前に置いた。それが一番高いからだ。一足三十元（約百円）もする。母さんの話では、響皮は豚の皮で作った強烈な香りがする中敷きで、何枚か重ねてこすり合わせれば、キューキューって音が鳴る。だから響皮と言うのだ。豚は死んでも、まだ鳴き続けなきゃならないってわけだ。

わぁ、歩道橋で商売するのが、楽しみになってきた。

ぼくの真向かいで、ひとりの男が商売の準備を始めた。男はべたついた髪の毛に、襟（えり）を立てたジャケットと灰色の長ズボンといういでたちで、ジッパーも靴ひももないジャンプブーツを履いていた。ジャンプブーツとは靴ひもの穴がたくさんある、世界一ひもを結ぶのが面倒な靴だった。その後、靴ひもの代わりにジッパーが発明されたおかげで、全国の兵隊さんの朝の支度（したく）がぐんと楽になったそうだ。うちの店でも、少なくとも一日十人以上の兵隊さんが付け替え用のジッパーを買いに来た。ここでも売れば、いい商売になるだろう。母さんに言って明日から置こう。ぼくはそう考えた。

男は歩道橋の地面にチョークで円を描いた。そして黒い風呂敷を解くと、売り物をひとつひとつ置いていく。ぼくは最初、男がなにを売っているのか、よくわからなかった。トランプ、鉄のリング、変なノート……姉貴はぼくに言った。あの人はマジックで使う道具を売っているの。すげえ！　マジックの道具を売る人なんだ！　ぼくはマジックの道具を売る人の目の前で商売するんだ！

「違うよ。わたしは魔術師なんだ」男はぼくにそう宣言した。またある日、商品をどこから仕入れているのか訊くと、男は答えた。「このマジックは全部本当なんだ」男はトカゲみたいに左右に離れた、二つの場所を同時に見ているような目でぼくを見た。ぼくの体はブルッと震えた。

　魔術師は、テレビのマジックショーで見るような燕尾服を着ているわけでもなく、シルクハットも被ってなかった。毎日、立ち襟ジャケットと灰色のズボンを身にまとい、汚いジャンプブーツを履いていた。今度「ワンタッチ靴磨きクリーム」を売りつけてやろう、とぼくは思った。あっという間にツヤが出るやつだ。魔術師は四角いような長いような顔をしていた。背は低くもなく高くもなく、なんだか笑いというものを忘れてしまった人に見えた。外見は平凡すぎて、人ごみに紛れ込めば、そこに魔術師がいるなんて誰も気づかないだろう。もちろんあの目とジッパーのないジャンプブーツは別だけど。

　魔術師は、だいたい一時間に一度マジックをした。なんてラッキーなんだ！　ぼくは魔術師の目の前で靴の中敷きを売ってるんだ！　彼がよく披露したマジックはダイス、トランプ、リンキング・リングの類で、今思えばごくありきたりの、魔術師と名乗るのはちょっとおこがましいような演目だった。でも、あのころのぼくからしたら、奇跡を目の当たりにしたも同然だった。きっと、のちにビビアン・リーを初めて見たときと同じくらいの衝撃だったはずだ。おかげで、マジックの道具がたまらなく欲しくなった。そう、ずっと心に抱いていた、スズメが飼いたいという気持ちと同じくらい強烈に。

あるとき、魔術師は六つのダイスを使ったマジックをした。たくさんの見物人に囲まれるなか、さもなんでもないふうに、ダイスを小さな箱にひとつひとつ収めていく。そして緑色のふたを閉じて振ったあと、マジックのときにだけ見せる笑みを浮かべ、ふたを開けた——6、6、6、6、6、6。

魔術師はダイスが出す数字を自由に操っているようだった。たとえば、冷やかしの客になにげなく誕生日を尋ね、それから別の話題で盛り上げているうちにダイスを振れば、さっきの誕生日の数字が現れる。ときには一回振ってふたを開け、またときには何度も何度も、見ているこっちが眩暈するくらい振ってからふたを開け、どちらにしたって、ダイスの数字が間違うことはなかった。

魔術師の目はマジックのとき、ギラリと光った。相変わらず立ち襟ジャケットと灰色のズボン、汚いジャンプブーツといういでたちだったが、そのときだけは全身が輝いて見えた。まるでブラックホールのように空気を吸いこみ、さらに光と重力のすべてを集め、チョークの円のうちに凝縮させているように。彼はマジックを演じながら、その道具を売った。ある日、ぼくはついに誘惑に勝てず、中敷きの売り上げで道具をひとつ買った。ぼくが初めて買ったのは「不思議なダイス」だった。

魔術師は、道具を買ったぼくをぐっと引き寄せ、一枚の白い紙をくれた。彼は言った。「帰ってから水に一度浸けて、乾かすんだ。そうすればマジックの秘密がわかる」夜中、ぼくは家族にバレないように紙を水に浸け、母さんのドライヤーで乾かした。その後も、夜中にこっそり練習した。紙には文字だけでなく、絵も書いてあった。魔術師が一枚一枚手書きしたものらしい。そういうことか！　紙に書いてある手書きの文字を読んで、「そういうことか」と言いたくなった。ぼくはこのとき、マジックのすべてを知ってしまったんだと思った。十一歳になって同級生に片思いしたとき、自分は愛のすべてを知ってしまったんだと思ったのとまるで同じように。

ぼくは内緒で練習を続けた。そして、兄貴の前で初めて披露したときはもう、吐き気がするほど緊張していた。ダイスを何度も落として、結局、箱に入れる前に仕掛けを見破られた。兄貴はぼくを小馬鹿にするような目で、言った。

「出す目をあらかじめ自分のほうで揃(そろ)えてるだろう？」

「う、うん」ぼくは落ち込んだ。兄貴の言うことは当たっていた。マジックが途中でバレることほどつらいものはない。大人になる前に、その後の人生をすべて予告されてしまったようなものだ。ぼくは占い師とマジックを見破る人が大嫌いだ。不思議なダイスの秘密は、ダイスではなくその箱にあった。特殊な形状をした箱のおかげで、出したい数字を自分の側で揃えておけば、持ち手の加減でダイスの向きを九〇度変えることができるのだ。こちらに出ていた目が、上に出る。それだけのことだ。

「売り上げから抜いたんだろう？　母さんに言うからな」と、兄貴が言った。そう、ぼくは靴の中敷きの売り上げからいくらか「融通（ゆうずう）」していたのだ。しょうがない。ぼくは口止め料のつもりで、兄貴に不思議なダイスを渡した。

チクショー！　この秘密は高くつきすぎた！　六十元（約二百二十円）をタダでくれてやるなんて……この一週間、どれほど苦労して母さんの目を誤魔化したか！

　マジックはただのマジック、本当の魔法は入ってないって思い知ったのに、おかしなもので、拍手喝采を浴びる魔術師を見ていると、なぜかあの、騙（だま）されたと知ったときの心のもやもやが消えてしまうのだ。そうやってまんまと魔術師の手口にはまり、ぼくは、子供にとってはかなり高価なマジックの道具を、ひとつまたひとつと買ってしまう。たとえば、一瞬で空っぽから満杯になるマッチ箱、ページをめくると白黒からカラーに変わる絵本、虹と同じ色が出るボールペン、ぐにゃりと曲げられる不思議なコイン……どんなマジックだろうが、魔術師が披露した途端、ぼくもやりたい！

という欲望が抑えきれなくなってしまう。でも実際に買って持ち帰り、水に浸けて字を浮かび上がらせれば、マジックは神秘的でもなんでもなく、ただの嘘に変わる。ずいぶん経ってやっと、どれもこれも同じからくりであることに気づいた。それに、ちゃんと練習しなければ、マジックの道具はトラブルのもとになるだけだった。ぼくのマジックはいつも、家族やご近所の笑いものになって終わった。

「この出来損ない！　店の金使いやがって！」売り上げを抜いてマジックの道具を買っていたことがバレて、ぼくは母さんにぶたれた。

なにがやってられないって、古本屋の舌足らずや工務店のホラいち、ワンタン屋のカイも、みんなひととおり道具を持っていることだ。マジックが嘘だったのは怒ってない。きっとぼくの練習が足らないんだろう。でもあの秘密の紙を、あいつらが全員持っているかと思うと、なんだかやりきれなくなった。魔術師に文句を言ってやろうって何度も思ったけど、結局、母さんにかんしゃくをぶつけただけだった。母さんもよほどぼくに腹を立てたと見えて、振り返るなりビンタをくれた。

「店の金であんなゴミばっかり買いやがって、どの口が言うか！」

魔術師の商売が流行らなくなってきた。そりゃそうだ。道行く人には物珍しいだろうが、近所の子供たちはマジックの道具をあらかた買ってしまっている。先に買った子供たちは、あれ、全部嘘だぜ、と近所の仲間や同級生に触れてまわるのだが、でもやっぱり、みんな買ってしまうのだ。だってほら、みんな騙されてるのに、自分だけ騙されてないなんて、なんだか悔しいじゃないか。

魔術師もそれに気づき、子供向けの新しい話題を作らなければならなくなった。ある日の仕事始めに、魔術師は四角いアタッシェケースから本を一冊取り出した。本を開くと、真っ黒な紙が挟まっている。それは大人の小指くらいに切り取られた、紙の小人だった。

彼は黒い小人を地面に置いた。そして黄色いチョークを取り出すと、マジックのステージである白の大きな円の内側にうちわくらいの小さな円を描いた。目を閉じて、彼はぶつぶつと呪文を唱えた。すると、黒い小人はふるふると震え出し、まるで今起きたとでもいうように、ふらふら立ち上がった。先を急ぐ通行人たちも、無言の黒い小人に呼び止められたように振り返り、地面の小人を見つけて、思わず足を止めた。

まったく、歩道橋で商売するのは楽しくてたまんないな！　黒い小人は、ぎこちないダンスを踊り始めた。魔術師の歌か呪文かわからないぶつぶつに合わせて、西へ東へパタパタ駆けまわる。動きがもたもたしているところがまた、たまらずかわいかった。きっと力を入れすぎたら破れてしまうことを自分でも知っているんだろう。紙だから、そりゃ激しい動きには向いてないはずだ。ぼくは黒い小人のことが心配になってきた。体育の授業に出たりしたら、かなり危ないんじゃないだろうか？

　小人が動きまわるのは、黄色い円のなかだけということに、ぼくはだんだん気づいてきた。小人はこの円のなかにしかいられないのだ。誰かが小人に触れようとすると、魔術師は大声で叱りつけた。彼らの手を止め、そして脅しつけるように言った。「その小人に触れたら不幸になる。でも、ダンスを見たら幸運が舞い込んでくる」それに黒い小人自身、どうやら人に触られるのが嫌らしかった。誰かが近づくと、彼はトントンッと跳ねるように魔術師の足元へ逃げた。

　みんなが黒い小人に夢中になったころ、魔術師はマジックを始めた。道具はいつもと同じだ。不思議なダイス、不思議なマッチ箱、めくればカラーになる絵本、一筆で虹が書けるボールペン、指でぐにゃりと曲がるコイン……どうしてだろう、このあいだまでさっぱり売れなかった商品が、一瞬にして、みんなが奪い合うような人気商品に生まれ変わった。見物客は魔術師のマジック道具が、また欲しくなったのだ。彼は道具を買ったひとりひとりをそばに呼んで、なにも書いていない真っ白な紙を渡した。ぼくはその紙を全部見た。書いてあることも全部覚えた。でもバカみたいに、ぼくはまた不思議なダイスを買ってしまうのだ。

　こんなとき、黒い小人はいつも行儀よく黄色い円のなかにいた。目がないから、小人は目が見えないんだろうって、ぼくは考えた。目の見えない黒い小人が、小さな黄色の円のなかでゆっくりと足踏みしている。ぼくには、彼になにか悩み事でもあるように思えた。

黒い小人は歩道橋のスターになった。商場の子供たちだけでなく、ぼくらが通う小学校の生徒まで、みんな小人を見に来た。重慶南路（総統府前を南北に走る通り）のサラリーマンや西門町の物売り、はては商場の向かいにある台北憲兵隊の憲兵や、風俗店の女性までやってきて、歩道橋の魔術師が操る黒い小人を見物した。小人はやっぱりちょっと恥ずかしそうに、そしてぶきっちょに彼のダンスを踊るのだ。小人は紙でできた腰を折り、見物人にお辞儀をした。紙でできた手を振り、見物人にあいさつした。ぼくは小人に夢中だった。ぼくは毎日、黒い小人のダンスを心待ちにして、靴ひもと中敷きのことなんてすっかり忘れた。靴ひもは鉄の欄干に結ばれたまま、風に吹かれてひらひらと揺れた。今思い出しても、それはとても美しい光景だった。

マジックの道具を全部買ったあと、ぼくは少しずつ魔術師と仲良くなった。彼は焼き餃子（鍋貼）を買うとぼくに何個か分けてくれたし、ぼくのほうも、母さんが大甲（今の台中市にある媽祖宮で有名な町）の実家で貰ってきたバターパイ（奶油酥餅）をお裾分けしたりした。なにか食べているとき、魔術師の目はくるっと、左右異なる方向を見ることがあった。

まるで世界の動向をひとつでも見逃すまいとしているようだった。

あるとき、魔術師がトイレに行くとき、ぼくに売り物を見ててくれと頼んだ。「なくならなければそれでいいんだ。売らなくていい。いいか、売っちゃだめだ。それから、小人には絶対触るなよ」

ぼくは喜んで引き受けた。そんなの朝飯前だ。魔術師の椅子に座ると、まるで自分が魔術師になったように思えた。これでやっと、黒い小人に少し近づけた。ぼくは魔術師の手拍子と、唸るような変な歌と、言葉かどうかもわからない呪文を真似た。すると黒い小人はふるふると立ち上がり、まるでどこかからの呼びかけを耳にしたように、チョークの円のなかでダンスを始めた。

——なんてことはもちろんなく、黒い小人は黙ったまま、不思議なマッチ箱に腰掛けていた。

不思議なマッチ箱は、黒い小人が腰掛けるのにぴったりの大きさで、まるで彼専用に作られた椅子だった。小人にダンスさせないとき、魔術師は小人の脚をもう一方の脚にひっかけさせ、脚を組む大人みたいにマッチ箱に座らせた。ときには風のせいか、少し前屈みになり、なにか考え事をしているように見えた。黒い小人は普段なにを考えているんだろう？　彼には、彼にしかわからない悩みがあるんだろうか？　この世界には、黒い小人の学校があるんだろうか？　その学校はなにを教えてるんだろう？　黒い小人も九九を暗記するんだろうか？　音楽の授業はあるんだろうか？（なかったら踊れないじゃないか！）黒い小人はあんな薄い体で、ドッジボールはどうやってやるんだろう？　そんなふうにぼくは、陰ながら黒い小人の人生を案じていた。そう、母さんがいつもぼくのことを心配しているのとまるで同じように。

魔術師に頼まれて店番しているときも、その真向かいで自分の商売をしているときも、ぼくはずっと黒い小人を見ていた。そうやって考えれば考えるほど、ぼくは小人にのめり込んでいった。

別の日、魔術師がトイレに立ち、きっと大きいほうだったんだろう、ずいぶん長いこと戻ってこなかった。椅子に座って、ぼくは退屈していた。黒い小人は地べたに座って、ぼくと同じく退屈そうにしていた。その日、ぼくはちょっと疲れていた。天気も肌寒い曇り空で、歩道橋を歩く人は少なかった。だからぼくはつい居眠りしてしまった。ほんの短い時間だったはずだけど、ぼくは雨に打たれて目を覚ました。顔を上げると、灰色の空から雨が容赦なく降り注いでいた。自分の売り物をしまうより先に、魔術師の傘を差そうとした。差して椅子の柄に括りつけたかったのだけど、傘が大きすぎて、ぼくの短い腕では開くことができなかった。そうこうしているうちに、土砂降りの雨は歩道橋の路面に小さな川を作り、排水口へ注いでいく。この日、黒い小人はマッチ箱の上に座ってなかったから、今にもその流れに呑まれそうだった。そして、気づいたときにはもう、小人は捨てられた紙くずのように路面にペタリと貼りつき、絶望を訴えるように両手、両足を広げていた。自分が濡れるのも構わず、ぼくは傘を放って、黒い小人を助けようとした。でも紙が路面のコンクリートにくっついて、剝がそうとしたら小人の腕がちぎれてしまった。ぼくは泣き出した。涙をボロボロ流して、ぼくは叫んだ。「小人の腕がちぎれた！　小人が死んじゃった！　小人の腕がちぎれた！」

　ぼくの隣で子供服を売るフェン姉さんが（今思えば中学生くらいだったろうけど、ぼくにはすごく「姉さん」に思えた）、すばやく傘を差して自分の売り物の上に立てかけると、走ってぼくのところに来た。そして、ぼくの代わりに傘を差したあと、いたたまれないような表情でただ、コンクリートに貼りついた黒い小人を見ていた。ぼくは泣きじゃくった。泣いて、泣いて、ひきつけを起こすまで泣いたころ、やっと魔術師が帰ってきた。彼は二つの目を見開き、二つの方向を見ながら、品物を片づけ始めた。そしてぼくにこう言った。

「自分の売り物が放ったらかしじゃないか！　中敷きが雨に濡れちまって、おっかさんに叱られるぞ！」魔術師が小人のことで怒っていたかどうかはわからない。ぼくはもう喉がつかえて、まともに話すことができなかった。

黒い小人は死んだ。ぼくのせいで死んだ。ぼくの心にぽっかり穴が空いた。きっとぼくの心も、紙で作られていたんだろう。

翌日、母さんにどれだけ急かされても、魔術師の前で商売をする気にはなれなかった。ぼくはみじめな気持ちでいっぱいだった。でもそれと同じくらい、黒い小人がどうなったか知りたかった。もしかしたら腕が取れただけで、死んでないかもしれない。腕がなくたって、小人はまだ踊れるし、学校にも行けるかもしれない。

その日、歩道橋でぼくは、ずっと顔を上げることができないでいた。魔術師はぼくがやってきたとき、「小僧、元気か？」と、いつもの挨拶をしてくれず、ただ自分の椅子に座って黙っていた。ぼくは、自分がすごくダメなやつに思えた。歩道橋の下を車が行き交う。橋の上のホコリは、すべてぼく目がけて降り注ぐ。道行く人は誰しも、ぼくより楽しそうだった。

昼、魔術師は焼き餃子を買ってきた（今日はぼくに分けてくれなかった）。食べ終わって口元をきれいに拭うと、いつものアタッシェケースを開き、前と同じ本を取り出した。本には黒い紙とハサミが挟んであった。魔術師は紙を手に、ハサミを動かし始めた。すると、みるみるうちに紙から黒い小人が切り取られた。ぼくは横目でこっそり、魔術師を観察した。ぼくの鼓動は、ぜんまいを巻き直した時計のように、ドドドッと速くなった。

魔術師は新しい小人を地面に置くと、また黄色いチョークで円を描いた。手拍子をして、歌を口ずさみ、掛け声をかける。すると新しい小人が踊り出した。前の小人と同じダンスだ。おまけに派手な動作が加わって、くるくるっとターンまで披露した！うれしくなってぼくは大声で叫んだ。「死んでない！　小人、死んでないよ！」口に出すと、なんだかおかしな感じがした。この黒い小人は、昨日雨に濡れて地面にくっつき、ぼくに腕をもがれてしまったあの小人じゃないんだろうか？　もしこれが新しい小人なら、腕が取れた黒い小人はどこに行ってしまったんだろう？

魔術師は右目でぼくを見た。口元に笑っていないような笑みを浮かべ、左目はあさってのほうを見ていた。そして手を振って、ぼくを呼んだ。

「さあ、この黒い小人は、昨日の小人とどこが違うだろう？」

ぼくは首を振り、少し迷ってから言った。「そっくりに見えるよ。だよねぇ、あの黒い小人は死んでないよね？」

魔術師は二つの目で違う方向を見ながら言った。「それはわたしにもわからないな。小僧、いいか。世界にはずっと誰にも知られないままのことだってあるんだ。人の目が見たものが絶対とは限らない」

「どうして?」とぼくは訊いた。

魔術師は少し考えてから、しゃがれた声で答えた。「ときに、死ぬまで覚えていることは、目で見たことじゃないからだよ」

正直、ぼくには彼の言っていることがわからなかった。でもこれは、魔術師がぼくに初めて話してくれた言葉だった。ぼくは自分が大人として扱われたような気がした。ぼくのなにかが認められたような気がした。家に帰ってぼくは、兄貴に黒い小人のことと、魔術師がぼくに言ったことを話した。兄貴はなんだか腹を立てているようだった。どうして兄貴が怒り出したのか、ぼくにはわからなかった。兄貴は、母さんに頼んでお前を商売に行かせないようにする。でないと魔術師にさらわれるかもしれないと言った。その晩、ぼくは黒い小人の夢を見た。小人はぼくを森のなかへ連れていった(といっても、ぼくは森というものがどういうものか知らなかった。ぼくは新公園(現・二二八和平紀念公園。台北駅の南にある)より遠いところには行ったことがなかった)。小人といっしょに歌を歌ったあと、かくれんぼをした。ぼくは森の奥に、明るい光を見つけた。小人は、そっちに行っちゃいけないとぼくに言った。どうして? あそこはすごく深いから。でもすごく明るいよ! 小人は言った。明るく見える場所は、とっても深い場所なんだ……

ぼくは魔術師にさらわれなかった。兄貴も母さんに、小人のことを話さなかったらしい。毎日は、同じように過ぎていった。

魔術師とますます仲良くなったので、誰もいないときを見計らって、ぼくは黒い小人の秘密を教えてくれと何度もせがんだ。魔術師は小人のときだけは厳しく言った。

「小僧、いいか。わたしのマジックはどれも嘘だ。でも、この黒い小人だけは本当だ。本当だから、言えない。本当だから、ほかのマジックと違って、秘密なんてないんだ」

ぼくは信じなかった。魔術師はきっと本当のことを隠してるんだ。目を見ればわかる。ぼくが嘘をついたとき、母さんがいつもぼくの目を見て見破るのと同じことだ。

「嘘つくなよ!」ぼくは言った。「子供だからって嘘つくなよ!」

新学期(台湾は夏休みを終えた九月から新しい学年が始まる。旧正月休みを挟んだ、二学期制)が、日に日に近づいてきた。学校が始まったら、もう商売はしなくていいと母さんに言われ、ぼくは悲しくなった。日曜日だけでもいい、なんとかして新学期以降も歩道橋で商売が続けられるよう掛け合ったけど、母さんは首を縦に振らなかった。きっと兄貴が告げ口したんだろう。ぼくは魔術師にこのことを告げた。そして悲しみにくれるようにこう言った。「まだ黒い小人の秘密を教えてくれないの? もう時間がないよ。新学期が始まっちゃう。教えなかったら後悔するよ。もしおじさんがぽっくり死んだら、黒い小人のマジックをできる人はいなくなっちゃうじゃないか！」いつの間にぼくは、こんな駆け引きめいた話し方を覚えたんだろう？　まるで母さんが言う「稼ぐ子供」になったみたいだ。

魔術師はただ笑って、ひとつの目で遠くのほうを見て、もうひとつの目で、ぼくの心のなかを見た。

夜八時、歩道橋は店じまいの時間だった。黒い小人とマジック道具を片づけ終わった魔術師が、ぼくに手招きした。ぼくは迷わずあとをついていった。心臓がドキドキしてきた。魔術師はずんずん前へ進んでいく。歩道橋を過ぎて、商場の建物の一番奥にあるドアまで来た。それは商場の屋上に続くドアだと、ぼくは知っていた。大人たちは上に行ってはいけないと言っていた。魔術師は鍵を回すとドアを開け、上がってこいと手招きした。

初めて商場の屋上に登ったぼくは、そこから見える風景に心を奪われた。

あのころの台北は、今と全然違って建物はずっと低かった。歩道橋からでも淡水河（たんすいが）から打ち上がる双十国慶節（そうじゅうこっけいせつ）（十月十日、中華民国国慶節。辛亥革命が起こった日）の花火を見ることができたし、天気がいいときは陽明山（台北市北部の山、景勝地）がくっきり見えた。あのころの台北は本当に洗面器みたいで、底の低いところからでも、洗面器のなかのものとその縁までがすべて見えた。このとき、魔術師といっしょに屋上に立てば、キラキラ輝く西門町の夜景と、その逆方向にある総統府（大統領府。戦前は台湾総督府）の灯りが見えた。魔術師は、屋上に立つネオン塔の足元のくぼみを指さした。

「ここで眠ってるんだ」彼は言った。「でも、またいずれ、ここを出ていく」魔術師がねぐらにしているくぼみは機械室の軒先で、ネオンの光がちょうど遮（さえぎ）られていた。覗（のぞ）き込（こ）むと、ぐちゃぐちゃになった寝袋とビニール袋があり、それから意外なことにたくさんの本が積まれていた。

「どこに行っちゃうの？」

「さあ。どこでもいいさ」

「ぼくも魔術師になりたい」

「小僧、お前には無理だ。魔術師は秘密が多い。秘密がたくさんある人間は、楽しく生きられない」

「どうして？」

「そんなに訊くな。お前にはわかりっこない。それに、魔術師は同じ場所にずっと住めない。小僧、黒い小人のマジックを習いたいって言ってたな？」

「うん！」ぼくは必死にうなずいた。まさか、今教えてくれるんだろうか？　ぼくの心臓はドキドキ高鳴って、喉から跳び出てきそうだった。

「それは無理だ。黒い小人は本当だ。本当だから、教えることはできない」またこれだ。

「じゃあ小人をぼくにくれよ！　いいだろ？　もしマジックなら教えてよ！　もし本当なら黒い小人をぼくにくれよ！　いいだろ？」

「子供のころ、チョウを捕まえて標本にすれば、チョウが自分のものになると考えていた。長い時間かけてやっと、チョウの標本はチョウではないってことに気づいた。わたしはそれを見抜いたから、黒い小人のような本当のマジックが使えるようになったんだ。頭のなかで想像したものを、お前たちが見えるものに変えるだけだ。わたしはただ、お前たちの見ている世界を、ちょっと揺らしているだけなんだ。映画を撮る人間がすることと何も変わらない」

ぼくは首を傾げたまま、〈黒松沙士（ヘイソンシャーシー）（植物エキスの炭酸飲料。台湾のルートビア）〉の巨大なネオンサインが発する、ジジジという音を聞いていた。魔術師が言っていることは、ぼくには難しすぎた。青のネオンが彼の一方の目を青く光らせ、緑のネオンがもう一方の目を緑色に光らせた。ぼくは、魔術師が言ったことを考えていた。彼の言う「本当」のマジックに、ぼくは心底戸惑っていた。

「じゃあどうしたらあんなことができるの？　小人にダンスさせるようなことが」

「小僧、それを教えることはできない。でもだ。お前とはなかなか馬が合う。だからあるものをあげよう。それをどう使うかは、自分で決めるんだ」

魔術師はそう言い終わると右手を差し出した。まるでその上に乗ったなにかを見せつけるように、ぼくの目の前で手のひらを止めた。だいたい三十秒くらいあっただろうか。そのあいだぼくは、魔術師の手のひらにあるマメを見た。手のひらにある入りくんだ掌紋を見た。そして魔術師はゆっくりと、人差し指、中指、親指を曲げ、すっと自分の左目へと挿しこんだ。それを見てぼくは、自分の眼球にかすかな痛みを感じた。魔術師の眼窩はとても柔らかいらしく、指はあっという間になかへ滑り込んだ。魔術師はわずかに指を回すと、自分の左目を取り出し、手のひらを広げてみせた。取り出された眼球は血もついてなければ、傷さえもなかった。完璧な丸さの、まるで今、誕生したばかりの乳白色の星のようだった。

九十九階

最初、フェイスブックでメッセージを受け取ったとき、適当な理由で断ってしまおうと、トムは考えた。でもその日、たまたまJ・M・クッツェーの小説を読んだあとで、夜市（ナイトマーケット）の壜倒しで獲った安いワインを飲んでいたし、気持ちがちょっと高ぶっていた。それに、昔のことをいろいろ思い出したこともあり、やっぱり彼らと会うことに決めた。

約束の場所は敦化（とんか）北路（松山空港から南へ下る大通り）のベジタリアンレストランで、早めに家を出たトムは十分前にはもうそのあたりに着いていた。ところが言われた番地が見当たらない。大通りはまっすぐ続いていき、でも、二四二番路地は行方不明になってしまったように、いくら探しても見つからなかった。約束の時間になったとき、マークとロスはもう合流していて、レストランから電話をかけてきた。今どこなのか確認してやっと、自分が入るべき路地など、とうに行き過ぎていたことに気づいた。マークに、目についた銀行まで出てきてくれるよう頼み、トムは通りを取って返した。

「まったく、この路地はさっき通ったよ。ぜんぜん気づかなかった。ここにあるじゃないか」と言いながら、トムは目の前にいる、二十年ぶりに会った小学校の同級生を見つめた。今はスーツを着て、しかも今回の小さな集まりのためにネクタイまで締めている。ちょっとどころではない、強烈なよそよそしさを感じた。

「うん。トム、ほんとに久しぶりだ」

マークは証券ディーラーをしていた。小学校のころはまさか、彼がそんな商売につくとは想像もしてなかった。ともかく、もし今マークと出会ったなら、きっと友達になることはないだろう。でも二十年以上前、ふたりは大の親友だった。トムは思った。時間は、歯をすり減らすだけじゃないんだ。

あのころトムは、中華商場の三階に住んでいた。山東省から一路、台湾まで逃げてきた外省人（国共内戦終結前後に中国大陸より台湾へ移民してきた人々）の父は、同じ商場の二階に焼き餃子と肉まん、それにお粥（かゆ）を売る店を開いていた。小学校は家の向かいにあって、歩道橋を渡ってすぐだった。マークの家は、隣の棟で金物屋をやっていた。トムは毎朝、起きて身支度をすませると、赤いふたがついたプラスチックの水筒を肩に掛け、家を出た。そしてわざわざ遠回りして、「愛」棟と「信」棟をつなぐ歩道橋を渡り、マークの家に寄った。鉄格子をよじ登って、店舗の中二階にある部屋の窓ガラスを叩く。マークが起きたら、いっしょに学校へ行くのだ。長い歩道橋を渡って右に下りたら、「ケーキ・パン」の看板がかかった、ロスの家を過ぎる。看板には本当に「ケーキ・パン」としか書いてなくて、だから同級生たちはみんな、「ケーキ」という名前のパン屋だと思っていた。二十数年後のロスが今、ベジタリアンレストランの一番奥の席に座っている。入ってきたふたりに気づき、立ち上がって言った。「久しぶりねぇ！　トム！」

　トム、マーク、ロスの名前は、どれも小学校の音楽の先生がつけたものだ。そのほうが覚えるのが楽だという理由で、彼は毎年変わらぬ四十個の英語名を用意し、四十人の生徒に与えた。だから三年生にもロスがいて、四年生にもロスがいて、五年生にもロスがいた。当然、三人のロスは別人で、年齢も学年も異なる子供だった。あのころのトムとマークとロスは、小学三年生のトムとマークとロスだった。音楽の先生はその後、学校で死んだ。インスタントラーメンばかり食べていたせいで、肝臓癌（かんぞうがん）になったという噂（うわさ）だった。細くて長い指を持ち、背がひょろっと高かった彼は、音楽室の奥を仕切った部屋で死んだ。それは学校が独身の彼に与えた小さな宿舎だった。部屋には、おわんひとつと箸が一膳、あとはベッドと姿見、大同電鍋（ダートンディエングオ）（台湾の煮込み・炊飯器）とヤマハの電子ピアノがあるだけだった。

席についたトムは、まずこの昔話をロスに聞かせた。

「そうだったわねぇ。でも今は誰もロスなんて呼ばないわ。わたしは今、ポーラって言うの。Ｐａｕｌａ」

ポーラは化粧品会社で美容アドバイザーをしている。だから肌の手入れは完璧で、とても四十歳には見えなかった。トムとマークが褒めると彼女は言った。「仕事柄、日々ケアしてるからね。でも、年齢には逆らえない。どう手入れしたって、若いころの肌には勝てない」四十歳の女の肌は永遠に、十歳の子供の肌に勝てないだろう。でも十歳の子供は、四十歳の女ほど多くのものを持っていない。トムはそう考えながら、やっぱりロスの、いやポーラの肌を褒め続けた。

マーク、トム、ポーラは、子供のころの楽しかった思い出を語り合った。まるで点呼をしているように、お互いの記憶力を試しながら、いろいろな名前を思い出しては口にした。

「アファのこと覚えてる？　ちょっと前に車が壊れて、修理に出したんだけど、受け取りに行ったら担当が彼だった」

「自動車修理してるんだ？」

「うん、たぶん。名刺にも整備士って書いてあったから」

「子供のころ、わたしたち、彼のこといじめたね」

「ハ！　そうだった。みんないじめてた」

「陳維寧（ちんいねい）のこと、覚えてる？」

「水曜日の私服日に、いつも王女様みたいな恰好（かっこう）で学校に来てたあいつ？」

「そう！　背がすごく高くて、モデルみたいだった」

「今なにやってるんだろう？」

「知らない」

「ぼくも知らない」トムは肩をすくめた。同級生たちは、みなどこかへ消えてしまった。

　レストランは路地裏にあって、窓の外にはびっしりと竹の植栽が植わっていたから、車がときどき通る以外は、ここが繁華街にあることを忘れさせた。ポーラは、もう食べられない、とトムにデザートを押しつけた。木くらげとハトムギのあんみつ（冰糖木耳薏仁）だった。マークはふたりに、結婚は？　と訊いた。

「した」ポーラとトムは答えた。

「ぼくも」とマーク。

「でも、別れた」とポーラが付け加えた。

マークが、残っていたスープをひとくちで飲み干した。八種類の野菜と蓮の実のスープは洒落た味で、トムは苦手だった。

「子供はいたの？」

「うん。ふたりね。十二歳と八歳」

「じゃあ、どうして別れたの？」

ポーラは少し迷ってから言った。「主人はこう言った。結婚して十数年経ってやっと気づいた。ぼくは男性しか愛せないんだ」

マークとトムはどう返事をしていいかわからず、ただ空になった食器をいじっていた。ここで、へえ、そうだったんだ、なんて言えないだろう。マークが機転を利かせて、ちょっと前に買ったというフジのインスタントカメラを取り出した。「古い同級生が集まるなんてめったにない。記念写真を撮ろう」写真が嫌いなトムは、理由をつけて断ろうと思ったが、証券屋の口八丁に敵うはずがなかった。トムはファインダーのなかのマークを見た。そして、ファインダー越しに、マークがこちらの目を見ていることに気づいた。トムはこのとき、十歳のマークが引き起こした事件のことを思い出した。

マークの両親は、「信」棟でもかなり有名な夫婦だった。なぜって、ふたりの夫婦ゲンカがあまりにも激しすぎたからだ。ケンカはいつも夕立のように三十分続いた。マークの父さんは太っちょで、普段は温厚な人なのだが、酒を飲むと自分をコントロールできなくなった。彼は、台湾中部の濁水渓(だくすいけい)下流に持っていた田畑を捨て、二人の兄弟とともに台北へ出てきた。ところが兄はその翌年、風邪(かぜ)であっけなく死に、弟は大きな借金を作ってどこかへ行方をくらませた。だからマークの父さんは故郷の両親に三人分の仕送りをし、三人分の電話をかけた。誰もが、彼のことを孝行者だと言った。身を粉にして働く立派な人だ。そう、お酒さえ飲まなければ……。あるとき、また酒のあと、わけもなく夫婦ゲンカが始まった。マークの父さんはのこぎりを片手に自分の妻を追いかけまわし、服はずたずたに裂け、血まみれになった。でも酔いから覚めたとたん、マークの父さんは深く後悔し、にぎやかな商場の真ん中で土下座して、妻に許しを乞(こ)うた。そんなとき、マークの母さんはまるで映画スターのように見えた。

トムはときどきマークの家でクギを買った。ときにはネジを、ときにはドライバーを買うこともあった。でも、マークの家の一番の常客は靴屋のミーで、しょっちゅう鉛(なまり)のクギを買っていた。

「鉛？　鉄のほうがカッコいいじゃん！」

「バーカ！　鉛のほうが柔らかいんだよ。だから靴底から打っていくと、なかで曲がって抜けにくくなる」と、ミーは言った。クギというのはそれほどいろんな種類があって、どのクギにもそれに見合った素材があるんだ。

マークとトムは、よくこっそり「信」棟の屋上へ遊びに行った。屋上には誰もいなかった。ただアンテナと電線が走り、そして歩道橋の魔術師がいるだけだった。魔術師は巨大な広告塔の付け根に雨避けの場所を作り、自分用の小さな部屋にしていた。夜になると〈黒松沙士〉のネオンの光で本を読み、ふたりに気を留めることなど一度もなかった。まるで屋上には、自分以外に存在するものなどなにもないとでもいうように。ふたりは、魔術師のマジックを見たことがあった。トムが一番びっくりしたのは、黒い布を使ったマジックだった。そのとき、魔術師は大きな黒い布で、背後の歩道橋の欄干を覆った。そしてひとりの見物人に一、二、三と数えさせ、布を取り去った。すると、見ていた全員が感嘆の声を漏らした。なぜって、欄干が消えていたのだ。もっと驚くことに、そこからは、下の中華路（北門から西門町の東を過ぎて南北に走る大通り）を行き来するたくさんの車が見えた。欄干があった場所は透明になり、継ぎ目もなく、車が同じように走っていく。魔術師はやおら背中を傾けていき、見えない欄干に寄りかかった。透明でも欄干はやはり存在しているようで、腕組みをした彼の体は道路へ落ちていかない。黒い小人が、彼の足元で見物人に拍手を催促した。

「なんか怖いんだよ、あの魔術師」と、マークが言った。

「ぼくもそう思う」と、トムが言った。「でもときどき、マジックを習いたいって思うよ」

トムとマークは晩ごはんのあと屋上に忍び込み、屋上のへりに腰掛けるのが好きだった。足元を見れば、中華路を途切れることなく行き交う車やバイクが、それぞれの色で光の線を描いていく。

「光の川みたいだ」

「うん。光の川みたいだ」

「なあ。お前んちは武器がたくさんあって、いつもうらやましく思ってるんだ」

「なにがいいんだよ」

「ケンカならすぐ、トンカチやノコギリを持ち出してさ。コンチクショー！ クギだってあるし！ ワハハ」

「ひとつもおもしろくないよ」

おもしろくないことは、トムにもわかっていた。両親のケンカが終わったころ、マークはきまってトムのうちに来て、名前を呼んだ。そしてふたりで屋上に上がり、道の反対側にある第一百貨店（漢口街の角にあった百貨店。一九六五年開業、八一年閉店）に向かって、ツバ吐き競争をするのだ。ペッ、ペッ、と競争してるうちに、マークは、もう大丈夫って言う。ネオンサインは赤や青や白や紫の光で、ふたりの子供の顔を照らした。世界はこんなに美しい。

でもあのころのふたりはそれを知らなかった。世界はこんなに悲しい。でもあのころのふたりはそれを知らなかった。

二月に起こったあの出来事を、トムはずっと忘れられないでいる。新学期が始まってすぐのころ、まだ旧正月気分でご機嫌だったはずのマークの父さんが、またしてもマークの母さんをぶった。理由は誰にもわからない。このとき母さんを守ろうと立ちはだかったマークを、マークの父さんは当然のように殴りつけた。いつもはみじめでもぐっと我慢するマークだったが、この日は突然、怒って反撃した。棚(たな)にあったトンカチを摑(つか)み、父に向かって振り下ろす。マークの父さんはトンカチを押しとどめたが、なお怒りを倍増させ、息子を蹴りつけ、大きな手のひらで頰(ほお)を張り倒した。
「もうこんなうち嫌だ！　こんなうち出ていく！」マークはそう言って、なにも持たずに家から飛び出した。

その夜、マークは帰ってこなかった。マークの母さんは狂ったように、息子を捜しまわった。マークの父さんは、帰ってきたら殺してやると触れてまわった。次の日の夜になってもマークは帰ってこず、マークの父さんは、あんなガキ、死んでたら死んでたでいいと言い放った。そのまた次の日もマークは帰ってこず、マークの父さんは、お前の必死さが足らない、と妻を詰った。ふたりは、商場の住人全員に、息子の行方を何度も尋ね、すべての店を何度も捜した。親友のトムも、もちろんしつこく訊かれた。でも本当に、トムはマークがどこへ行ったかなんて知らなかった。最初は、どうせ屋上に隠れているんだろうと思い、見に行ってみたけど、マークはいなかった。警察もやってきて、八棟ある商場を「忠」から「平」までくまなく調べた。屋上へももちろん行ったらしく、そのせいで浮浪者のような魔術師は、住んでいた屋上から追い出されることになった。魔術師は抵抗することもなく、ただ、荷物をまとめるまで数日待ってほしいと言ったそうだ。人情に厚い警察と商場の組合長は猶予を認めた。

マークは依然、行方知れずのままだった。

本当に不思議だった。同級生はみな心配し、宛先もわからないマークへの手紙を書き、先生はそれを黒板前で朗読させた。そのせいでみんな、心の底から悲しくなった。でも一部の同級生はこっそり、マークは英雄だと褒めそやした。両親や学校からこんなに長く逃げていられるなんて、すごすぎる！　あのころ、トムの行動範囲は商場に限られ、商場の外へ出ることは地球の外へ出ることと同じだった。トムは空想した。マークは今ごろものすごく遠い場所にいて、ひとりで放浪しているんだ。大きな川を渡り、見知らぬ山を登る。前によく、屋上で語り合ったみたいに――

「世界の果てに行こう。それか一番高いところへ」

「一番高いところに行こう」
「一番高いところに行ってなにする？」
「きっとすごいぞー」マークはそう言った。

マークの母さんは少しずつ息子の捜索範囲を広げていった。マークが小さかったころのおねしょの匂いを覚えていると言って、商場のトイレを全部回り、便器をひとつひとつ嗅いでまわった。息子が商場のどこかにいるなら、当然匂いがするはずだ。この世に生きているかぎり絶対に見つけ出すと、マークの母さんは、商場だけでなく西門町や中華路の向こう側の繁華街へも捜しに出かけた。それでもいなければ、さらにその外にまで。毎日、朝から夜遅くまで、この都会のあらゆる通りと路地をしらみつぶしに歩いた。まるで血眼で客を捜す三輪タクシーのように、台北の中心からはずれまで、どんな死角も残らず捜した。マークの父さんはそれ以降、酒を飲むことも、夜食を食べることもなくなった。すると、あっという間にげっそり痩せて、周囲の人は、彼のあだ名が「ドジョウ」だったことを思い出した。みんな驚いたが、そもそも二十年以上前、マークの父さんは太ってなかった。息子の失踪のおかげで、ドジョウの体に逆戻りしたのだ。

家族ぐるみで仲が良かったから、ときどき母親に言われてトムはマークの母さんのかわりに金物屋の店番をした。マークの失踪はともかく、金物屋の店番は楽しかった。クギの計り売りに、トムはずっと憧れていた。

「五分釘、三斤（約二センチ、約一・八キロ）」と注文を受け、クギをザザッと、はかりの皿に流しこむ。計量を終えてビニール袋に入れれば、金のようにずっしり重かった。トムは、自分が金を売っているのだと妄想した。餃子を売るよりずっと楽しい。

クギ売りがどんなに楽しかろうと、陰鬱（いんうつ）な気持ちは強くなる一方だった。マークが行方不明であるという事実は、あたかも商場の上に雨雲がひとつ、ずっと動かずにあるような気分をもたらした。商場の人々は金物屋の前を通るたびに、よそにはない匂いを嗅いだ。機械油とメタノール、シミ取り剤と防錆剤（ぼうせいざい）、それに悲しみを混ぜあわせたような不思議な匂いは、嗅いだ人を泣きたい気持ちにさせた。マークの店の前はまるで踏切になったようで、誰もが、電化でスピードアップした列車に轢かれまいと、ビクビクして通り過ぎた。

一か月が過ぎ、二か月が過ぎ、あっという間に三か月が経とうとしていた。マークの姿は依然、影も形もなかった。

そしてある日、マークは突然、家の前に姿を現した。マークの母さんが、朝、シャッターを開け、街へ捜索に出かけようとしたそのとき、家の前にマークがいたのだ。

顔はやつれ、髪はぼさぼさで、伸びた爪には垢がたまっていた。そして、電線にいるスズメのように不安げな目をしていた。マークの母さんは大地を揺るがすような大声で泣き叫び、電化される前の鉄道を思い出させるけたたましさに、商場じゅうの人が目を覚ました。マークの父さんは、帰ってきたら息子を張り倒すつもりでいたが、我慢した。そしてなにも言わずに、二階の朝食屋で挟みパイ、揚げ麩（油條）、豆乳（豆漿）を買ってきた。マークは、涙を流しながらそれを食べた。

マークが帰ってきたという知らせは、一瞬にして商場じゅうに知れ渡った。みんな、三か月も行方不明になったあと、忽然とまた姿を現したマークを見物に来た。警察も調書を取りに来た。暇人たちがごろごろとやってきて、マークに訊いた。

「この三か月、お前、どこに行ってやがった？」

マークは答えた。「商場を、第一棟から第八棟まで行ったり来たり」

「デタラメ抜かすな！　クソ坊主、イカレちまったのか？」

「帰ってきたんだ。本当のこと言えよ。おっかさんにも嘘ついてんのか?!」

「もういいさ。余計なこと訊くな。おっかさんが機嫌損ねたら、おおごとだ」

マークは暇人に構うことなく、ただ軒下のアーケードにぼんやり座って、商場を行き交う人々と、両親が営む金物屋を眺めていた。

「クギ売るの手伝ったよ。お前がいないときに」トムはマークに言った。

「知ってる」

「知ってる？」

「見てたから」

「コノヤロウ！　オレにも嘘つくのか⁈」トムは地面にツバを吐いて言った。「チェッ！　許さねえ」


マークとポーラを見ながら、トムはまた、あの不思議な失踪（と帰宅）事件を思い出していた。いや、今、目の前にいる小学校時代の親友ふたりも、二十年以上前に失踪して、どういうめぐり合わせか、こうして突然ベジタリアンレストランに現れたようなものだ。なにも違わない。

「ぼくも離婚した」とマークが言った。「いや厳密に言えば、離婚でもない」

大学卒業後のマークは、現在とはまったく異なる人生を送っていた。彼は、姉のボーイフレンドとともにブラジルへ渡り、貿易商を始めた。安い中国製品をブラジルへ売り、ブラジル先住民の工芸品を台湾へ売る。そのころ彼は、サン・ルイスというブラジル北東部の小さな町に暮らしていた。ほぼひとりの生活だったから、暇なときは街をぶらついた。ある日、通りの日用品店で買い物していたとき、北方の部族の村から来たというはちみつ売りがいて、マークはその蜜のように甘い少女の笑顔の虜になった。自分の部屋に戻ったあと、朝まで一睡もできず、翌日、あらゆる手段を使って少女が住む村を調べ上げた。マークはその部族の言葉を学び、習慣を理解し、大量のはちみつを買った。（そして使うあてもないまま腐らせた。）彼は、少女と結婚して台湾へ帰ることを決心した。両親には国際電話で伝えた。マークの両親は強く反対し、マークは実家に電話するのをやめた。

部族の風習に則って、マークは毎日、アマゾン川支流で採った巨大な淡水魚を贈った。そしてようやくこのイリアという名の少女と一族の心を動かし、彼女はこの異郷から来た男に嫁ぐことを決意した。一族もそれを祝福し、ふたりが台湾へ行くことを許した。マークが言うには、ふたりの結婚生活は最初、すこぶる順調だった。でも一年後、イリアはどうしても子供を産みたいと言い出した。マークは唯一、自分が子供を持つことだけは受け入れがたかった。マークは、自分の子供のころを思い出した。彼は父と母を深く愛していた。そして、両親が愛し合っていることを信じた。でも、両親の愛は少し特殊だった。マークの父さんは、心おだやかに妻を愛することができず、マークの母さんも、憎しみのない純粋な愛を夫に注ぐことができなかった。その事実は、大人になったマークに、自分が父となり、人を愛する能力があるか疑わせることとなった。だから子供を持つという発想に、彼はパニックになった。そしてそのことでイリアと何度も衝突した。

しかし一年後、イリアは妊娠(にんしん)したことを夫に告げた。運命とは皮肉なもので、逃げようとすればするほど、それは目の前に現れるし、大事にすればするほど早く壊れる。マークはすぐに気持ちを切り替え、その事実を前向きに受け入れた。イリアの検査に付き合い、美しい妻が生むであろう美しい子供を守るための準備を始めた。そして、父になるということは素晴らしいことだと感じるまでになっていた。

ところが、マークが台湾南部に出張して、二日後に帰宅したとき、イリアは姿を消していた。


「彼女は何の手がかりも残さず消えてしまった。入国管理局にも行ったけれど、記録は残されてなかった。あらゆるコネを使って彼女を捜した。でも、とにかく手がかりがない。次の週、ぼくはブラジルへ飛んだ。サン・ルイスから始めて、小さな町をひとつひとつ、それから小さな部族をひとつひとつ訪ねて回った。でも見つからない。半年が過ぎても、いないものは、いない。彼女は失踪した。たぶんぼくの子供であろう赤ん坊とその大きなお腹で、どこか行方不明になった」

トムとポーラはずっと、手元のスプーンを見ていた。互いの顔を窺(うかが)うことすらできない。トムは思った。なんだ？　今日の飯。ポーラはしとやかで悲しげな笑顔を浮かべて言った。「ふふ、わたしより悲惨みたいね」

「十年で稼いだ金を使い切ってしまったぼくは、台湾に帰った。そして、元手もなく利ざやを稼ぐ金融業に足をつっこんで、やっといくらか取り戻した」マークは続けた。「もう少し稼げたら、またブラジルへ渡るつもりだ」

「もしかして彼女、台湾にずっといるんじゃない？」

「うん、そうだ。そうかもしれない。だからこの何年かずっと、興信所に調べさせている。自分でも、時間さえあればこの街の通りという通りを、路地という路地を歩いて回っている。真面目な話、ぼくほどこの台北の街を歩き回った人はいないと思う。冗談じゃない。道のハトにだって訊いたことがある。これが彼女の写真だ。もし見かけたら、連絡をくれ」写真を見て、トムとポーラは思わず、大きなため息をついた。写真の女性はどこか非現実的で、豹のような野性の美しさがあった。トムは思った。こんな豹のように美しい女性が行方不明になんかなれるはずがない。一頭の豹がどうやって、この都会の通りから失踪できるというんだ？

食事が終わって、マークは車で帰っていった。トムとポーラは地下鉄の駅までぶらぶら歩いた。曇り空だったが、肌のケアに余念がないポーラは日傘を差していた。その短い道すがら、トムは、ポーラと恋に落ちるような感覚を覚えた。いや、ポーラは離婚したけど自分は結婚している。そう考えることは、間違いなく幼稚で、安直で、愚かなことだ。

　ポーラのハイヒールがリズミカルに歩道のブロックを打つ。しかも正確に、ブロックとブロックの隙間を避けていく。女性のヒールが歩道のどこかに刺さってしまった、みっともない光景をよく見かけるけれど、ポーラに限ってそんなヘマはしないだろう。一歩一歩注意を払い、なおかつ機敏に、軽快に足を運ぶ。まるで一頭のサンバーに見えた。

　ポーラがトムに訊いた。「子供のころ、マークが失踪した事件、覚えてる？　本当に不思議な事件だった。十歳の子供がどこかへ消えたまま、三か月も見つからなかったなんて……」

「うん。あれは本当に不思議な事件だった」

　一か月後、トムに一本の電話がかかってきた。警察からだった。

「蔡さんでいらっしゃいますか？　陳嘉揚さんをご存知ですか？」

「知ってます」

「そうですか。じつは、陳さんが自殺で亡くなりました。はい、そうです。本来は蔡さんとは関係ないことでして、あとのことはご遺族がすでにお済ませになっています。ただ陳さんが、蔡さん宛の形見を――箱をひとつ残しておられまして、ご遺族もそれをお渡しすることを望んでいます。ご遺族は今、台北におりませんで、わたくしどもとしても、直接引き取っていただくしかなく、お時間ありましたら、署までご足労願いたいのです」

トムは携帯電話をテーブルに置いた。そしてふと、昔、マークの家の鉄格子によじ登り、目覚まし代わりにガラス窓を叩いたときのドンドンという音が聞こえたような気がした。マークは眠そうな顔で窓を開けることもあったし、死んだように眠っていることもあった。窓の外から覗き込むと、屋根裏部屋に横たわってピクリとも動かず、本当に死んでいるのかと思った。そんなときトムは、もっと強くガラスを叩いた。割れたってかまわないくらいやけくそに叩いてやっと、マークはびくっと起き出した。

トムはタクシーに乗った。窓の外の風景が水流のように心のなかに流れてくる。警察に電話を入れ、自殺現場を見せてくれるよう頼んだ。署の幹部がたまたまトムの父親と旧知だったこともあり、警察も融通してくれた。それにそもそも、マークが形見を残したのは、トムひとりなのだから……マークは両親にさえなにも言わず、なにも残さず死んだのだと言う。遺書もなく、まるでちょっとスーパーまで買物に出かけるみたいにして、死んだ。

トムは、帰ってきたマークを屋上まで連れ出し、真相を問い詰めたときの情景を思い出していた。

「ぼくがどこに行ってたか、みんなしつこく訊いてくる。ったく。お前には言うよ。だから、ほかのやつらには黙ってろよ」

「わかった」

「お前だけに言うんだからな」

「くどい。早く言えよ！」

「前にふたりで描いたトイレの落書き、覚えてるか？　去年、女子トイレに忍び込んで、個室の右側の壁に、第一百貨店のエレベーターとそっくりのボタンを描いただろう？　それでエレベーターごっこした」

「ああ」

「一階のひとつ目の個室は一階から九階、ふたつ目の個室は十階から十九階、三つ目は二十階から二十九階……三階の一番奥の個室には九十階から九十九階、な?」

「もちろん覚えてる。一階は化粧品売り場、二階は紳士服売り場、三階は婦人服、四階はおもちゃ……七十階は『ウルトラマン』専用フロア、七十一階は全部、『恐竜探険隊ボーンフリー』……」

「そう、ボールペンで描いたやつ。あの日、歩道橋を行ったり来たりして父さんと母さんから逃げてたんだけど、捜す人が多すぎて、逃げ場がなくなったんだ。だから三階の女子トイレに隠れてた」

「でも、女子トイレも全部捜したって聞いた」

「うん、そうだね。ぼくを捜す人たちの声がどんどん近づいてきて、父さんと母さんもずっとぼくの名前を呼んでる。だからあわてて一番奥の個室に隠れた」

「九十階から九十九階の」

「そう。九十階から九十九階の。でも、ドアをこじ開けようって相談してるのが聞こえてきてたから、焦って九十九階のボタンを押したんだ」

「だって描いたボタンだろ?」

「違うんだ。あのボタンは本物なんだ」マークは大きく息を吸った。まるで深呼吸しなければ、自分の言うことが信じられないみたいに。そして続けた。「その前の晩、ぼくは屋上に隠れていた。するとあの魔術師が、ぼくがひとりなのを見て、近づいてきた。そして話をした。どうしてかはわからない。でもぼくは、家のことを全部話した。彼は言った。もし本当に見つかりたくないなら、そのトイレに入って、九十九階のボタンを押せって」

　言葉もなくトムは、マークを見つめていた。

「ボタンを押したとたん、トイレは動き出した。百貨店のエレベーターが上に昇っていくのと同じような感覚だった。ぼくの名を呼ぶ声はどんどん小さくなっていった。エレベーターは、ずいぶん長いあいだ動いていた。だいたいアニメ一話分と同じくらいの長さだった。エレベーターが止まって、戸を開けると……なにが見えたと思う？」

「なにが見えたんだ？」

「雲。目の前は雲だった」

「え？　雲？」

「バーカ。嘘だよ！　雲じゃない。なにも変わってなかったんだ。戸を開けるとそこは女子トイレだった。フフ、でも、父さんも母さんも商場の人もみんないなくなってた。ぼくはそこから出た。なにも変わってなかった」

「チェッ！　じゃあそのあと、どこに行ってたんだよ！」

「どこにも行ってないよ。言ったじゃないか。ぼくは商場をずっと歩きまわってた。ほかのどこにも行ってない。でも変なのは、商場の人はぼくのことが見えないんだ。

家の前まで行ったら、お前がクギを量り売りしているのが見えた。叩いてやろうと思ったけど、ダメだった」

「つまり、透明人間になったってこと？」

「透明人間じゃない。うまく説明できないよ。まるで映画だった。自分が映画のなかに入り込んでいるみたいだった。母さんといっしょに歩いたよ。泣きながら歩く母さんをずっと見ていた。ずっといっしょに歩いて、これ以上歩いたら、もう自分が死んでしまうんじゃないかと思った」マークは悲しそうな目で言った。

「でも死んでない」

「そう、死んでない。腹が減ったら温州ワンタンの店で麵(めん)を食った」

「食べられるの？」

「うん」

「焼き餃子も？」

「お前んとこの焼き餃子も食べたよ」

「お前、オレのこと、バカにしてるだろう？」

「そんなことないよ。ぜんぶ本当の話だよ」

「マーク！　コノヤロウ！　親友をバカにしやがって！」

「そんなことないよ！」

「クソッタレ！」

◇　◇　◇

マークが自殺したのは、ビルのエレベーターの底だった。エレベーターには機械室が必要で、それはだいたい屋上にある。一方、一番下の階の、かごの下には、修理するためのピットがある。マークはそこで首を吊って死んだ。ぽつんとぶら下がったまま二週間、死体は誰にも発見されず、そこにあった。ビルにはなんの異常もなく、マークは休暇を取っていると思われ、月例のエレベーター点検で初めて作業員に発見された。

トムはパトカーに乗せてもらい、警察署へ戻った。その間ずっと、自分の呼吸を落ち着かせようと努力した。失踪していたマークが帰ってきたあと、あの九十階から九十九階のボタンが描かれたトイレに何度も隠れてみたことを、トムは思い出した。押してみたかったけど、でも、ボタンは押せなかった。彼は考えた。もし本当に九十九階のボタンを押して、本当にマークの言うように、知り合いがみな自分のことを見えていない世界へ行ってしまったら、どうすればいいんだろう？　どうやって帰ってきたのか、マークに聞きそびれた。いったいどうやって帰ってきたんだろう？　どうやってマークを帰ってこさせることができるんだろう？　そう、一か月前、ベジタリアンレストランで顔を合わせたあの日のように。

手続きが済み、警察官がマークの形見を取り出した。なんの変哲もない、パイナップルケーキが入っているようなベージュの箱だった。開けてみると、なかには豹に似た、イリアの写真が入っていた。そしてメモ用紙が一枚あり、こう書かれていた。

「やぁ！　トム！　君がこの手紙を読んでるころ、ぼくは九十九階にいるだろう。九十九階と一階はなにも違わない。本当だ。心配いらない。一階の友達によろしく伝えてくれ。君の友達　マーク」メモ用紙の最後には眼球がひとつ描かれ、英語のサインがあった。それは、マークが子供のころからずっと使っていたサインだった。

トムは、マークの死体がエレベーターの底にぶら下がっている姿を想像した。その想像には映像はなく、ただ自分の思考が凝固しているにすぎなかった。いや、ひとつだけ——エレベーターの数字が見えた。数字はただ増え続け、エレベーターはゆっくりと上昇を続けていた。

石獅子は覚えている

　君に賛成してもらえるかどうかわからないけれど、人類の文明において、錠と鍵が生まれた意義はとてつもなく大きい。きっと竪穴式住居(たてあなしき)の時代に、誰かがなにかを戸として備え付けた瞬間、開けっ放しを防ぐ錠というものが、その人の頭に浮かんだのだろう。知っているだろうか？　錠と鍵の歴史は、イムホテプがサッカラに作った世界最初のピラミッドよりずっと古い。そして世界最古の錠前は、旧約聖書でヨナが滅亡を予言したニネヴェ郊外の遺跡で発見されたものだ。本に載った写真を見たら、君は、そんな大昔のものと信じないかもしれない。なにしろ錠の形も仕組みも、現代のものとほとんど変わってないのだから。

　錠と鍵の発明は同時ではなかった。錠の最初の目的は「内」からの防御であり、「外」からの開け閉めが問題になったのはそれよりあとのことだった。古代、人々は家を空けるとき、あるいはなにか物を守ろうとするとき、ひもを結んで錠にした。ひも結び自体、非常に特殊な技能とされ、当然、その結び方と解き方は秘密だった。ギリシャ人はひもを結んだ錠になお呪文をかけたという。呪文をかけたひも結び錠は二重の解錠が必要になる。ひとつはひもを解くこと、もうひとつは心を解くこと。みだりにひもを解いた者は、しばらくして、心の呪文がまだ解けていないことに気づくのだ。もっとも、信じない人間には心の防御などなんの効果もなく、ただ笑い飛ばされるのが関の山だったが。

最初の鍵はギリシャ人が発明したと言われている。その鍵は彎刀（わんとう）のように長く、曲がっていて、戸に空いた穴から挿し入れ、内側の木の閂（かんぬき）をはじくか、上に押し上げた。だから鍵を開けるときは、閂の音にしっかり耳を澄ませなければならない。この習慣は今でも、鍵師たちのあいだに残っている。だから鍵師はよく、錠の「心の音を聴く」と言う。その後、鍵と錠は進化して、異常なまでに緊密な組み合わせが生まれ、解錠の音はより繊細（せんさい）となり、聞き分けはより難しくなった。

携帯可能な錠は、おそらく中国人が発明したものだ。人々は持ち歩き可能な錠と、それを開けるための持ち歩き可能な鍵が欲しくなった。その錠は魚、刀、馬などの形を模して作られた（日本で言う「海老錠」）。ローマ人は携行性を重視して、指輪のような鍵を作った。だから結婚指輪はよくメタファーとして、行動を閉じ込める鍵と言われる。

ポンペイって知っているだろう? あの火山灰に埋もれ、現代までそのままの姿で保存された無声映画のような都市だ。そこには当時の鍵屋が、信じられないほど完全な姿で残されていた。店内の壁や台には、各種の南京錠やドア錠が陳列されていたほか、芸術品と見紛う精巧な鍵まであり、金銀の箔が施されたり、美しい鍵入れ袋とセットになっていたりした。そして当時、鍵師はすべての謎を解き明かす万能の鍵を持っていた。鍵師は当然、その街の人々から信用されていなければならなかった。彼の能力は「壁抜け男」のように、あまりに特別だったからだ。

解錠の難しい錠と鍵の組み合わせはもはや芸術の域にまで達した。錠の内部構造はより複雑となり、暗号と障害に満ちたトンネルをただ一本の鍵だけが貫く。繊細に削り取られた、唯一無二の溝を持つ鍵だけがその心を開けるのだ。ぼくが昔作ったもののなかには、一本で六十一の異なる角度を持つ鍵があった。

鍵作りに夢中になって、もう二十年以上になる。ぼくには、いつか作れたらとずっと夢見ている錠と鍵がある。それは、チリの詩人、ニカノール・パラの詩を刻んだ鍵だ。たとえば、「自分の魂にぴったりの肉体が欲しい」という一節が刻まれ、しかも筆跡も同じでなければ錠は開かない。そんな鍵を、まるで小鳥のように、ドアのそばにかけておくんだ。

ぼくらは別れのとき、鍵を必ず取り戻すものだ。あるいはいっそ、別の錠に取り替えてしまう。でも、ときどき考える。ぼくはどこかに鍵を置き忘れたままなんじゃないかって。

母は晩年、よく鍵を忘れた。ぼくは、バッグにつないだチェーンを作ってやった。チェーンの先の鍵の束には、それぞれ違う色のシールを貼った。これなら、バッグさえ持っていれば、鍵を忘れることはない。もちろん、バッグも忘れてしまえば、元も子もないわけだが。

母は亡くなる一年ほど前まで、いくつかの数字を覚えていた。ぼくの誕生日、父の命日、それから大甲の媽祖（福建省や台湾で信仰される海の女神）の誕生日だ。自分の誕生日なんか、とっくの昔に忘れてしまったんじゃなかったか。毎年、媽祖の誕生日の一週間前に（なにしろ誕生日当日は人が多すぎる）、ぼくは母を車に乗せ、大甲へ帰った。あの小さな町に親戚はもういなかったけれど、母は毎年必ず帰省して、いちいちその事実を確かめているようだった。

車を大甲媽祖宮（鎮瀾宮）近くの駐車場に停め、母といっしょにお参りする。線香を買い、賽銭を納めたあと、門前にある古い店でサワラのとろみ汁（土魠魚羹）を食べる。それから海辺の小さな漁村まで車を走らせた。そこは母が生まれた場所だ。母は、海が見たいと言ったことがない。なぜって、「子供のとき、見飽きたよ」。

毎年、お宮に足を踏み入れると必ず、十歳のとき、父と母と三人でお参りに来たことを思い出した。あの日、十か所ある香炉にさっさと線香を差し終えると、あとは退屈で、お宮じゅうを駆けまわって見物した。ぼくは、正殿の左右に祀(まつ)られた巨大な千里眼と順風耳(じゅんぷうじ)（媽祖の随神。それぞれ超常的な視力と聴力を持つ）が好きだった。媽祖の誕生日にはどちらも生き返り、ゆらゆらと通りを練り歩く。

ぼくは石獅子も好きだった。目が飛び出て、たてがみが巻いて、笑っているのか脅しているのか、ずっと口を開けている。オスの足は丸い玉を踏み、メスの足元には仔の獅子がいる。さらに炎のようなしっぽを持ち、足には隠された爪がある。獅子とは言うけど、現実のライオンとはずいぶん違う。もう少し大きくなったころ、境内(けいだい)でおみくじの解説員をしているおじさんに、どうして形が違うのか訊いたことがあった。おじさんは、知らん、と言った。きっとお宮の獅子だから、普通とは違うんだろう、とぼくは考えた。

大甲媽祖宮の石獅子は一対だけではなかった。駐車場の入り口にも新しくて大きいのが一対あった。こっちは強そうに見えて、神々しさが少し足りない気がした。建物を入るところにもまた一対あった。でも来るたびにぼくは、正殿前の吹き抜けのところにあるこの獅子に触りたくなった。背は当時のぼくと同じくらいで、なんとも愛嬌のある顔をしていた。解説員のおじさんは、獅子だって神様なんだとぼくに言ったけど、マンガのキャラクターじみていたし、蚕みたいな太いまゆで左右から見つめ合う姿は、正直言って、とても神様には見えなかった。おじさんは言った。仔の獅子を踏みつけているのはメスだ。じゃあどうして踏むのか？　まあ、なんだな、猫が親子でふざけているようなもんだろう……。むしろぼくが気になったのは、メスは口を閉じているのに、オスは口を開いているということだ。まるでなにかを見たせいで、笑いを押し殺せないでいるみたいに。

　由緒あるこの二頭の石獅子は、参詣客に撫でられてつやつやに光っていた。ぼくは、お参りに来た人がうやうやしく、でもどこか遊んでるみたいに獅子を撫でるのが面白いと思った。神様なのに——こんなこと言うと怒られるかもしれないけれど、でも本当に——ここで飼われているペットのように見えたのだ。ぼくはいつもこっそり獅子のおなかに触った。そしてその日、どうしてかわからないけれど、獅子のパカッと開いた口に引き寄せられ、ぼくは自分の手をそのなかに差し入れた。そう、まるで、獅子に自分の手を舐めさせるみたいに。そのとき、お参りを済ませた母が下りてきた。母はぼくのいたずらに気づくや石獅子のところからぼくを引きずり下ろし、参詣客の真ん中で張り倒した。

「悪ガキが！　ホラぞうが獅子の口に手を入れてどうなったか、知らんのか?!」

ホラぞうというのは、叔母の子供で、ぼくの同い年のいとこだった。そしてふたりとも、クラスのはみ出し者だった。小学校のクラスにはおおむね二種類の生徒がいた。ひとつは成績がいい、「表彰状」を狙うグループで、もうひとつは「お仕置き」を逃れるために四苦八苦していたグループだ。ぼくとホラぞうは、もちろん「お仕置き」グループで、勉強の目標は、いかに先生からぶたれないかだけだった。

どうして「ホラぞう」だったかというと、それはもちろん、やつが超小学生級のホラ吹きだったからだ。ホラぞうは小さいころから、どんなできごとでも驚きのストーリーに変えてしまう子供だった。みんなでやったいたずらは、彼という語り部を得て、魅力あふれるエピソードに変わった。たとえば、歩道橋の国旗を盗んだこと、〈元祖はここだけ　具なし麵（陽春麵）〉の煮込み鍋に蠅を入れたこと、それから、遮断機が下り始めてから線路の向こう側へ走り抜ける「踏切ダッシュ」……彼にかかれば、こんな親に叱られるいたずらも、語り伝えるべき英雄譚となった。

母の話では、叔母が大甲媽祖宮に行ったとき、ホラぞうはあの獅子の笑っている口のなかに手を入れたんだそうだ。しかもあろうことか、やつは獅子に向かってこう言った。「食ってみろ、そら、ぼくを食ってみろ」

その日の夜中、眠っていたホラぞうは、奇妙な足音に驚いて目を覚ました。足音はどっしりと重々しく、でも静かに地面を打った。まるで高価な磁器の置物を置いたような音だった。しばらくしてホラぞうは、部屋の外になにかがいることに気づいた。心臓がトクトクと脈打った。ホラぞうはベッドから跳び下りて、戸に錠をかけると、また跳ねるようにしてベッドへ戻った。一秒、それとももっと長い時間のあとだろうか、錠はコトッと音を立てて外れた。ホラぞうはあわてて布団を上げ、顔を覆った。ドアノブが回った。ホラぞうは肝をつぶして小便をもらし、しかも舌が縛られてしまったように声が出ない。勇気を振り絞って、布団のすきまから外を窺うと、石獅子の影を見たような気がした。間違いない、あの獅子だ。縄を綯ったような太いまゆと、への字に曲がった口。まさにホラぞうが口に手をつっこんで、「ぼくを食ってみろ」と言ったあの獅子だ。

石獅子がゆっくりと部屋に入ってきた。その顔にはやはり、謎めいた笑みが浮かんでいた。石でできた獅子の左前足がホラぞうの体を押さえつけ、右前足が口に伸びた。そのとき獅子の声が聞こえたような気がした。「食ってみろ。ぼくを食ってみろ」

口のなかに石ころを入れて、うがいしているような感覚を覚えた。その瞬間、ホラぞうはぐっと踏ん張って、腹の底から泣き声を上げた。そして手を払いながら、「嫌だ！ 嫌だ！」と叫んだ。すると石獅子は突然姿を消した。ベッドにはホラぞうだけが残された。

それは夢だった。

いや、ただの夢ではなかった。ホラぞうの口は血まみれになっていた。歯が五本抜け、歯茎が治るまで一週間以上かかった。しばらくのあいだ、ホラぞうのあだ名は「ヌケぞう」に変わった。

母からこの話を聞いたとき、ぼくはすっかり怖じ気づいてしまった。母の表情は真剣そのもので、とても作り話とは思えなかった。その夜はほとんど眠れず、獅子がいつやってくるかと待ち構えていた。父の壊れた合鍵用の万力をドアの重しにして、弱々しい防御にした。でも結局、獅子はやってこなかった。ぼくは座ったまま眠っていた。

それから一週間経った日の夜、次の日がテストだったので、母に言われてまだ早い時間から床に入った。うちは商場の三階にある、中二階式の部屋だった。下に「シャワールーム」と、家族のガラクタを置く場所があって、その上がぼくと母が寝る部屋だった。父は風呂をすませると、よくそのまま二階の店に戻って、籐椅子で眠った。しょうがない。なにしろ部屋が狭すぎた。

目が覚めたとき、母はぐっすり眠っていた。ところが部屋のドアが開いていた。錠はもともとついていない。なにしろ板で間仕切っただけの簡単な部屋だ。ぼくは深く後悔した。寝る前に、万力をドアの重しにしておくのを忘れていた。

石獅子が戸口に座って、ぼくのほうを見ていた。間違いない。大甲でぼくがいたずらした、あの獅子だ。あの日と同じ、もじゃもじゃのたてがみと太い足、縄を綯ったようなまゆと、謎めいた笑みがそこにあった。ぼくは泣き出しもせず、叫び声もあげなかった。一週間、獅子が現れるのを待ち構えていたから、きっと心の準備ができていたんだろう。

目が覚める直前に見た夢を、今でも覚えている。ぼくはひづめがある動物の背に乗って、歩道橋を進んでいた。どうしてひづめがあるとわかったか？　歩道橋からカッカッと音がしていたからだ。車道を見下ろすととても怖くて、急いでその動物の背中から飛び降りた。その瞬間、歩道橋は川になった。以前、洪水で街が水浸しになったら歩道橋に逃げればいい、なんて想像したことがあったけれど、歩道橋が川になってしまったらどうしようもない。ぼくは流れに落ち、あっという間に川の水を飲み、溺れる寸前でどこか岸みたいなところに引き上げられた。見ると、石獅子がぼくを咥えていた。もう一度川を見ようと振り返ると、商場はなにかに呑み込まれてしまったように、姿を消していた。

夢のせいだろう、ぼくは獅子を見たとたん、ありがとうと言いたくなった。もちろん、ごめんなさいといっしょにだ。口のなかに手を入れたのは、本当に、わざとじゃなかったんだ。それに、ホラぞうみたいに、「食ってみろ」なんて言ってないから……

石獅子の目には瞳がなかった。でもきらりとして、ぼくの目を見つめているようだった。獅子は前足で、ついてこいと合図した。母を起こそうとしても、舌が固まってしまったようで声が出ない。すると体がひとりでに動き出した。ぼくは寝ている母を跨ぎ、言われるがままに部屋を出た。獅子の後ろを歩きながら、本物のライオンと同じ歩き方だと思った。石でできているのに、足が地面につくとき、ちっとも音がしない。表面はつるっとして、でも中身はぎっちり詰まった石の塊にはまるで重さがないようで、すごく不思議だった。

石獅子は、三階の右端にある階段から二階へ下りていった。途中、踊り場の女子トイレを過ぎ、さらに階段を下りる。そこから左に曲がれば、歩道橋がある。獅子は振り返り、ぼくを一目見てから歩道橋に出た。ためらいなど微塵もない、しなやかな足取りで、深夜、人っ子ひとりいない歩道橋をゆっくり、ぶらぶらと歩いていく。どこに行くか考えているふうでもなく、ただぼくに、いま見ている風景のなかに少しでも長く留まっていろと言っているようだった。そして獅子は、重くて軽い足取りで次の棟にたどり着いた。

普段からよく見知った道筋と風景だった。でも子供だったぼくは、そんな遅い時間に歩道橋を歩いたことはなかった。

焼き餃子屋、徽章店（きしょうてん）、趣味の切手屋を通り過ぎた。石獅子は、どの店の前でも、品物を選んでいるかのようにきょろきょろした。そして最後、靴屋の前で足を止めた。それは叔母の店だった。獅子はそこで座り、その内側になにかあるとでもいうように、シャッターをじっと見つめた。座った獅子は、ぼくと同じくらいの背だった。後ろに立つと頭が邪魔で、勇気を出して獅子の横に並んだ。獅子は横を向いてぼくを見た。ぼくは気づいた。瞳のない獅子の目に、炎のような光が渦巻いていた。

翌日、テストを終えて家に帰ったあと、暇を持て余して、軒下で西瓜（すいか）を食べていた。ぼくは西瓜を食べるときいつも、種をほおの内側に溜めてから、一粒一粒地面に吐き出した。そうして、小さな畑に種を播（ま）く自分を想像した。うちで食べる果物は、天秤棒（てんびんぼう）を担いで商場を回るおばさんから買っていた。見た目はそうきれいでもなかったけれど、「お互い様だから」と、母はできるだけその人から買った。

午後、歩道橋をぶらぶらしていたら、いつの間にか叔母の靴屋の前に来ていた。叔母はぼくを見つけて、西瓜を一切れ出してくれた。ぼくは、叔母の娘であるペイペイといっしょに、西瓜を食べた。ホラぞうはどこかに行っていなかった。そのときふと、ここで「叔父」という人を見たことがないなと思った。でも当時のぼくの年齢では、そんなことを知る必要はないし、また訊いてはいけないことだった。

ペイペイと西瓜を食べながら、石獅子のことを話そうか話すまいか考えていた。ふたりに、昨日の夜、店の入り口に獅子が座っていたのを見なかったかと訊きたかった。でも結局、口には出さなかった。

歩道橋に戻った。夕方の歩道橋は、ひときわたくさんの人がいた。ぼくはまず、カメとスッポンを売る露店を覗いた。それから、おもちゃ売りに引き寄せられた。売っていたのは、当時大流行していたプラスチックのパイプだった。煙草を吸うとき火をつける場所に小さい球を置き、うまく息を吐けば、その球はいつまでもパイプの先でぷかぷか浮いているのだ。今思えば、なんともくだらない遊びだ。だって遊んでいる子供の目は、みんな寄り目になってしまうのだから。でも、当時はそれが、とにかく流行っていた。

いつもの、宿なしみたいな魔術師の前を通りかかった。彼はちょうどトランプを使って読心術を披露していた。つまりお客さんにトランプを一枚取らせ、魔術師はそれを見ずに、どの札か正確に言い当てるのだ。ダイヤの7、スペードの3、クローバーの6……きっとトランプの裏に記号がついているのだろう。ぼくはそう思った。以前父も言っていた。あんなのは裏に蛍光ペンか特殊なインクでなにか書いてるんだ、どうってことない。

客が盛り上がらないのを見て、魔術師はぼくに手招きした。ぼくは躊躇しながら前に出た。すると突然、魔術師の手がさっと空を切った。魔術師は、お前の持ち物をひとつもらった、と宣言した。ポケットをまさぐると、鍵がなくなっていた。魔術師が手のひらを開くと、そこにはたしかにぼくの鍵があった。スリじゃないか。どうってことない。こそ泥みたいに、ぼくのポケットから鍵を抜き取っただけだ。見物客からまばらな拍手が上がった。そりゃそうだ。誰がこそ泥に拍手なんかするもんか。

でも、マジックはまだ終わっていなかった。続いて、魔術師がズボンの腰のあたりから何か取り出した。ベルトのバックルと思いきや、クリップみたいな薄い鉄片だった。魔術師はゆるめのズボンをそれで留めていた。それから、その鉄片と鍵を合わせて手のひらのあいだに挟み、ぼくがそれまでに見たこともないような真剣な眼差しでじっと見つめた。そして、手のひらをゆっくり撫ぜ合わせる。まるでそこに珍しい宝物が隠されているとでもいうように。

魔術師が両手を開いた。するとそこに鉄片はなく、一本の鍵があった。それはさっき取られたぼくの鍵とそっくりに見えた。魔術師をぐるりと囲んだ見物客は、この鉄片がひとつ消えただけのマジックに、拍手するべきかどうか迷っていた。

魔術師がぼくを見た。ズボンの右ポケットを確かめろということらしい。ぼくはポケットを調べてみた。するとそこに、ぼくの鍵があった。ぼくは戸惑った。だってぼくの家の鍵がふたつあるのだ。それを証明するように、魔術師が手を伸ばし、ぼくの手のひらから鍵を取った。そしてふたつの鍵を、左右の人差し指と親指でつまんでみせた。このとき、見物客が見たのは、一見うりふたつの鍵だった。ギザギザも溝も角度も長さも、そっくりそのまま。

ここでやっと、見物客が心からの拍手を送った。さっきまでのなおざりな拍手とはまるで別物だった。本当の拍手は人を引き込むような力があって、何度でも聞きたくなる。ぼくもいっしょに手を叩いた。ぼくは、夢か現実かわからないような演目に、自分も参加したような気持ちになった。もしこのマジックをマスターすれば、父が六十ワットの電球の下で、いちいち研磨機を回して鍵を削る必要なんかなくなるんだとぼくは思った。

マジックが終わり、魔術師は鍵をひとつ返してくれた。でもぼくはとっさに、違う、と思った。

言ったとおり、ぼくの父は商場の二階で鍵屋と印房をやっていた。うちの陳列棚は大きくなかったけれど、それでもいろんな種類の錠前が置いてあった。ぼくは子供のころから、ひとつのことを知っていた。つまり、鍵は必ず決まった錠とペアになり、それを解錠するということだ。それに、そうでなければ、その鍵にはなんの意味もない。つまり、魔術師がうちの玄関の鍵を持っていってしまったなら、うちのなかにいつでも入れてしまうということになる。(魔術師は壁抜けができるかもと想像したこともあったけれど、鍵を開けて入ってきたら、なおさらつまらないだろう?)

「さっきの鍵を返してくれよ」

「ん?」

「もう一方の鍵もぼくに返してくれって言ってんの。あれはうちの玄関を開ける鍵なんだから」そう言ってから、玄関の鍵だと口にしたことを後悔した。そのせいで、どこを開ける鍵か魔術師に知られてしまった。

「坊主、お前が知っているとおり、鍵とは錠を開けるためのものだ。しかし、事実として、鍵が存在しない錠もある。そして、なにも開けることができない鍵だってある。わたしが手にしている鍵は、お前の家の玄関を開けることはできない」

「嘘(うそ)だ!」

魔術師は鍵を取り出し、ぼくの手のひらの鍵といっしょに並べた。よく見ると、このふたつの鍵はどこか違っているように思えた。でもどこが違うのか、ぼくにはうまく言えなかった。魔術師は言った。「これはズボンについていた留め金を変えた鍵だ。だから本来の姿は留め金であって、鍵じゃない。たとえ今、鍵に見えているとしても」魔術師はさっきの鍵を、自分の手のひらに戻した。そして上着の裾をめくり、あの鍵を……いや、あの鉄片をズボンのウエストに挟んだ。するとそれはもう、ズボンの留め金に戻っていた。

ぼくはうっすらとした屈辱を感じていた。でも同時に、尻切れトンボのような謎が残った。もうひとつの鍵はどこかへ消えてしまった。じゃあ、あの鍵はどうやって取り戻せばいいんだ？

その夜はどうしても眠れなかった。石獅子の夢と魔術師のマジックのせいだ。夜中まで一睡もできずぼくは、母を跨いでベッドを下り、こっそり家を抜けだした。夏なのに、歩道橋の上は涼しい風が吹き抜けていた。商場の屋上にあるネオンサインが夜遅くなると消えることを、ぼくはそのとき初めて知った。そしてネオンが消えると、

空に星が見えるのだ。夜の街は少しも静かじゃなかった。バイクがあちこちの路地を縫うように走り、ぼくは歩道橋の手すりを叩きながら、次の棟まで歩いた。焼き餃子屋、徽章店、趣味の切手屋を通り過ぎ、叔母の靴屋の前に立った。すべてがいつもどおりに見えた。どの店もシャッターを下ろし、まさに今、夢を見ている。

どのくらい時間が経っただろう。ぼくは叔母の店から、わずかな変化を感じ取った。店のシャッターが、巨大ななにかに触れられているかのように、不安げに膨らんでは凹んだ。そして鍵穴とシャッターの隙間から黒い煙が漏れ始めた。一瞬、事態を飲み込めなかったが、すぐ火事だと気づき、大声で叫んだ。火事だ！　火事だ！　そう叫びながら、シャッターを叩いた。

ぼくの声を聞きつけ、隣人たちが顔を出した。異変を知り、彼らは叔母の店のシャッターを開ける算段を始めた。ぼくはあることを思い出し、全速力で家に戻った。そして、机の下から秘密のクッキー缶を取り出すと、しばらくかき回してやっと、叔母の家の鍵を見つけ出した。ぼくは火事の現場へ走った。遠くから消防車のサイレンが聞こえてきた。ぜいぜい言いながら、切手屋のおじさんに鍵を手渡した。どんどん濃くなる煙にも構わず、切手屋のおじさんは鍵をシャッターに差し込んだ。金物屋の大将が軍手を持ってきて、やけどしないようにと切手屋にもつけさせると、ふたりで力を合わせてシャッターを開けた。

なかから煙が一気に出てきた。まるで獅子のような形の煙だった。あとで知ったのだが、それはとても危険な行為で、もし火の手がシャッターのすぐ手前まで迫っていたなら、出てくるのは煙でなく炎だったという。でも、このとっさの判断がペイペイを救ったのだ。のちの現場検証でわかったのだが、叔母は最後の力を振り絞って、ペイペイとホラぞうをシャッターのすぐそばまで運び出した。ただ、錠を開ける力はもう残っていなかった。

叔母はその夜、亡くなった。翌日、ホラぞうも死んだ。ぼくは、黒い煙がふたりの体を満たして、さらにあの小さな靴屋を飲み込んでいくさまを想像した。黒い煙と激しい炎に襲われてなお生き残ったのは、ペイペイだけだった。

ずいぶん長い歳月が経ったあとも、ぼくには石獅子のしたことの意味がわからなかった。夢のなかで叔母の家の前まで連れていったのは、予告だったのか、罰だったのか、恩情だったのか。そしてあとになって、叔母はとっくの昔に離婚していたことを知った。夫は子供の親権が取れず、しかも、死んだ叔母の保険金を受け取れなかったことを、ひたすら残念がっていたらしい。妹の子供だから、と母がペイペイを引き取

った。あのころ、ペイペイの目はいつも真っ黒な空洞に見えた。まるで今、彼女には信じられるものなどなにもなく、どこか虚空を生きているにすぎないとでもいうように。ぼくは、毎日学校から帰ってくると、憲兵隊の前から商場を眺めた。中華路を挟んで見ると、叔母の店は窓も壁も真っ黒にくすぶって、まるで商場の建物に開けられた深くて黒い鍵穴に見えた。

母が、自分の妹の死になにを感じていたのかはわからない。一方、事件を目撃したぼくは、人生で初めて、人の命が奪われるという感覚を知った。ホラぞうが死んで、もう明日のいたずらをいっしょに計画する仲間はいなくなった。いたずらをまるで英雄譚みたいに広めてくれるやつはいなくなった。後ろから急に肩を叩いて、ぼくをびっくりさせるような友達はいなくなった。歩道橋の上で、歯が五本も抜けた大口を開けて、大笑いするやつはいなくなった。

それは、人生の一部を誰かに消去されてしまったような感覚だった。それ以降、ジジッと音を立てていた電灯が消えたあとやってくる暗闇と、それがもたらすすべてが嫌いになった。

そうだ、叔母の家の鍵について、説明しないといけない。ぼくは鍵屋の息子だと言ったけれど、そのせいで、鉛筆が持てるようになったころから、父にやすりの使い方や鍵の見分け方を手ほどきされ、さらに鍵が錠前を開ける要件を叩きこまれてきた。父は万力の片方に現在使用中の鍵を挟み、もう片方になにも刻まれてない生鍵を挟み、ひとつの鍵が新しい鍵を生み出す秘密を見せてくれた。

「すべての凹みをよく見る。盛り上がってきた場所とその角度に注意する。ちょっとのことでも粗略にしちゃだめだ」と、父は言った。

もし知り合いに鍵屋がいるなら、わかると思う。鍵屋にはさまざまな形の生鍵を保管する場所がある。うちでは生鍵を「鍵の子」と呼んでいた。頭がつぶれたのや丸いの、あるいは十字架や四角型……どの「子」も将来どんな形の鍵になるか、あらかじめ決められている。父は研磨機を足で操作し、その鉄片を少しずつ鍵に変えていく。ときには、穿孔機で凹みをつけたり、やすりで角度をつけたりする。作業中の父の目は、鍵を作っているというより、もっと重大ななにかを扱っているように見えた。「鍵の子」は鍵になったあと、さらに灯りの下で元の鍵とじっくり見比べ、細部の誤差をやすりで削り取る。いい錠前ほど鍵との嚙みが繊細で、それをやってのける父は、もし鍵屋をしていなければ、彫刻家になっていたんじゃないかと思う。そんな言い方が正しいかどうかわからないが、ともかく、父が鍵を見つめる眼差しと表情から、生活のほかの部分ではけっして見せることのない情熱を感じたものだ。

父は客が置いていった要らない鍵を使って、ぼくに練習させた。父の道具を使って、一本一本鍵を作る。いつごろからかは忘れてしまったけれど、商場の人たちが合鍵を頼みに来たとき、ぼくはこっそり余分の合鍵を作るようになった。なにか魂胆があったわけじゃない。ぼくはただ、いろんな鍵の形に魅せられていただけだ。父は、実際に錠前を開けてこそ鍵だと言った。どんな優れた鍵師であっても、ある一定の割合で、解錠できない鍵を作ってしまうものだから。

「鍵と錠のあいだに感情がある。何度も開けていくうちに、少しずつ心が通っていく」ならば、ぼくが作った鍵はテストさえしていない、いわば「生(き)」のままの鍵ということになる。スムーズに開けられる鍵は、つまり、錠前とはもうすっかり「馴染み」というわけだ。

そう、ペイペイが合鍵を作りに来たとき、ぼくはこっそり合鍵をひとつ余分に作った。だから、あのとき切手屋のおやじに渡した鍵は、「生」の鍵だったのだ。その「生」の鍵が、焼けつくような鍵穴に差し込まれ、シャッターを開き、そのおかげでペイペイを生きたまま救い出すことができた。見習いレベルですらないぼくの鍵が、もし、シャッターの解錠に失敗していたとしたら……

今考えれば、ぼくの鍵がペイペイを救い出したのだと思う。

ペイペイがぼくのうちに住むようになってから、うちの「間取り」は変わった。ペイペイと母が三階の部屋で眠り、ぼくと父は二階の店で眠ることになった。母とペイペイは、休みの日になると北門（旧台北城の門。中華路と忠孝西路の角に現存）まで出て、砕き氷水（搖搖冰）を売った。よくわからないが、きっとあのころから、みんな豊かになり始めたんだろう。うちでも錠前の交換依頼や、鍵をなくしたという相談が増え、商売も徐々に上向いてきた。母は、ペイペイがうちに運気を運んできたと言った。その後、ぼくとペイペイは受験で、それぞれ悪くない公立高校に受かった。しかも父が中和（台北市の南に接する地域。今の新北市中和区）にマンションを買ったから、ぼくもペイペイもそれぞれ、鍵つきの部屋をもらった。

ぼくと両親は毎年、莒光号（急行列車）に乗り、大甲へ媽祖のお参りに出かけた。そのたびにぼくは、正殿前の石獅子を遠く眺めた。そして、子供のころのあの事件を思い出し、頭から離れなくなるのだ。獅子は本当に、誰かの手を口に入れられるのが嫌だったのだろうか？　ならばどうして、ホラぞうとぼくとでは扱いが違ったのか？　同じようにぼくの歯を折ってしまえば、それで公平だったはずだ。

ペイペイはよく学校の図書館から本を借りてきた。読んでいるのはいつも、ぼくにはよくわからない『モンテ・クリスト伯』、『嵐が丘』、『分別と多感』みたいな本だった。ペイペイは、わたしもなにか書いてみたいとぼくに話した。なにを？　と訊くと、彼女は、書いたら見せてあげると言った。ぼくは、ペイペイとホラぞうは同じタイプなんだと思った。ホラぞうも口が上手くて、いろんなストーリーを作った。ペイペイは口でなく、手で書くわけだ。ぼくはと言えば、ますます鍵作りにのめり込んでいった。父が店にいないときは、お客さんに頼まれた鍵を、父の代わりに作っておいた。でも父は、鍵屋なんてダメだ。もっと勉強して上の学校に行けと、難しい鍵作りの技を教えてくれなくなった。

いつのころからか、ペイペイが勉強している横顔を部屋の外から覗くたびに、息がつまるほど苦しくなった。ぼくはずっと、その苦しさのもとがなにか確かめたくて仕方なかった。でも、考えれば考えるほど、疑問は増えていく。あのころぼくは、毎日朝勃ちするような歳だったから、自分ではただ、彼女の秘密めいた胸のふくらみや、夜、ベランダに干される小鳥のような下着を、目にすることができないせいだと考えた。でも、たぶんそんな単純なことではなかった。

ぼくは、彼女の瞳に夢中になった。彼女の横顔に夢中になった。そして彼女の体の、ほかの部分に夢中になった。何年もの時間が過ぎてやっと、それが初恋だと気づいた。いや、ぼくは、ペイペイの部屋の合鍵を作ったことはない。仮に鍵を手にしたとしても、彼女の部屋のドアを開けるなんてことは絶対にありえなかった。それはぼくにとっては一種のタブーだった。ペイペイの部屋の鍵は、ペイペイ以外の人が持つことはできない。

たぶん、ぼくの初恋には、もっと長い準備期間が必要だったのだと思う。ぼくは千メートル泳げるようになってからでないと、水に飛び込めないタイプの人間だった。だからある日、錠がかけられた部屋のなかに、ペイペイがほかの男といっしょにいることに気づいたとき、ぼくはすべてをきれいさっぱり忘れてしまおうと思った。ペイペイの部屋にはずっと二重の錠がかけられ、ぼくはその呪文から逃れることができなかった。

君も知ってのとおり、ペイペイはその部屋で自殺した。母は精神的にまいってしまい、実の娘を亡くした以上にふさぎこんだ。(変な言い方だ。そもそも娘なんていないのに。) 死という暗い影に付きまとわれていた少女が、結局、その影に取り込まれて逝ってしまった。彼女の自殺した理由はわからない。ある日の朝、部屋のドアが開かず、朝ごはんを食べに出てこなかった。それだけだ。

今でもよく、石獅子の夢のことを思い出す。あれは本当に夢だったのだろうか? 石獅子はどうして、ぼくを彼女の家の前まで連れていったのだろうか? どうしてそれまで試したことのない「生」の鍵で、すんなり錠を開けさせてくれたのか。もし運命というものがあるのなら、彼女を十年余分に生かし、ぼくたちと共に生活させ、そして最後、やっぱり旅立たせた意味はいったいどこにあったのか?

去年、大甲媽祖宮に行ったとき、思い切って、あの吹き抜けにある石獅子に近づいてみた。ぼくは驚いた。獅子の頭は、ぼくの腰の高さしかなかった。そして、オスのほうの台座に刻まれている文字を見つけた。「乾隆　癸丑年間（一七九三年）菊月置」。解説員のおじさんに訊こうと思ったけれど、事務所の人によれば、もう何年も前に亡くなったらしい。新しいくじの解説員は、民俗学を専攻している若い大学院生だった。論文を書きながら、ここでボランティアしているという。「菊月」はいつかと訊くと、旧暦九月だと答えが返ってきた。彼の脳みそに詰まったデータベースによれば、一月は端月といい、二月は花月、三月は梅月、四月は桐月、五月は蒲月、六月は伏月、七月は茘月、八月は桂月、十月は陽月、十一月は葭月、十二月は臘月であるらしい。

ぼくは、どうしてこの獅子は本物のライオンと似ていないのか訊いた。すると若い解説員は少しためらったあと、よくわからないと答えた。そして、ぼくが帰ろうとするころ、追いかけてきて言った。「さっきの、獅子がどうしてライオンに似てないかという質問ですが」

「ああ」

「ぼくの父が言っていた説ですが、本当かどうか。でも、聞いてみますか？」

「どうぞ」

「石獅子をライオンそっくりに彫ると、逃げてしまうと言われているそうです」

「逃げる？」

「はい。父から訊きました。山や草原や田んぼに逃げてしまうんだと」

ぼくは若い解説員の目を見た。その目は、少しおどおどしていた。

「おかしいでしょう。まあひとつの説ということで」

「いやいや。ありがとう」と、ぼくは言った。そして付け加えた。「もしかしたら、本物に似ていなくとも、逃げ出すことはあるかもしれない」

「なにか？」

「いや、ちょっと考えただけです。もう何百年もそこにいるんだ。いったい、どんなことを覚えているんでしょう。そして、もし、逃げ出したことがあるのなら……」

悪いね。思いつくまま、ずいぶんいろいろ話してしまった。君は、魔術師のことを聞きたかっただけなのに。でも、どうしようもない。記憶がこんがらがったまま、一気に湧き出してきてしまった。ぼくは長いこと、IT関係の会社で安定した職についていた。そして、ときどきペイペイが読んでいた小説を読んだりした。それが、あるときイランへ旅行して、ペルシャ絨毯（じゅうたん）とひとりのペルシャ人女性に心を奪われた。ぼ

くは彼女を妻に迎え、今はペルシャ絨毯の商売を始めて、子供もふたりいる。こんな言い方バカみたいだけど、あの魔術師は、普通の魔術師じゃなかった。彼のマジックはありきたりのものも多かった。でも自由自在で、ときに謎めいていた。機会があれば、ぜひもう一度、彼のマジックを目の前で見たいと思う。またぼくを、だしにしてもらいたいね。

そうだ、この鍵をあげよう。真珠をモチーフにして作った鍵だ。どこかに飾ってもいいし、キーホルダーにしたっていい。どこを開ける鍵かって？　ないない。この鍵が開けるべき錠前はない。ぼくの趣味は鍵を作ることで、錠を作ることじゃないから。君も知ってのとおり、世界には鍵で開けられないものがたくさんある。ただぼくは、鍵は作られたあと、いつかどこかで、それが開けられるものと出会うんじゃないかって、ずっと信じている。

ギラギラと太陽が照りつける道にゾウがいた

カラスと恋するなんて、一生ありえないと思ってた。だって全然性格も違うし。まるでトンボとセミの血縁関係くらい違う。

カラスとは、同じ読書サークルで出会った。読書サークルには、自分では書けない小説について、さも鋭く、正しい意見を持っていると思い込んだ人たちが集まっていた。わたしはＪＯＪＯに連れられて参加した。十人くらいの集まりで、発言しなかったのはわたしとカラスだけだった。すみっこにいたカラスは痩せ型の男で、全身黒ずくめの服を着ていた。彼の眼差しは冷たく濡れたハンカチを思わせた。読書会が終わったとき、彼が近づいてきて、わたしに話しかけた。ぼくの名前はカラス。ニカノール・パラの詩と村上春樹の小説が好きなんだ。

一か月後の同じ日に、わたしは彼と初めて寝た。終わったあと急に、あったかい布にくるまれた赤ちゃんになったような気がして、うっかり眠ってしまいそうだった。でも、今日初めてして、いきなり自分だけの世界に閉じこもるのも勝手すぎる。わたしは半分眠ったまま、ぐずぐずと脚を動かして、彼のちょっと贅肉(ぜいにく)がつき始めたおなかに触れた。それからカラスはひとり浴室に行った。すると今度は眠気からすっかり覚めて、ぽつんとしたお墓の前で、降り始めの雨のなか立っているような感覚だけが残った。

知ってる？　女はみんな、誰かと付き合うときに、その男の部屋を想像する。カラスの部屋のインテリアは、わたしの想像とほぼ一致していた。二十平米くらいの部屋に、クローゼットが三つあって、高さ二メートルくらいのＩＫＥＡの白い本棚には、今どき流行らない哲学書と文学書、それからかなり前の旅行雑誌が並んでいた。カラスは本にカラーの付箋(ふせん)を貼って、でも書き込みはしてなかった。あとは、そうだ。書き写した詩や、自分で撮った写真を洗濯バサミで挟んで、部屋の天井に渡した針金から一枚一枚ぶら下げていた。

唯一、わたしの想像と違っていたのが、机とトロメオのスタンドだった。アームが途中で折れるクラシックタイプだけど、彼の懐具合からしたら、相当長いあいだ、しかもかなり節約しないと買えないはずだ。おまけに、このスタンドは机とマッチしてない。カラスの机は抽斗(ひきだし)がふたつついた、かなりレトロなやつだった。よく見ると、天板に将棋のマス目が彫ってある。何年使ってるんだろう。どう見たって、トロメオとは合わない。

わたしは浴室に向かって叫んだ。ねえ、服借りていい？

いいよ。右手の戸を開けると、シャツが入ってる。わたしはクローゼットを開けた。

するとそこに、ゾウがいた。

たしか一九九〇年ごろだったと思う。わけあって、ぼくは家を出た。母が亡くなって、すでに数年が経っていた。父とぼくはずっと折り合いがよくなくて、それより前、三年くらいは会話がいっさいなかった。そう、もはや互いが理解できる共通言語を失ってしまったみたいに。家を出てしばらくは、親友が順番に泊めてくれた。でも、時間が経つとどうしても、彼らのうんざりしたという気持ちが透けて見えてきてしまう。まるで自分がその家に合わないソファになったような気がした。やはりどこかに部屋を借りて、自活しなければならない。お金の問題を解決するため、短期アルバイトをたくさんやった。チラシ配り、アンケート調査、ガソリンスタンドの夜勤……ときには一日に三つ、四つ掛け持ちして、やっと街のはずれのシェアルームに入ることがで

きた。家から持ち出したものを部屋に並べたら、だんだん、その部屋が自分のものになったような気がしてきた。共同のトイレとシャワールームを除けば、やっと他人と分け合う必要のない自分だけの場所を手に入れた。

父がぼくを探す気がないのはわかっていた。大学に通っていたのだから、その気があればいつでも見つけ出すことはできたはずだ。ぼくにしたって実家に戻る気はなかった。月日が経つほどに、ぼくも父も、先に頭を下げることが屈辱だと考えるようになっていた。きっとそれぞれの陣地で、相手の記憶を消す方法を必死になって考えていたんじゃないか。一日の大半の時間をバイトに取られていたから、授業中はほとんど眠っていた。そのまま何学期か過ぎたけど、単位を落とした科目はひとつもなかった。奇跡としか言いようがない。真面目な話、うちの大学のカリキュラムはけっして楽じゃない。毎週、撮影の課題があり、学期末にはドキュメンタリーかドラマの映像作品を制作し、提出するレポートも山ほどあった。もっとも、この手の課題はぼくにはたやすかった。ファインダーを覗き込み、何枚かのガラスの組み合わせで世界を見るだけだ。冗談抜きに、自分にその才能があることは知っていた。ぼくが初めて自分で現像、プリントした写真は、八里(はちり)（台北市の北、淡水河左岸地域。新北市八里区）の埠頭(ふとう)で撮ったモノクロ作品だった。じめっとした灰色のコンクリート護岸が、フレームの三分の一の高さから斜めに横切る。黒ずくめの釣り人が横顔を見せて、三〇度の角度で釣り竿を構えている。

その三歩ほど奥では背を向けた釣り人が竿を立て、からまった糸を解いている。そのあいだに、後ろ足で耳を掻く、黒いぶちの台湾犬を置いて前景にした。川面はほとんど透明に近くて、霧でできたような街がアウトフォーカスのまま浮かびあがる。この写真は今でも持っている。課題のテーマは、「三つのメタファー」だった。

あのころは彼女がいなかったから、お金の使い道もなかった。だから、生活費の残りは全部、フィルムと現像とプリントに使えた。

その日、大学の映画サークルの仲間たち——シュウ、キョウ、タクと、バイトの面接に行くことにした。サークルで、見る者をことごとく理解不能にする『アンダルシアの犬』を見終わったところだった。めいめいバイクに乗り、あのころまだ工事中だった河岸道路を走った。入り口にあった「進入禁止」の看板を見ぬふりすれば、台北市内まで十分早く着ける。排気ガスが充満した大通りから路地に入り、工事現場を過ぎて、ニセモノのように真っ平らで、真っさらなアスファルト道路に出た。道の左手に醜い堤防があった。ぼくはよく、この堤防は洪水を防ぐためでなく、都市生活者から川を隠すために作られたんじゃないかって考えた。バイクを走らせながらいつも、堤防の向こう側から水流がいじわるそうにぼくを追いかけてくるような気配を感じていた。河岸道路の終点は台北市と台北県（今の新北市）の境界にかかる橋で、かつて橋桁が崩落する恐ろしい事故があった。新しくなった橋を通るたび、橋桁が突如ガラガラと崩れ、褐色の川へ落ちていく情景を想像した。

面接の店に着くと、もう六時を過ぎていた。高級店が立ち並ぶエリアにある店の入り口には、ハーフの子供たちをモデルにしたポスターが貼ってあった。スーツを着て、胸ポケットから白いハンカチをのぞかせた子供、鞭を手にカウボーイの扮装をした子供、そしてイブニングドレスにハイヒールの子供……完全に「スモールライト」で小さくされた大人だった。ショーウィンドウには、三体の小さなマネキンが作り笑いを浮かべている。ひとつは青い目で、残りは茶色の目だった。

すみません。バイトの面接に来たんですが……。シュウは相手が女だと声が途端にやさしくなる。どうぞ入って、と制服のスモックを着た店員が軽やかな声で言った。水色のスモックの下はショートパンツで、露わになった脚が、ぼくらをどぎまぎさせた。

店長はテディベアのおかあさんみたいな人だった。彼女もスモックを着ていたが、あまり似合ってなかった。ぼくはスモックの刺繍に気づいた。手足がちんちくりんのかわいいゾウが、ほっぺを膨らまして、でも笑っている。天井には長いひもが何本も渡してあり、カラフルな風車がいっぱい並んで、クーラーの風にクルクル狂ったように回っていた。まるで誰かが時間を早めるために仕掛けたゼンマイだった。

一日六時間、午後三時から九時まで、ゾウの着ぐるみを着て、店の入り口で風船を配ってもらいます。二組に分かれて、交代でやったほうがいいわ。着ぐるみは結構重いから、楽じゃないわよ。だいたい五、六キロあるはず。一日ふたりの当番制がいいんじゃないかしら。一日に何人も来たって、脱いだり着たりの時間がもったいないから、と、おかあさん店長は、いささかくどいやさしさで言った。

ぼくは訊いた。じゃあ晩ごはんで交代するんですか？

そうね、もし二交代制なら、晩ごはんにお弁当をふたつ用意させるから、交代のときに食べればいいわ。

着ぐるみは先に見れますか？

見てどうするんだ？　とシュウが言った。試着するのか？

店長は善良そうな笑顔を浮かべたまま言った。本当は試着させてあげたいんだけど、まだ届いてないの。みんなサイズは大丈夫だと思う。二、三日前になったら本社が発送してくるから。ほかに質問は？

ありません。

じゃ、早く決めてね。このあとまた誰か面接に来たら、面倒だから。うちだって急いでるのよ。年に一度のバーゲンだから、やっぱりゾウさんがいないとね。

ガラスのドアを開けて表に出ると、わっと熱気が襲ってきた。店は交差点の角にあった。ゾウがトレードマークとあって、アーケードを支える四本柱はゾウの脚だった。細かい玉石タイルの柱が地面と接するところに、わざとでっぱりが作ってあり、白い半円状のひづめになっている。道行く人はまるで、大きなゾウのおなかの下を通っているような気がするはずだ。ぼくらはゾウのおなかの下で会議を開いた。タクとキョウは、やる気はないと言った。ふたりはゾウになるほど生活に困っていなかった。したがって、考えるまでもなく、シュウとぼくでこのバイトをすることになった。

ぼくにはこの仕事を断る理由がなかった。郵便局の口座にはたった三十元（約百円）しか残高がなかった。それに、この仕事に惹かれた一番の理由は、まさにゾウに扮するという点にあった。もしミッキーマウスやグーフィーだったら、まったくやる気はなかった。ゾウなら、ぼくはＯＫだった。

初日はあいにく、でっかい太陽が出ていた。遠くに見るアスファルト道路はまるで、キラキラ輝く川面だった。誰もが、地面に落ちた影に沿って歩いている。まるで、自分の内面が太陽に照らされ、露わになるのを恐れているように。ぼくはポータブルCDプレーヤーを持っていった。この仕事に耳は必要ないと踏んだからだ。とにかく、できるだけもれなく風船を配る。それからかわいいゾウさんの動きをすればいいはずだ。ちょっと考えてみたけれど、ゾウの動きというのはそんなにバリエーションがない。

店に着いてまず、このあいだの脚がきれいな店員さんに挨拶した。彼女はぼくのことを覚えていてくれて、ちょっとうれしく思った。それから着ぐるみが置いてある場所へ連れていかれた。着替えたら呼んでね。背中のチャックを上げてあげるからと言われ、ぼくは顔が赤くなった。

ゾウは倉庫みたいな部屋に置いてあった。整然とした木の棚が四方を囲み、透明ビニールに包まれた、キャンディみたいな子供服が並んでいた。着ぐるみのゾウは折りたたまれて、ベンチの上で灰色の四角になっていた。車のタイヤほどもあるゾウの頭が、薄笑いを浮かべている。着ぐるみに体を滑りこませ、足からまず灰色に変え、だんだんゾウになっていく。予想以上のあたたかさを感じた。クーラーがあってこれか、まずいな、と思った。ぼくはかなりの暑がりだった。ドアの外にいるはずのスモックの女の子を呼んだ。彼女は倉庫に入ってきて、ぼくの背中のチャックを上げた。

ほら、すっかりゾウさんね。これで頭を被ったら、もう誰かわからない。

それから彼女は、ぼくにいくつか注意を与えた。通りに誰かいたら、ぼさっと突っ立ってないで、かわいいポーズをとって人を惹きつけること。でも子供を驚かしてはダメ。怖がりそうと思ったら、無理に近づかないこと。風船を渡すときは、歓迎の仕草を見せること。持ち場を離れてはいけないこと。

イヤホンで音楽を聴いてていい？　とぼくは訊いた。

それじゃ、呼ばれたとき聞こえないじゃない。

大丈夫だよ。だって何時間もやるんだよ。交代時間は店の時計を見ればいいし、仕事の邪魔にはならないと思う。なにか急用があったら手を振ってくれれば……

ぼくはポータブルプレーヤーの再生ボタンを押して、ゾウの頭を被った。ゾウの脳みそのところは空っぽで、マジックテープでスポンジをくっつけるようになっている。背の高さによって厚みの違うスポンジをつける。そうすれば、誰でもゾウの口から前方が見えるわけだ。ただ、ゾウの頭は相当重くて、しかも顔を上げすぎると、なかの顔が見えてしまう。だから顔はずっと下げ気味にしていなければならない。でも、そうすると視界は三〇度しかないから、見えるのは子供と大人の下半身だけだ。なんだか、かくれんぼで隠れているとき、わざと残した隙間(すきま)から外の世界を覗いていたことを思い出す。

その姿勢のまま、周囲の状況を観察してみた。アーケードのゾウの柱には、脚の爪まで作られていた。人と同じような半月型の模様があったけど、実際、ゾウの爪にそれがあるのかどうかは、ぼくにもわからなかった。遠くにレンガ敷きの歩道が見えた。

楕円の模様が二重に描かれている。よく見かけるステンレス製のゴミ箱が地面にしっかり固定されていることに初めて気づいた。ただその足元はじっとり薄汚れていた。レンガの表面にはハトの白い糞がたくさんついていて、一見きれいな平和の象徴がこうして糞尿（ふんにょう）を撒（ま）き散らしているとは思ってもみなかった。顔を上げて、ハトがどこに巣を作っているのか見てみたかったが無理だった。クソッ、とにかく頭が重すぎる。

　どうしてだろう。ぼくは、母のことを思い出していた。小さいころ、母は忙しくなると、棚の上から箱を取り出してぼくに渡した。箱には布切れと糸切れ、綿やボタン、ベルトなど服のパーツと切れ端がいっぱい詰まっていた。母は服のお直しをしていた。うちの家は商場の三階にあって、普通のお客さんが来るようなところではまったくなかった。うちのお客さんはだいたい、一階にある紳士服店や学生服店で、直しが必要なものを一着一着持ってきては、母に頼んだ。母は仕事が早くて、手間賃も一着十元（約三十五円）と安かったので、商売は繁盛していた。頼まれた服にはチャコペンで直す箇所が描いてあり、家の設計図みたいだった。

　箱のなかの端切れは、たしかにぼくを惹きつけた。でもしばらく遊んでいると、端切れの海にとぷんと落ちてしまったように、うつらうつらしてしまう。実際、箱を覗（のぞ）き込（こ）んだまま居眠りしていたことが何度もあった。

ぼくはチラシを配りながら、端切れのようにとりとめない考えをめぐらせた。子供たちは風船をもらってとてもうれしそうだった。彼らの足を見れば、すぐわかる。ゾウのなかに隠れていると、新しい皮膚で密閉され、外気に触れることができない。あっという間に全身汗まみれになった。ボンベでシューシューと、ゾウのイラストが入った風船を膨らませる。汗が虫のように脇の下を流れていく。子供たちが次々やってきて、宙に浮かんだ風船をもらっていく。酸素が足りない。もしかしたら、ぼくはこのときから、子供なんかいらないと思い始めたのかもしれない。ちょこまかと階段を行き来する、小鳥のような足音はいらない。得体の知れない、ただ未来の可能性を育むだけの果実はいらない。我々に幼年期を思い出させるための使者はいらない。

ふいに、自分の顔を認識する能力を失ってしまったような気がした。身分証が示す許嘉祺(きょかき)——友達が「カラス」のあだ名で呼ぶ男は消えた。頭の上にはスポンジがないと形が崩れるゾウの頭があった。ぼくはたしかにこの世に存在している。でも今、ぼくはつまり、透明人間になっていた。

子供のころ、ぼくは透明人間になりたかった。あるとき、マンガを読んでいたら、透明人間になる呪文が載っていた。ぼくはそれを一心に唱えた。服を脱いでみたものの、外に出る勇気はなくて、呪文が効いているかどうかはわからない。兄は言った。呪文はそれを信じてなければ、効かないんだ。でもぼくは、やっぱり呪文を信じ切れず、裸のまま外に出ることはなかった。いや、兄も同じだった。ぼくと兄はお互いの裸を見ながら、まるで自分の裸を見ているような気がしていた。呪文は、誰にでも効くとは限らない。同じ呪文を知っている人には効かないって聞いた。だからぼくらは、透明人間になれたかどうか、証明することができなかった。

初めて付き合った彼女に、この話をしたことがある。安ホテルでのセックスのあとだった。ベッドのなかでおしゃべりしていたとき、ぼくは彼女といっしょにあの呪文を唱えた。そしてぼくらは窓際に移り、もう一度セックスした。まるでふたりの姿が、世界中の誰からも見えないのだというように。

バイトのあいだ、そんなことを思い出していたら、ふと、見慣れた足がぼくの目の前を通り過ぎた。いや、見慣れた足でなく、見慣れた足の指だった。思わず顔を上げたら、子供たちがケラケラ笑い出した。ゾウでないぼくの顔が覗いたせいで、ニセモノだぁ、とみんな笑った。ぼくはあわてて顔を下げた。その一瞬、彼女の背中が見えた。ぼくは、彼女の名を呼ぼうとした。でもはたと、今、自分はゾウなのだと思い出した。ゾウは人間の言葉を使って、誰かの名前を叫ぶだろうか？　ぼくは子供たちから離れて、前に何歩か進んだ。信号が青に変わった。彼女は振り向きもせず、人生がただひたすら老いゆくのと同じように、ためらいなく横断歩道を渡っていった。

ぼくは迷っていた。ゾウは通りの向こう側まで、走っていっていいのだろうか？スモックの女の子は、チラシを配っているはずのゾウが道の向こうにいたらびっくりするだろう。迷っているうちに、信号が赤に変わった。台北の信号はいつもこうだ。一部の人にきっかり道路を渡らせたところで、その後続をあっさり断ち切る。つまり道を渡るとき、迷いがあってはいけないということだ。まるで、死に物狂いで完成させなければならない人生の大事が、今、そこにあるように。想像してみなよ。ギラギラと太陽が照りつける道にゾウがいて、ちょっとだけ頭を持ち上げ、疑念と憂鬱(ゆううつ)をたぎらせて道路の向こう側を見ている……

その日はずっと、彼女の背中と指のことばかり考えていた。足の指は孤独に、あの悩ましげな両脚の先についていた。まるで完全な美しさのあまり、ついに十本に切り分けられてしまったように。

でもぼくは、その指が彼女のものかどうか確かめられなかった。唐変木(とうへんぼく)の信号のせいだ。うすのろのゾウのせいだ。そしてギラギラ照りつける太陽のせいだ。

一週間が経ち、仕事にも徐々に慣れてきた。ありていに言えば、この仕事は自分の心を別の体に売ってお金をもらう営みということになる。ポニーテールの女の子が恥ずかしそうに近づいてくる。ゾウの体に触れたとたん、まるでやけどしたみたいに、ぱっと逃げ出した。ちょっとわんぱくな男の子なら、ゾウのしっぽを引っ張る。しかも真剣に力いっぱい、絶対にちぎってやると言わんばかりだ。お母さんに抱かれた子供も手を伸ばして、ゾウの鼻に触る。そしてケラケラと笑い出す。ゾウの鼻にはハッピーがつまっていて、触れるとうつるらしい。たしかにゾウになるのは楽しかった。でも、その楽しさも長くは続かない。その楽しさは全部ゾウのもので、ぼくのものじゃない。ぼくは子供の気を惹くことに飽きてきた。一方で、孤独に呑まれていくような感覚がまたあった。みんな、ぼくのことは知らない。みんな、ただゾウを見ているだけなのだ。そんなことを話したらシュウは、そうやってまたブルーなふりして、女の子をたぶらかそうとしてやがる、と言った。ぼくは着ぐるみを脱いで、シュウに渡した。ゾウの内側は、ぼくの汗をたっぷり吸っていた。シュウはぼくの次だから、当然ぼくがシュウのチャックを閉めてやる。チクショー、わかってたら、おれが早番を取るんだった、とシュウが言った。

バイトしていたころ、午後になるとよく夕立が降り、雷が鳴った。まるでどこかで照明係が操作しているみたいに、空はいつもいきなり暗くなった。雨が降ってきたら、ぼくは決まって軒下に逃げた。雨やどりしながら、音もなく進み、そして速度をゆるめ、左右に曲がっていく車の流れを見ていた。一台一台ゆっくりとひとつ前の車について続いていくさまは、まるで長い葬列を思わせた。信号待ちの女の子が、持っていたアイスクリームを落として、泣き出した。アイスクリームはみるみる雨に溶けて、痛々しい乳白色が広がった。雨のなか、ぼくは女の子に駆け寄り、風船をあげた。女の子のお母さんはとても礼儀正しく、ぼくにありがとうと言った。女の子は気持ちがこんがらがって、泣いたまま笑い出した。このとき、ぼくは少しだけ顔を上げた。すると、通りの向こう側に、ひとりの男が見えた。彼はぼくを見ているようだった。雨は強く降っていた。男もぼくが見ていることに気づいたらしく、すぐに身を翻して、その場を立ち去った。

雨は瞬く間に土砂降りとなり、女の子のアイスクリームはすっかり水たまりと混じり合って、コーンだけが形を残していた。お母さんは傘を差しながら女の子を軒下まで引っ張り、ゾウの右前脚のあたりに立たせた。

ぼくは少しだけゾウの頭を持ち上げ、道路の向こう側を見た。さっきの男はもう姿を消していた。向こう側へ渡って確かめようという気はさらさらなかった。むしろ、車の流れが冷ややかな川のように、向こうとこちらに隔ててくれることに感謝した。でもふいに、さっき見た男の背中は、父とたしかに似ていると思った。いや、ぼくは即座に、あれは紛(まぎ)れもなく父なのだと確信していた。子供のころ、母とケンカした父は、いつもあんなふうに一言も発せず、異常なかたくなさでぼくらに背を向け、どこかに消えたのだ。その後、ぼくと父だけが残され、会話もなくなったころ、父はぼくの顔を見るたびに、同じかたくなさでぼくに背を向け、どこかに消えた。顔は見ずとも、背中を見ればそれが父だとわかった。ときに、顔なんか見ないほうが相手の悲しみを強く感じることができる。人の背中は、顔よりずっと悲しい。人の足取りは、眼差しよりずっと悲しい。ぼくはいつもそう考えている。

不思議だったのは、それ以降、ぼくがゾウになっているときはきまって、遠い記憶のなかの誰かや二度と関わりを持ちたくない人が現れたことだ。小学校のそろばん大会でぼくをいじめた先生、高校のときに片思いしていた台北商業の女の子、小学生のとき歩道橋にいた汚らしい魔術師……自分がこんなにたくさんのことを覚えていたとは、驚きだった。髪の毛が伸びて散髪するくらい些細なことが、ずっとこうして、自分でも知らない心のどこかに隠れていた。

魔術師の顔を覚えているなんて、自分でも思ってもみなかった。でも、彼がぼくの前に現れたときすぐ、あのジャンプブーツを履いた足と、マジックの秘密を誰にも悟らせない手を思い出した。魔術師はぼくの目の前で立ち止まり、風船をひとつ手にとった。それから、ほら、こんなふうに、ぼくの目の前で風船から手を離して、飛ばした。その動作を見て、彼もまたぼくのことを覚えているのだと知った。今、ぼくはゾウであるにしても。魔術師はトカゲみたいな、別々の方向を同時に見る目を持っていた。ぼくは子供のころから、それだけは忘れたことがなかった。

子供のころに住んでいた商場の話、君にしただろうか？　きっと知らないだろう、そんなところ。知ってる？　そうか。ぼくは一番手前の「忠」棟に住んでいた。放課後はいつも、「愛」棟と「信」棟のあいだにかかる歩道橋まで走った。魔術師がマジックをしてないか、見に行ったんだ。当時、商場じゅうの子供が彼の熱心なファンだった。その日、大雨のあと、雨脚が少し弱まったころだった。歩道橋には物売りがひとりもいなくて、魔術師も退屈そうに傘の下でうずくまっていた。ぼくは兄といっしょに、魔術師がマジックをやるかどうか様子を伺っていた。それから五分経ったか、十分経ったか、道行く人は相変わらずほとんどなく、きっとぼくらがずっと見ているのにうんざりしたんだろう。魔術師は、じゃあひとつ、お前たちだけのためにマジックを見せてやろう、と言った。

魔術師は訊いた。双子か？　うん、とぼくたちは頷いた。お前たちは知らないだろうが、双子というものはみな、ひとつの魂をふたりで分けあっているものだ。だからある方法で、ふたりをひとりに戻すことができる。魔術師は続けた。三つ数えるから、お前は右に、お前は左に体を回して、背中合わせになるんだ。そして目をつぶる。一、

二、三、よし。それでいい。じゃあ、相手のことを考えるんだ。真剣にだぞ。眉毛、目、口を思い描くんだ。もし相手の歯や耳、顎（あご）を覚えていたら、それも思い浮かべろ。細かければ細かいほどいい。よし。今からふたりいっしょに一、二、三を数えて、振り向くんだ。目はまだ開けちゃいけない。まだだ。いくぞ、一、二、三。よし、見ろ。

兄が消えていた。

かつて感じたことのない恐怖に襲われた。自分が一番よく知る、しかもそこに立っているはずの兄がいなくなったのだ。歩道橋は人気もなく、ぼくと魔術師しかいない。歩道橋の下はいつもどおり車が走っている。ギラギラと拡散した光が差し込んできた。驚きは一秒、あるいはもっと短い時間で消え失せ、ぼくは泣き出した。体の奥底から振り絞った泣き声は決然として、都市と森林をつんざくように響いた。魔術師は少し慌（あわ）てたように、これはマジックだ。ただのマジックだ、とぼくに言った。お前の兄貴は消えてない。触ってみろ。魔術師はそう言って、ぼくの手をぼくの胸に置いた。トクトクと心臓の音がした。なぜだかわからないけど、たしかにそこになにかがいると思えた。これが兄なのだろうか。兄はこの、いつもと少し調子の違う、心臓の音になりかわったのだろうか？　さっきまでとかすかに違う、温度になりかわったのだろうか？　それともこの心に？　これはぼくの心だろうか？　それとも兄の心だろうか？涙はやっぱりとめどなく流れていた。まるでふたりぶんの涙が、ぼくひとりの目から溢(あふ)れているように。
魔術師はノートを一冊取り出した。昔風の、線も枠もない宿題ノートだ。裏表紙には「堂々たる中国人になりましょう　規則をしっかり守りましょう」と書いてある。そして魔術師はあるページを開いて、言った。見ろ。

兄がそこにいた。

いや、正確に言えば、ノートの一ページに兄が描かれていた。よほど神がかった才能の持ち主が描いたのだろう。こんな紙に鉛筆だけで、ひとりの人間を恐ろしいほどリアルに描いている。ぼくには、いっしょに寝ているときすぐ近くに見える、兄の耳の産毛まで見えたように思えた。話しているとき兄の口の奥に見える、雑な銀のかぶせが覗いたように思えた。そして、ぼくと唯一似ていない、兄が時折見せる切なげな瞳があった。なぜだかわからないけど、兄は七、八歳のころから、そんな切ない瞳をしていた。その後の人生で、あんな切ない瞳を見たことは一度もない。その瞳は、兄自身が経験したことより、ずっと多くのものを見てきたように思えた。

魔術師はノートを閉じた。そして、ぼくの左手をノートの表紙に置くと、目を閉じて、兄貴のことを考えろ、と言った。そんなの難しくもなんともない。さっきの絵がいとも簡単に、ぼくの心に兄の姿をくっきり焼きつけてくれたから。一、二、三。目を開けると、兄がそばに立っていた。ぽかんと、今起きたばかりみたいな顔つきでそこに立っていた。

　ぼくたちは家に着くまで、一言も喋らなかった。まるで冷えきった小川から救い上げられた直後のように、ずぶ濡れのままふたりの体は石となり、鼓動すら止まっていた。


　そう、それが兄と過ごした最後の夏だった。その次の年、兄は死んだから。西門町の賭場にいる父を呼び戻すように母から言われ、兄は面倒だったのか歩道橋を使わず、いつも商場の子供たちがこっそり遊んでいた踏切ダッシュをして、ちょうど電化が始まったころの列車に轢(ひ)かれて死んだ。踏切ダッシュとは、踏切の係員が遮断機(しゃだんき)を下ろし始め、赤い小旗を振ったあと、頭を手で覆い、目をつぶったまま踏切の向こうまでダッシュする遊びだ。きっと兄は、石ころを踏んで転んだんだと思う。線路には石がたくさんあったから。一時期、石拾い競争も流行った。一番丸い、鶏が産んだみたいな丸い石を拾ったら勝ちだった。

　父はかつて時計職人で、商場の一階に時計店を開いていた。子供のころ、ぼくは片目にルーペをはめて、時計修理をする父を尊敬していた。作業机の灯りが小さな丸い時計を照らすなか、神秘的で繊細(せんさい)な道具を手に、前かがみで仕事をする父の姿に憧れた。まるで時計の歯車と歯車のあいだに、神聖で深奥ななにかが隠れていて、唯一父だけがそれを外して、また元に戻すことが許されているようだった。ぼくはいつも、時計のなかに無数の小人がいるさまを想像した。小人たちがけっして怠けることなく、永遠を一日のごとく勤勉に働き続ける。父はそんな小人たちの神なのだ。それに、近所の人たちがいつもうちの時計を見に来ることに、ぼくは鼻を高くした。もちろん、どの家にだって時計はある。でもやっぱり、うちの時計が一番信用できるのだ。みんなうちの前を通り過ぎるとき、無意識になかを覗き、時計を見た。そして、自分の時計を合わせる。

　父の作業机は、ぼくらの遊び机でもあった。父は机の上にマス目を彫って、手が空いたときはぼくと兄を呼び、三人で中国将棋（象棋《シャンチー》）をした。まだ小さかったから、ふたり力を合わせても、父には敵わなかった。父はいつも、「車《チャー》」や「炮《パオ》」（どちらも「飛車」に似た駒）をぼくらにくれた。

　でも、のちに父は四色牌《スーサーパイ》（カード麻雀のようなもの）かなんかの賭け事にはまって、仕事に身が入らなくなり、生活も乱れていった。ぼくは兄の死に目に会えなかった。近所のミーは、ぼくに言った。電車に轢かれたら、死に目もクソもないよ。

　兄が死んで、父は二度と賭場に行かなくなった。でも、それ以来毎日、歩道橋の手すりにもたれて、ずっと踏切を眺めていた。まるで空飛ぶ恐竜が現れるまで、ずっと空から目を離さないとでもいうように。母は自分を支えきれなくなっていた。もともとは毎日早く起きて朝ごはんを作り、洗濯を済ませ、昼ごはんを用意したうえで、洋服直しの仕事を始めていたのだが、もはやそんな規則正しい生活は維持できなくなっていた。それに、注文の服を別の人のサイズで直してしまったり、完全に別のなにかと勘違いしたり、直す服自体をなくしたりするようになった。あるいは消えてしまった誰かの服が、ぼくを遊ばせる箱の端切れに変わっていたのかもしれない。

ついに、母に仕事を依頼する人はいなくなり、二年後、母は病気で死んだ。母は、ぼくのためにもう少し頑張って生きてはくれなかった。その二年のあいだに、父はこっそり店の権利を売り払っていた。母にとって最後の生きる希望も、こうして失われた。父は、時計職人としてもう一度やり直そうと考えていたのだが、アルコールに侵された指は、もはや微細な部品を正確に組み立てることができなくなっていた。母が死んですぐのころ、デジタル時計が流行りだし、父はいやいや、歩道橋で安いデジタル時計を売った。月曜日に時間を合わせると、一週間後にはどれも違う時間を指すという代物だった。父は修理もしなかったし、誰もそんな時計を直そうとは思わなかった。安いのだから、壊れたら次のを買えばいい。父はデジタル時計を嫌っていた。こんな電池だけでチカチカする時計ごときが、世界に時を告げる資格があると思ってやがる。そんな安直な話があるか。そうだろう？　そんな安直な話があるか。

母の話では、父の時計修理の技術は、日本統治時代（日清戦争で勝利した日本が台湾を植民統治した時代。一八九五―一九四五年）

に召集されて、軍の技工になったときに身につけたものだという。腕時計も目覚ましも全部、ぜんまい仕掛けだった時代、その腕でふたりの息子を育てることはたやすいことだった。でも、どこの子供も直感的に感じるように、ぼくもまた、父が兄を愛し、ぼくを憎んでいることを知っていた。うりふたつに生まれたふたりを、どうして平等に愛することができないのか、ぼくには少しもわからなかった。

ぼくは、ある時期ずっと、こうして手に触れられるものはすべて幻なんじゃないかと考えていた。机も幻、ベッドも幻、こうして触れる君の乳房も幻。よりかかる大木までも幻で、ただ、ぼくらの心のなかにあるものだけが本当なんだ。矢で貫かれたようなあの痛みや、ぼくらに語られた炎のような記憶だけが……

ゾウになったぼくの視界を、彼らはまるで葬列のように通りすぎた。そしてついに、彼らに触れることはできなかった。話すことも、近づくこともできなかった。二か月のあいだ、ぼくはゾウの着ぐるみを脱いだあとも、すぐには帰らず、道の向かい側に立って、遠く、シュウが演じるゾウと、ぼくがいつも見つめていた交差点を眺めた。あの幽霊たちが出てくるかどうか、奇妙な気持ちでずっと待っていた。道を挟んで見れば、シュウのゾウは、ぼくのゾウとなんら変わりがなかった。ヘリウムガスで風船を膨らまし、いいかげんにしっぽを振り、永遠に疲れることのない笑顔で立っていた。

もし声を出さなければ、ゾウの中身がぼくなのかシュウなのか、誰にもわからないだろう。でもどうしてだろう。ゾウの着ぐるみを脱いだあとに彼らが出てくることはなかった。きっとみんな、ぼくがぼくのときは隠れていて、ゾウになったときだけ、出てきてくれたんだろう。ぼくはそんなふうに思った。

バイト期間もそろそろ終わろうかというころ、なんとなく、ぼくはゾウの着ぐるみを買い取ることに決めた。おかあさん店長に、もらうべき給料で買いたいと告げた。シュウもスモックの女の子もびっくりしていた。きっと頭がおかしくなったと思ったんじゃないか。店長は少し迷って、でも、意外にもやさしく、こう言ってくれた。着ぐるみはあなたの二か月分の給料より高いんだけどね。いいわ、売ってあげる。

それが、君がクローゼットで見つけた、ゾウだ。

わたしは、カラスの話を聞きながら、彼のおなかを脚でゆっくりと撫ぜた。そしてわたしたちはもう一度、セックスした。彼が大きくなったとき、わたしは、透明人間の呪文を教えてとねだった。わたしたちは黙ってそれを三回念じて、それから抱き合った。カーテンと窓を開け放ち、音をたてずにした。まるで時間を引き伸ばすように

……まるで今、窓の外に彼らが現れるのを願っているように……

終わったあと、カラスは目を閉じたまま言った。前の彼女とは、二十歳のときに子供を諦めたことがある。あのころぼくは、彼女のあそこを舐めるのが好きだった。そこは、世界で一番あたたかい場所だと思っていた。

その日、ふたりは友達に教えてもらった小さな診療所で手術をしたあと、いっしょに新公園を歩いた。そしてすみっこの茂みでやっと、身の置き場を見つけた。まるで世界から打ち捨てられたようなベンチにぼくらは座った。公園はその後、二二八紀念公園に名前を変えたけど、ぼくはやっぱり「新公園」って呼ぶのが好きだ。だって永遠に古くならない感じがするだろう? 木は少しずつ大きくなり、建物は少しずつ古くなり、池の魚は死んで、また新しいのが放される。でもやっぱり、公園は「新公園」って呼ばれるんだ。カラスは続けた。ぼくらは座ったまま、泣いた。初めに彼女が泣いて、それからぼくが泣いた。その日の公園は人が少なかったから、ぼくらの泣き声はたぶん誰にも聞こえなかったと思う。ぼくらはその後も恋人同士のまま、ときどき会ってセックスした。そのときはやっぱりまず、彼女のあそこを舐めた。でもどうしてか、そこは冷たいままだった。まるで捨てられた街の、封鎖された道のように思えた。それからまた三か月が経ち、ぼくたちは別れた。

わたしは彼に訊いた。もしあのとき、ゾウになっていたときに彼女があなたに気づいていたら、なにを話した？　カラスは言った。たぶんなにも話せなかったと思う。よかったよ、ゾウのおかげで、なにも話さずに済んだ。

　翌朝早く、わたしはカラスの部屋を出た。二度と会うことはないと、わたしにはわかっていた。わたしは彼に、子供のころ商場にくらしていたことを言わなかった。うちは「平」棟、商場の一番端にあった。そしてわたしは言わなかった。子供のころ、わたしも魔術師の周りに集まっていた子供のひとりだったってこと。

　わたしは道を歩いていた。ギラギラと太陽が照りつけて、うすぼやけた道の先に、ゾウがいた。全身灰色にくすぶった、チャーミングにしっぽを振る大きな動物。わたしは昨日寝る前、カラスに訊いたことを思い出した。ゾウの着ぐるみ、いつかまた着ることある？

　彼は言った。もう二度と着ることはない。

ギター弾きの恋

「もしかして、それからずっと、ギターをやめなかったのか?」
「そう、やめなかった。自分がいいギタリストじゃないことは、わかっていたけどね。ギターってのは、一見、なんてことない楽器だけど、弾いてみると奥深いものだ。数多くのギタリストが独創的なフレーズを残している。ぼくがギターを弾く理由は、ひとつには彼らのフレーズをなぞりたいからだろう。そして、できれば自分でも、なにか新しいフレーズを紡いでみたい」そう言いながらアザは、目を細めてぼくを見た。痩せた頬に、柔らかそうな無精髭がたっぷり生えていた。一瞬、誰かミュージシャンと似ていると思った。そうだ。ボノの若いころと少し似ている。

アザと出会ったのは本当に偶然だった。だってぼくの頭のなかにあった連絡リストに、彼の名前は入ってなかった。もともとそんなに親しくはなかったし、それに、やつとは小学校のとき、ケンカしたことがある。ぼくが貸した二十元をいつまでも返さなかったからだ。やつはその後、ぼくが登校する前を見計らって机の上に黙ってお金を置いていった。それ以来、ぼくらは学校で一度も口をきかなかったはずだ。じゃんけん足踏みで遊ぶときも、やつがやるなら、ぼくは入らなかった。かくれんぼも、キックベースも同じことだ。

一年前、ぼくは人生でこれ以上ないほど落ち込んでいた。理由もなく三時間以上眠れなくなり、早く寝ようが遅く寝ようが、ジョギングで体を疲れさせようが結果は同じ。だから、いっそこの余った時間を、勉強かなにかに活用しようと考えた。仕事がないとき、ぼくは〈ゴールデン・アント楽器店〉に行き、エレキギターの入門コースに通った。つまりこれは、大学時代の夢のやり直しと言ってもいいだろう。〈ゴールデン・アント〉は古い有名な楽器店で、もともとは中華商場に店を出していた。あのころの名前は〈美声〉といった。

いい歳して、誰かといっしょにレッスンを受けるってのは気恥ずかしいものだ。幸い、今の稼ぎは悪くないから、少し高いけどマンツーマンのレッスンを選んだ。最初は、それがアザとはまったく気づかなかった。なにしろ子供のころと比べたら、彼は変わりすぎていた。子供のころ、彼はべとべと油ぎったデブだった。今はほら、言ったとおり、真似というには中途半端だけど、額が後退し始めたころのボノに似てるから。レッスンの最初、彼は定番の *Twist with the Ventures* をかけながら言った。「もし基礎があるなら、これから始めようか」ぼくは言った。このレコード、持ってるな。子供のころ〈コロムビア〉で買った。すると彼の目がキラリと光った。ぼくは彼が誰か思い出した。彼もぼくが誰か思い出した。

今でもあのジリジリと暑い商場の午後を覚えている。日除(ひよ)けの布がバタバタと鳴り、豆乳プリン（豆花）を売るじいさんが、天秤棒(てんびんぼう)を担いで各棟を練り歩く。列車は狂ったように警笛を鳴らして走り抜ける。商場を出ていくまでの数年間、もしギターがなかったら、ぼくは生きていられなかっただろう。ギターを始めるには、誰にも理由がある。ぼくの場合それは、うちの隣に住むラン姉だった。

ラン姉はたしか、ぼくより七つか八つ年上だったはずだ。つまりぼくが小学校五、六年生のころ、彼女は高校生だった。ランは台北の有名高校に通っていた。あの時代、学校の規則が厳しくて女子はみんなおかっぱ頭だったけど、ランの透き通るような白い肌に誰もが夢中だった。どんな顔だったかなんてすっかり忘れてしまったけれど、あの、手を伸ばして触れたらそのまますり抜けてしまいそうな肌は覚えている。あんな、早朝の空気のように美しい肌をぼくはそれきり見たことがない。
うちの両親は字が読めなかったから、母さんはランに、ぼくと妹の宿題を見てくれるよう頼んだ。母さんは彼女にごはんを食べさせたり、帰るときにバナナや西瓜を持たせたりした。もっとも、ランの家の眼鏡屋(めがねや)は、うちのカバン屋よりずっと儲(もう)かっていたから、果物なんかよっぽど余っていたはずだ。そもそも果物売りは、毎日リヤカーで商場を回っているのだから、珍しくもなんともない。ぼくはいつも、我が家の貧乏っぷりが恥ずかしかった。

　でも、ラン姉は小さいころから、ぼくによくしてくれた。きっと弟や妹がいなかったせいだろう。いつも辛抱強く宿題を見てくれて、自分のことも、文学や音楽は興味があるけど、数学が全然ダメで。君と同じね、なんて話してくれた。ときどき、自分が読んでいる本をぼくに読んで聞かせ、ついでに字を教えた。ぼくはそのときのノートを、大学に入るまでずっと持っていた。なかにこんな文章があったのを覚えている。それが、『グレート・ギャツビー』の一節だってことはあとで知った。

　線路はカーブしつつ、太陽から離れていった。太陽は低く身を落とし、今は消えなんとする都市に——デイジーがかってその空気を胸に吸っていた都市に——祝福を与える……

商場の第三棟もまた、カーブの入り口にあった。列車はここから駅に入る準備をし、あるいはここから街を離れていった。彼女が発する言葉はひとつひとつはっきりと、ぼくの耳に届いた。そして、まるで車窓から遠くに見える見知らぬ土地のように、ぼくの耳元を掠めては離れていく。ぼくはどこまでもそれに惹かれた。

たしかぼくはこう訊いた。「この本は、なにが書いてあるの？」

彼女は答えた。「小説よ」

ぼくは言った。「違うよ。だからその中身だよ」

彼女は言った。「いま聞かせてあげてるじゃない」

でも、ぼくにはその中身が、さっぱりわからなかった。ラン姉は放課後、店に帰るとすぐ、小さくて丸い革靴とくすんだ青かベージュのソックスを脱いで、サンダルに履き替えた。眼鏡屋のなかを覗けば、腰掛けた彼女の丸くて柔らかそうな膝小僧が見えた。傷ひとつない完璧な膝が、まるでお月様のように輝いていた。ぼくはでくのぼうみたいに彼女を見つめ、列車の警笛を聞いてやっと我に返った。

ランとサルの恋については、商場じゅうの誰もが「もったいない」と思っていた。サルというのは、〈山奇紳士服店〉の客引きのことだ。色黒の痩せた男で、いつもパンタロンを履いていた（裾が広くて、靴が隠れてしまうようなズボンだ）。おまけに煙草を咥えて肩をいからせ、ガニ股歩きで、どこまでもやさぐれている。だから、ランみたいな女の子がサルと付き合うなんて、誰も想像すらしてなかったのだが、だんだんと、ランとサルが「怪しい」ことに周囲も気づきだした。

チンピラ風情とはいえ、サルは商場でもとびきり有能な店員だった。男子高校生が歩いていると、サルはいきなりその肩を抱いて、「入んな、入んな。こんななりで、どうやって女の子にモテるんだい?!」と、店に引きずり込む。サルの言葉は少しなまっていた。のちに、彼が先住民族（漢民族移入以前より台湾にくらしていた「原住民族」）出身であることを知ったけど、どの部族かは聞かなかった。サルの立ち居振る舞いは、ほとんど「野猿」だった（つまり、いつ、なにをしでかすかわからない）。だから純朴な高校生は言われるまま学生ズボンの注文票にサインしてしまい、みんな、しょげかえって店を出る。そんな「サル式」の客引きテクニックはたちまち商場じゅうを席巻し、どの店員も、チンピラのように店の前で立つようになった。だからあのころ、商場を通る高校生はみな、「ロンドン橋落ちた」の挑戦者だった。

ところがギターを手にしたとたん、サルは別人になった。商場はだいたい、夜九時になると客足が引いた。だから、みんな香港のドラマを見たり、軒下で雑談したりして過ごした。当時、商場で働いていた店員はほとんどが田舎から出てきた若者で、店主が借りた十五平米くらいの部屋に五、六人で住んでいた。サルも例外でなく、九時を過ぎると軒下に出て、退屈しのぎにギターを弾いた。ギターの弦に触れた瞬間、サルの指は、水を得た魚のようにいきいきと跳ねた。彼が弾いたのは、ジェイムズ・テイラーやカンサスだった。ぼくが初めてカンサスの*Dust in the wind*を聴いたのは、サルの歌声だった。もちろん、当時のぼくはそんな曲ひとつも知らなかった。だから、レコード屋で初めてその曲が入ったカセットを見つけたとき、サルへの見方が一八〇度変わった。彼の歌声はやさしくて、でもナイフみたいで、本当に、ムカつくほどかっこよかった。

そのときぼくは、サルが紳士服店の入り口でギターを弾いているのを見ていた。するとランが、眼鏡屋から腰掛けを出して、軒下に座った。ランは自分の店のほうしか見ていなかったけど、あきらかにずっとサルを気にしていた。ぼくは、自分がのけ者になったように感じた。十一歳のガキが、十九歳の男に勝てるわけがない。ぼくはつまり、屈辱というものに押しつぶされていた。あの年齢で、それを消し去る方法など知るはずなかった。

ランのところは、商場のなかでは比較的早く豊かになった家だった。なにしろ、あのころ台湾じゅうの中学生が眼鏡をかけ始めたのだ。ランの家は、ぼくらの棟で最初の、そして唯一の眼鏡屋で、お客さんはこれでもかというほどいた。ぼくら六人家族が、店の中二階で寝起きしていたころ、ランの父さんは早々と、中山堂（中華路を挟んで向かいにあるホール）あたりにマンションを買っていた。夜、店じまいすると、住み込みの女店員や検眼師といっしょにそっちへ帰るのだ。ぼくは、ランの店が心底うらやましかった。なにしろ検眼機があったのだ。検眼機の上にはかっこいいメーターがたくさんついていて、ぼくはよく、ロボットか飛行機の操縦席を想像した。ランの母さんは、病気で早くに亡くなった。ランの父さんはその後、田舎から若い女性を後添えにもらったけど、ランが十歳のころ、こちらも亡くなった。ランの継母には子供がなかった。歩道橋の占い師は、ランの父さんの運命はランとしかつながっていないと言った。彼はそれを信じて、男の子は諦めた。ランの父さんは若いころ愚連隊だったという話で、ガニ股で歩く姿はなかなか威圧感があった。だから商場の人は彼を「ケンカウナギ」と呼んでいた。

ケンカウナギは、ランとサルのあいだのトラブルについて、もちろんよくは思っていなかった。サルがギターを弾き始めると、彼はランより先に店から出てきて、サルをじっと睨みつけた。そんなときサルはケンカウナギに背を向け、いつもどおりギターを弾いた。列車の音以外にギターの音を妨げるものはないと、サルは知っていた。その後、ケンカウナギは店にクーラーを入れ、さらに商場でもここにしかないという自動ドアを設置した。ぼくは一度、自動ドアの内側から、ギターの音が聞こえるか確かめてみたことがある。なんのことはない。音がちょっと小さくなるだけで、ギターはやっぱり聞こえてきた。しかも小さくなったぶん、かえって心に染み入るような気がした。

　とはいえ、ケンカウナギも四六時中、ランに貼りついているわけにはいかない。そもそも彼は毎晩、お隣さんと一杯やりながら将棋を指し、閉店前にはもう酔っ払っていた。そんなわずかな隙（すき）を逃さず、サルとランは女子トイレのある踊り場で会っていた。ケンカウナギといえども、娘にトイレに行くなとは言えない。商場のトイレは共同で、店や家のなかにはない。もちろんケンカウナギの店も例外ではなかった。トイレに行くとき、ランは、隣の紳士服店をちらりと見る。するとサルもまた、建物の逆の位置にある男子トイレまでぐるり遠回りして、ランに会いに行くのだ。当時のぼくには、ふたりのあいだにどうしてそんなに話すことがあるのか、さっぱりわからなかった。まるで明日、世界が終わるみたいに、ふたりはずっと話していた。

　ぼくは小さいころから、よくしくじる子供だった。商場の階段をただ歩いているだけなのに転げ落ちたり、ほかの子供の真似をして二階の外廊下の手すりを越え、一階の看板を出す庇の上に跳び降りたら、足をひっかけて歯を折ったり、あるときは、家にあった防虫用の樟脳団子を食べてしまい、病院で胃洗浄するはめになった。だからほら、今もずっと顔色が悪いんだ。そんなぼくを、親父はやっぱり外で遊ばせた。そうじゃなきゃ子供は成長しない。外を駆けずり回って、病気に負けないような強い体になれ、という教育方針だった。おふくろはできるだけ、自分の目が届くところにぼくを置きたがった。でもうちは、親父のほうが強かったから、おふくろはしょうがなしに、ぼくを好きに遊ばせ、ひとり気を揉んでいた。

学校をサボったランと仕事が休みのサルがいっしょに歩いているのを何度も見かけた。ならばとぼくは、ふたりのあとをつけることにした。その日、商場の第四棟と第五棟をつなぐ歩道橋で待ち合わせたふたりは、左右の露天商を眺めながらぶらぶら歩き出した。まるで、歩道橋というプラットフォームに入ってきた列車を眺めているみたいだった。それからふたりは西門町側に渡ると、〈鴨肉亭〉で汁麵（切仔麵）を食べた。名物のガチョウ肉は頼まなかった。おしゃべりのあいだずっと、ランはうれしそうに笑っていた。サルがなにか話すたびに、聞き漏らすまいとランは体を寄せた。ぼくは痛みを感じ始めた。子供だったけど、それが歯医者で感じる痛みとはまったく別のものだとわかっていた。いまだに、あのどう考えても現実ではない痛みを、どう表現したらいいかわからない。

ふたりは武昌街(ぶしょう)（西門町を東西に走る映画街）を歩いて、中国戯院（一九三五年開業の映画館。開業時は「台湾劇場」、二〇〇一年閉館）に入った。チケットを買うお金がないぼくは、仕方なく向かいの路地で座り込み、ふたりが映画を見終わるのを待った。苔(こけ)だらけのドブから漂ってくる臭いが、まるで自分の心の底から湧いているように思えた。でもランが出てきたとたん、ぼくは生き返った。彼女の顔を遠くに見て、自分を支える力が出た。もし今、ランの隣にあのギタリスト風情のおサル野郎がいなければ、ぼくは彼女の影となって世界の果てまで行けると思った。

その日、家に帰ったあと、親父は学校をサボったぼくをぶたなかった。親父はあくまで放任主義の看板を下ろさなかったわけだ。おふくろもぶたなかったけれど、まるで誰かの死に目のように仰々しく泣いた。そうすれば反省してくれると思ったらしいが、ぼくはもうそのころから、おふくろの感情を受け流すことに決めていた。

しばらくして、ぼくは、スパイみたいにふたりを尾行するのをやめた。なぜかというと、サルにギターを習い始めたからだ。ぼくが毎日、ギターを弾くサルを睨みつけていたのを、サルはギターに興味を持ち始めたのだと勘違いしたのだ。ある日、紳士服店の前を通ると、サルがギターを片手に話しかけてきた。「よお、小ザル！　弾いてみるか？」

サルはただでギターを教えてくれたわけではなかった。サルは字を習いたかったのだ。彼は小学校を卒業してすぐ台北に出てきた。字もほとんど書けなかった。だからもっとたくさん字を覚えないと、兵隊に行ってからランに手紙が書けない。字が書けないくせに、サルは楽譜が読めた。彼はぼくに、Cメジャー、Cマイナー、Cセブン、Cオーギュメントのコードを教えてくれた。ぼくの手はまだ小さくて、押さえると痛くなったけど、少しずつ覚えた。何日かして、サルはどこからかガリ版刷りのコード譜を手に入れて、ぼくにくれた。ぼくはサルを憎んでいた。でも心の底ではもう、憎みきれなくなっていた。

一年後、サルは兵隊に行くことになった。当時の兵役は、それはもう人生の一大事だった。出発前夜は、あたかも商場じゅうのパンタロンたちが駆けつけたような騒ぎで、誰もがサルと盃(さかずき)を交わした。片目が義眼の紳士服店主人は、サルにぶ厚い祝儀を贈った。ランは黙ってサルのそばまでやってくると、手紙と手編みのマフラーを渡した。ケンカウナギも見て見ぬふりをしたんだとぼくは思った。サルが弾き語りを始めた。ジェイムズ・テイラーの *Fire and Rain* だった。ぼくはランに、なんていう意味か訊いた。ランは、火と雨だと答えた。まったく、あのころは火と雨が歌になるだなんて、さっぱり意味がわからなかった。

ぼくは前の日に子豚の貯金箱からお金をほじくり出して、〈美声〉で見つけたキラキラのピックを買い、サルにあげた。すると思いがけないことに、サルのほうもぼくにプレゼントを用意してくれていた。それは中古レコードだった。商場の二階にある古本屋（ぼくの同級生の舌足らずのうちだ）で買ったという。レコードプレーヤーがないけど、どうしよう？　とぼくは訊いた。するとサルは、〈コロムビア〉の社長に頼んで聴かせてもらえばいいと言った。そしてこう付け加えた。「こいつは、エレキだぞ」ぼくは、エレキギターなら知ってる、と答えた。〈美声〉にキラキラした赤いエレキギターが掛かっていたのを見たことがある。ぼくはサルに、誰のレコードか訊いた。

彼は答えた――Johnny Rivers.

は？

ジョニー・リヴァースさ。

サルが兵役に行ってから、朝、ラン姉が郵便屋さんに手紙を渡しているのを見かけるようになった。あのころポストは第五棟の裏にあったけど、ランはきっと雨に濡れたりするのが嫌で、直接手渡ししていたのだろう。郵便屋さんのバイクはとても速くて、まるで矢を射るように、次々と商場の店のなかへ郵便物を放り込んだ。バイクが停まるのは、書留があるときだけ。だから時間さえ把握しておけば、まるで矢の的のように手紙を受け取ることも可能だった。

放課後、家に帰るとぼくはいつも、軒下のテーブルで宿題をした。そのとき、隣の自動ドアの内側を覗き込むと、お月様みたいな膝を出して座るランが、サルの手紙を読んでいるのが見えた。サルの手紙は、間違いなくおもしろくないだろう。サルがどれほど言葉を知らないかは、ぼくが一番よく知っていた。なにしろやつは、ぼくが教えた字以外は書けない。そんな人間が英語の歌を歌えるんだから、まったくわからない。でもぼくは、手紙を見つめるランの表情を何年経っても忘れることができなかった。まるで手のなかにあるのが手紙でなく、どこかの神様の大事な教えであるように見えた。さもなくば鏡だ。鏡のなかには十八歳の、愛に囚(とら)われた美しい少女がいた。

ところが、半年経ったころから、ランはサルの手紙を読まなくなった。そして別の誰かの手紙を受け取るようになっていた。しかも花といっしょに。どうしてそれが別の誰かのだとわかったか？　そりゃ、サルが送ってくる手紙の封筒は、全部ぼくが買ってやったやつだったからだ。ぼくは目を皿のようにして探ったが、花の送り主が誰なのかわからない。そもそも、花はほとんどランの手に渡らなかった。ケンカウナギが受け取って、捨てていたのだ。あの時代、花をプレゼントする人間なんてほとんどいなかった。花なんて高いだけで、無用の長物だった。つまり花を贈るなんて、おバカさんのすることだった。だからこそ目立った。あんなバカげたことに、ひとりの少女の心がどれほど揺れ動くかなど、あのころのぼくにわかるはずがなかった。商場の屋根や電線がいつの間にか消えてしまったことに、スズメがまったく気づかなかったのと同じように。

学校にも行かなきゃならなかったから、ランの追跡調査にはどうしても大きな空白が生まれる。ぼくはそれが心底残念だった。ぼくは、最後に彼女のあとをつけた日のことを永遠に忘れることができない。そう、夏休み前の、憎き期末テストの週だ。

実はその少し前、休暇で帰ってきたサルに五十元（約百八十円）でランを尾行してくれと頼まれていた。ランがいったい外でなにをしてるのか、本当に新しい恋人がいるのか調べてこいというのだ。サルは、ぼくが以前よく、ふたりのあとをつけていたことを知っていた。見破られてはいたが、動作はなかなか機敏だったらしい。ぼくは、人生で初めての探偵依頼を引き受けた。でも、しばらくはうまくいかなかった。あるときは、ランが外出するのを察知したのに、ぼくが家を抜け出せるタイミングじゃなかったり、やっと抜け出せたと思ったら、ランはただお向かいに買い物に出かけただけだったりした。そしてその日、ランはついに線路を越え、車道を越え、武昌街の角にある獅子林ビル（一九七九年開業の商業施設。映画館（現・新光影城）を併設）へやってきた。そこでぼくは初めて、手紙と花の送り主を見た……今はもうどんな顔だったか忘れてしまった。でも、自分とサルがあんまり哀れで、絶望したことはよく覚えている。

その帰り、ぼくは歩道橋を渡った。浮浪者同然の魔術師が、手すりによっかかって座り、煙草を吸っていた。線路を跨ぐ歩道橋の階段を歩きながら（覚えてるか？　あの歩道橋は電車の高圧電線を避けるために、そこだけ一段高くなっていた）、半ズボンがきついなぁ、と思った。おふくろは、ズボンが本当に穿けなくなってからでないと、新しいのを買ってくれなかった。そう思っていたら、魔術師が、こちらを見もせずだしぬけに言った。「ズボンが小さすぎるだろう！　おっかさんに言って新しいのを買ってもらえ！　じゃないとチンチンがでかくならないぞ！」

「読心術ってあると思うかい？」
「あるだろう。少なくとも、ほかの人よりも鋭い人っているからね。相手の仕草から簡単に心理状態を察知するような。ＦＢＩの捜査官も、足の動きからその人が嘘をついていることを見抜くらしい」
「小さいころはそんなこと知らなかった。ただ、魔術師の目を見ていると、すごく居心地が悪く感じた。こっちじゃなく別のほうを見てるのに、考えてることをすっかり見抜かれてる」

「そうだね。ぼくもそんなふうに感じたことがある」

「あのトカゲ野郎」

「本当にトカゲに似ていた」

「魔術師がそのあと、ぼくになにをしたと思う?」

「なんだろう?」

「魔術師はぼくのところまでやってくると、手を伸ばして、ぼくが書いたラン宛てのラブレターを、ぼくのズボンの後ろポケットに入れた。おかしい。ラブレターはもともと、ぼくのズボンの後ろポケットに入ってたんだ。歩道橋に上がったときも、きついズボンのおしりに手紙が入っている感覚がずっとあった。それが、いつのまにか魔術師に取られていた。魔術師はどこか別のほうを見ながらぼくに言った。『冗談だ。なかは見てない』」

「サルに頼まれてランを尾行してたくせに、自分でもラブレターを書いてたのか?!」

「そうさ」

「クソガキだな」

「でも、魔術師には見破られた」

「ハハ、見破られたんだ。……そのあと魔術師になにか言われた?」

「いや、なにも。たしか魔術師は立ったまま、線路のほうを見て煙草を吸っていた。ちょうど駅のほうから列車が走ってきた。そのとき彼は言った。『しょうがない。列車は必ずここで曲がらなきゃならない』」

何日かして、サルが休暇で帰ってきた。うちに来てサルはまず、ちゃんとコード練習してるか？と訊き、ぼくの指にタコができてるかどうか確かめた。ランの尾行結果について訊いてきたのはそのあとだった。ぼくはその顛末を、見たまま正直に話した。相手は文学部に通う大学生で、背は高く、色白だった。ぼくはさらに付け加えた。やつの手紙は、サルよりずっとうまく書けているはずだ。だってサルに字を教えたのはぼくだ。ぼくだってそれほどたくさん言葉を知ってるわけじゃない。だから知ってる単語だけで、ぼくらはもう負けてるよ。

商場のアーケードは、物語と噂に満ち溢れた、他人のプライバシーが公然と語られるおかしな場所だった。だからここに立っていれば、お隣さんたちの表から裏まですべて知ることができた。最初はみんな小声で誰かの秘密を話しているのだが、列車が通過するときは大声となり、ただそのあと、音量を元に戻すのを忘れてしまうのだ。

だから、すべての秘密がここで暴露される。ランに新しい恋人ができたという噂も、わざわざ聞き込みをするまでもなく、夜、軒下にいたら、すぐ耳に入ってきた。ただし、ここからの話は商場の連中は見ていない、ぼくの独占スクープだ。

その日、サルはランと会うことができなかった。ケンカウナギが眼鏡屋の入り口でずっと見張っていただけではない。ランがサルを避けたのだ。お手洗いに行くとき、サルがぐるりと回って追いかけてきたら、ランはさっと家に戻ってしまった。ふたりはまるで、かくれんぼをしているようだった。ぼくは、ランがトイレにも行かず、怒りで顔を真っ青にしている奇妙な場面を目の当たりにして、サルの恋にもう望みがないことを知った。何年も過ぎてから、店へ取って返すランの顔を思い出すと、あれはなにかを失ったあとの表情だったことに気づく。彼女は新しい恋に、けっして華やいでいたのではなかったのだろう。

駐屯地に戻る日、台北駅に向かって歩道橋を歩くサルを、ぼくは商場の一階から遠くに見ていた。サルはほんの小さな豆粒のようだった。でもどうしてだろう。十一歳のぼくは、豆粒から伝わるほんのかすかな痛みを感じ取っていた。

たぶんそのころからだろう。ぼくはときどき、〈コロムビア〉に行くようになった。見るだけで、買いはしない。お金をかき集めたところでどうせ、ワムとトム・ウェイツがいっしょに入った変てこなカセットテープしか買えないんだから。ぼくはＬＰレコードのジャケットを見るのが好きだった。若い店員がレコードを置いて、針を落とす瞬間が好きだった。レコード針は滑らかに、でもちょっとびくつきながらレコードの上を走る。そうして盤面に収められた声を、ぼくにはわからない原理で蘇らせる。店が狭かったからだろうか、たしか当時のレコード屋はレコードを横に置いていた。だからレコードを探すときは、秘密をひとつひとつ解き明かしていくように、盤を一枚一枚持ち上げないといけなかった。サルがくれたレコードを、〈コロムビア〉の店員にかけてもらった。ぼくは店員に訊いた。この歌手、誰か知ってる？　彼はイントロを聴いて答えた。これは『秘密諜報員ジョン・ドレイク』の主題歌だね。

ぼくは言った。そう、こいつはジョニー・リヴァースっていうんだ。

　それからどのくらい経ってからのことか、ぼくもよく覚えていない。でもたしか春が終わって、ぼちぼち暑くなり始めたころだと思う。きっと清明節（墓参りの日。毎年四月五日前後）と、端午節（屈原を祀る邪気払いの日。旧暦五月五日、概ね新暦六月）のあいだだったんじゃないか。脳裏には、線路側のコンクリート壁に掛かった日除けの布に、午後の強烈な西日があたる光景が焼きついている。風が強くなると布はバタバタとはためいて、まるで商場全体が飛び立ってしまうんじゃないかと思った。あれは、小学校最後の学期だった。ぼくは中学校生活への不安でいっぱいだった。

あの日の放課後、家に帰る途中、ぼくは歩道橋でその大事件を知った。商場の人々がこぞって店から出てきて、まるで軒下で緊急会議が開かれているように、めいめい大声で事件を語っていた。ご近所の伝言の伝言と、あとで見た新聞記事を組み合わせて、ぼくはやっと事件の全貌を浮かび上がらせた。

ランは死んだ。サルも死んだ。ランの遺体には、銃弾が二発撃ち込まれていたという。使用された銃は国産五七式歩兵銃だった。サルの死因は少しややこしくて、遺体から銃弾が発見されたけれど(あるいは銃弾はなかったと言う人もいた。いずれにせよ)、死因は煙による窒息だった。ランの家は、火をつけられたのだ。

新聞記事はこう伝えた——昨夜、西門町付近の住宅で心中事件が発生した。死亡した徐香蘭と侯立誠の遺体はともに浴室で発見され、目立った外傷はなかった。ふたりは練炭に火をつけて心中を図ったが、不注意で火事になったと警察は見ている。ふたりが目覚めたとき、あるいは後悔して浴室へ逃げたが、すでに煙が回っており、ともに窒息死した。うち侯は現役軍人であり、駐屯地より無断で持ち出した国産五七式歩兵銃一丁が現場で発見された。警察と軍は、管理体制について調査している。

もっとも、ご近所が伝えたニュースは、これとはずいぶん違っていた——サルは銃を片手に、ランとの直談判に臨み、途中、カッとなってランを撃った。サルはさらに自殺しようと試みたが、歩兵銃は長すぎて自分を撃つことができない。きっとその場にあったなにかで引き金を引いたが命中せず、火を放った。だからふたりの遺体は火災現場で発見されたのだ。

ケンカウナギ？　彼はその夜、金物屋のテン公のところで呑みすぎて、ぶっ倒れていた。したがって事件現場にいなかった。つまり、この噂には証人がなかった。

あのとき商場を襲ったショックと悲しみ、あるいはケンカウナギのその後について、ぼくはとても話す気になれない。ケンカウナギは事件後、葬式と出棺のときにしか姿を現さず、彼を見た者はみな、げっそりやつれていたと言った。事件から三か月が過ぎるまで、商場では大声で笑うことも憚られた。同時に、商場全体の商売もずっと振るわなかった。ケンカウナギはまるで蒸発してしまったかのように、将棋と酒の席にも出てこず、眼鏡屋の店員や親戚も彼のことに触れたがらなかった。ご近所だって、どうしてるかなんてうかうか訊けず、まるでケンカウナギも同じように、あの事件で行方不明になってしまったかのようだった。

新聞沙汰になったこの事件は、ひとつの謎を残した。新聞にせよ、商場の噂にせよ、サルはたしかに歩兵銃を持っていた。でもどうやって、あんな長い五七式歩兵銃を、駐屯地から持ち出すことができたのか？

ずいぶん長い年月が経って、ぼくは思い当たった。サルはギターケースを使ったんじゃなかったか？　駐屯地にギターとギターケースを持ち込んだ彼は、あの日、ギターケースのなかにギターでなく、五七式歩兵銃を入れて駐屯地を出た。うっかり者の武器係がいたのか？　さらにはサルと親しい守衛がいて、ろくに確認もせず、ギターケースを背負ったサルを外に出したのか？　運の悪い武器係と守衛はその後、重い処罰を受けなかっただろうか？

その後のある日、ケンカウナギが突然姿を現して、みんなを二重に驚かせた。なぜかというと、げっそりやつれていたという噂とは裏腹に、二重あごにビール腹というなりでみんなの前に出てきたからだ。ケンカウナギは何事もなかったように、お前んとこで売っていた、いつもの雪駄でパタパタと、眼鏡屋のなかを歩きまわった。ただしその日は一言も喋らなかった。

夜、将棋好きのテン公とジーンズ屋のホーさんとうちの親父で、同じく何事もなかったようにケンカウナギを誘い出し、将棋を指した。二階の雑貨屋で買った酒を飲みながら、〈元祖はここだけ　具(ぐ)なし麺(めん)〉で買った麺を食べた。商場のおっちゃんらが、これほど陰々と将棋を指す光景を、ぼくは初めて見た。笑い声も、戯(ざ)れ言(ごと)も、罵詈雑(ばりぞう)言(ごん)もなく、将棋というより、むしろ葬式だった。

ふいに、ケンカウナギが親父の陣形の隙をついて「車」を指し、大声で叫んだ。

「王手!」商場の人はみな、ケンカウナギが腹の底から絞り出した声を聞いた。そして次の瞬間、ぼくの目の前で、ケンカウナギの巨体が椅子とともに転げ、どう見てもご臨終という面相で地面に倒れた。ケンカウナギは、それきり二度と目を開けることはなかった。

「あの夏、お金を貯めてぼくは最初のギターを手に入れた。〈美声〉の蔡店長から買った赤いアーチトップギターだった。いい音がした」アザは弦をさすりながら言った。「もしあのギターがなかったら、あの夏をどうやり過ごすことができたろう? とにかく暑かった」

ぼくは、アザを見つめながら、マンツーマンのレッスンは来月からやめようと思った。ぼくとケンカしたことを、やつが覚えているかどうかは知らない。ただ、あの夏をどうやり過ごしたかなんて、必死で思い出したところで、ただひとつの風景しか浮かんでこない。ぼくらは歩道橋の端に立って、列車が川の流れのようにカーブを切っていくのをずっと見ていた。この都市に入ってくる列車も、この都市から出ていく列車も、今ぼくらが見ているたったこれっぽっちの線路を過ぎたら、その姿を消すのだ。

金魚

これまでの人生、いつも自分の頭のなかの混沌（こんとん）に引きずられて、ぼくは小さいころから不愉快な子供で、そしてそのまま不愉快な大人になった。不愉快な子供は周りに嫌われるだけだが、不愉快な大人は周りの人をも不愉快にする。正直、これからの人生がどうなるかなんて、まったくどうでもいい。だから生活も記憶も、できるだけ空っぽにしたい。

でも、自分の人生の部屋がどんなに小さくとも、そのなかをどんなに空っぽにしようとも、あるいはきっと、テレサだけはそこに残り続けるだろう。

あのころ、商場の男子にとって、テレサは手の届かぬ、遠いお星様みたいな存在だった。でもぼくは一度だけ、彼女に手を触れられる場所にいたことがある。テレサという変わった名前は、音楽の先生がつけた。その先生は何十もの英語の名前を用意し、あらかじめ座る席に割り振った。だから生徒が誰であろうと、いつも同じ名前で出欠を取った。

テレサはいささか背が高すぎた。彼女より背が高い男子は、クラスでもひとりだけで、それがぼくだった。テレサは真ん丸の瞳と、長い黒髪を持っていた。肩はほっそりとして、脚は驚くほど長かった。体育の時間、短パンを履いた後ろ姿を見たら、誰も彼女を小学生とは思わなかった。とにかく子供たちがみな子供だったころ、テレサだけが、あの年齢には許されない魅力の泉を持っていた。

でも、当時、周りにいたガキに、そんなことわかりようがなかった。ただわけのわからない力に操られ、知らず知らずテレサをいじめているのだ。さもなくば、テレサがからかわれるのをただ見ていた。まるで彼女の体に、許すことのできぬなにかが含まれているように。テレサにまとわりついて、みんなきっと笑ってほしかったのだが、最後はきまって彼女を泣かせた。

腕白ないたずらっ子だけではなかった。普段は行儀のいい優等生さえ、テレサをからかう仲間に加わった。たとえば、体育の授業でドッジボールをするとき、男子はみな、まずテレサを攻撃する。だからテレサはいつも最初に外野に出るのだが、そうすると男子はまたテレサにボールを回して、内野に戻るチャンスを与える。でも内野に戻ったとたん、ボールはまた彼女へと集中する……授業だから、テレサもやめるとは言えず、ただ諦めに似た悲しい表情を浮かべていた。そんなテレサの顔を見て、男子はぶつぶつ言い始め、心の奥底がつーんとなるのだが、でも同時に、なにか快楽のようなものを覚え、心はぎゅっとクリップで挟(はさ)まれたままだった。

もしかしたら、あのころクラスの男子は、「熱を上げたり下げたりする」病気にかかっていたのかもしれない。ほかの男子といるときは、まったく団結してテレサをいじめた。ところが、誰にも気づかれないようなときには、自分の消しゴムやクリップ、〈ちび天使〉印の鉛筆なんかを、彼女の机の上や引き出しに入れた。するほうもされるほうも、お互いわけがわからず、ただじりじり不安になった。そう、まるで春になったのにかごに入れられたまま、北へ帰れない鴨(かも)のように。

いや、当時のぼくはまさに、そのわけがわからない男子のひとりだった。ぼくもまた同じように、掃除の時間は彼女のほうにばかりゴミを掃いたり、昼ごはんの米粒を砲弾に見立てて撃ったり、テストの回答用紙を回すとき、わざと飛ばしたり、鼻くそを彼女の椅子になすりつけたりした。でも、授業中、気づくとぼくはテレサを見ているのだ。彼女に嫌われていることを、ぼくははっきり感じていた。その事実は、ぼくの心に、底の見えない深い穴を空けた。でもそのころは、自分もテレサのことを嫌っているからそう感じるのだと思っていた。

ぼくとテレサの関係は、あることをきっかけに変化した。あのころは双十国慶節にたくさんの催しが行われた。それは閲兵式であり、花火であり、祝賀会であった。閲兵は、商場で暮らす子供たちなら誰もが心待ちにする一大イベントだった。なにしろ、商場と第一百貨店のあいだにある中華路は、閲兵に向かう軍事パレードが必ず通る場所だった。しかも参加する部隊は、ここで一旦停止した。なぜなら前方の部隊は大きく曲がって総督府前へ向かい、司令台に敬礼する。だからつっかえた後方の部隊は、ここで行進の速度を調整する必要があったのだ。十月十日の国慶節までの数週間、閲兵に参加する部隊と団体は、隊列の経路と速度を確認するため、何度も練習を繰り返した。どの隊も大編成だったから、通常、リハーサルは深夜に行われた。その日、真夜中にトイレに行きたくなって起きたぼくは、窓の外の中華路を見た。するとそこに、数十両の戦車と、「アヒル」と呼ばれる水陸両用車などの軍用車両がひっそりと停まっていた。軍人たちが車両ごとの位置と間隔を確認しながら、道路に赤いペンキで丸を描いていく。そんな深夜の光景はあまりにも静かで、とても現実のこととは思えなかった。ぼくはただ呆気にとられた。そして、誰かが発したなにかの命令が聞こえ、戦車は再び動き出した。キンキンキンキンと、窓はいつまでも震えていた。

まだ小さかったとはいえ、月と街灯に照らされた隊列を見てぼくは、それが冷たく、人を傷つけるものなのだと、人生で初めて感じ取っていた。

閲兵式本番の日、台北市の高校生はみな総統府前広場で整列し、マスゲームをする。死ぬほどかっこ悪い原色の傘帽子(かさぼうし)をかぶって、何時間もそこに立っていなければならない。まだ小学生だったぼくらは、夜の祝賀会を観覧すればそれでよかった。今でも覚えているけれど、あの年の祝賀会は体育学校（現在の台北市立大学体育学部。今の台北アリーナ近くにあった）の体育館で行われた。当時のぼくからすれば、外国と同じくらい遠い場所だ。同級生何人かといっしょにバスで行ったからよかったものの、そうでなければ、一生かけてもたどり着けなかっただろう。

体育館に入ったぼくは、まず会場の巨大さに圧倒された。祝賀会の出しものは演芸、歌、トーク、マジックとバラエティに富んでいて、同級生はみな、今年の双十国慶節がこうしてフィナーレを迎えることに満足していた。クーラーが効いた場所に入ることはめったになかったから、ぼくは眠気に襲われた。しかも、運悪く担任の先生に見つかり、ぼくは列の一番後ろで立たされた。十分経ったら、席に戻って座っていい。そう、騒動はこのとき始まった。

テレサが立ち上がって、何人かの女子といっしょにトイレへ行った。しばらくして、戻ってきたテレサのほうを、一部の男子がひそひそ話をしながら指さした。ひそひそ話は少しずつ広がっていったが、ぼくのところまでは届かなかった。十分経つなり、ぼくは一目散に、仲良しのハオのところに行き、なにが起こったのか尋ねた。

ハオは秘密めいたように言った。「テレサが出血したんだってさ」

「出血？　どうして？」

「知らない。誰かが見たんだ。テレサのズボン、血だらけだったたって」

ぼくはテレサが座っているほうを見た。何人かの女子が恐る恐る、彼女のほうを指さしていた。テレサは顔を真っ青にして、ただ呆然と自分の席に座っていた。

ハオの隣のアチェが、横から口を出した。「バカ、なにが出血だよ。あれは生理って言うんだ」

「生理って？」ぼくはバカみたいに訊いた。

「お月さんが来たってことさ。バカ！」

そのお月さんがなんなのかは、訊かなかった。それがなんなのか、ぼくは本当にわかってなかったけれど。ただ、俯（うつむ）いて涙をこぼすテレサの表情は、痛みというより、悔しさのせいに見えた。ちょうど担任の先生が外していたから、クラス全体が放心状態となり、級長もどうしたらいいかわからない。

彼女はきっと、血をみられるのが嫌なんだと思い、ぼくは上着を脱ぐと、テレサのところまで走って、彼女に差し出した。

「こうやって体に巻いてみなよ」と、ぼくは上着を腰に巻く動作をしてみせた。

テレサは一瞬ためらったあと、上着を受け取り、腰に巻きつけた。先生がようやく帰ってきて、事情を問いただしたあと、あわててテレサをトイレに連れていき、最終的に女子を二人付き添わせて先に家へ帰した。

祝賀会が終わったあと、クラスの男子はさっきのことが理由で、残らずぼくを置いてけぼりにして帰った。しょうがないので、ひとりでバス停を探した。すると、ぼくが乗ったバスは松山（台北市東北部。台湾鉄道松山駅がある）行きだった。車庫に着くと、運転手は終点だと言って、乗客を全員下ろした。ぼくは訊いた。「商場には行かないんですか？」

運転手は言った。「ああ、君、逆方向に乗ったんだな。向かいから乗りなさい。十分過ぎたら次のバスが来るから。でも四十分はかかるぞ」一見こわもての運転手は、実はとても親切で、ぼくに小銭を貸し、公衆電話から家に電話をかけさせた。バスを待っているあいだ、ぼくは、この世界がひどくよそよそしいものに感じていた。まるでテントウムシの星の上に捨てられたようで、涙が止まらなかった。家に帰ったら、叔母の夫にきつく殴られた。彼からしたら、ぼくはただの厄介者なのだ。

小さいころから、両親がどこへ行ってしまったか、ずっと知らされていなかった。ぼくは叔母とその夫に育てられた。ふたりはいつも、ぼくにこう言い聞かせた。「お前の両親は病気で死んだ。だからわたしたちが養ってるんだ」でも、両親の写真すらないのだ。あのころは貧乏でカメラはおろか、写真館へ行く金もなかった、と叔母は説明した。叔母夫婦には四人の子供がいた。一番年上のフェンは、ぼくと同年代で、また唯一の話し相手だった。ほかの子供たちは、ぼくに敵意を抱いていた。叔母の夫は、商場で小さなワンタン麺屋を開いていたので、ぼくは子供のころからワンタンを包むことができた。一秒で一個は当たり前。フェンと同じくらい早かった。

あの事件が、ぼくとテレサの関係を特別なものにした。それ以来、テレサは放課後、廊下でぼくに笑顔を見せてくれるようになった。あれはとても神秘的な微笑みだった。まるで誰かからふいになにかを渡されて、しっかり持ってろよ、と言われているみたいに。そのころ、クラスのみんなは、テレサが金持ちの同級生と付き合ってると噂していた。もっともぼくらは、「付き合ってる」なんて言わなかった。ただ、「怪しい」と言うだけだった。半年が過ぎて、ぼくらが「のび太」とあだ名をつけた、その金持ちでメガネの同級生は、家族とともにアメリカへ移住した。テレサはひどく落ち込んでいるようだった。アメリカに行った最初の月、のび太からクラスのみんなに手紙が届いた。先生はひとりの生徒を黒板前に立たせて、手紙を読ませた。そいつが朗読コンクールみたいに読んだものだから、やたらとおかしかった。手紙にはこんな文があった。

大好きなみんなへ。アメリカでの生活はとっても素敵です。今はいとこの家に住んでいます。床には毛の長い絨毯(じゅうたん)が敷かれていて……

ところがその生徒は読み間違えて、「毛の長い絨毯」を「毛の生えた絨毯」と読んでしまい、クラス全員がおなかを抱えて笑った。ぼくは横目でテレサのほうを見た。彼女は表情もなくそこに座っていて、手紙の内容は全然聞いてないみたいだった。

卒業式の日はみんな泣いた。なぜかというと、担任の先生が、今日泣かない人は心がない人だと言ったからだ。何年かして思い出してみても、そのとき自分が本当に悲しかったかどうか、ぼくは確信が持てなかった。だから自分には心があるのか、ないのか、ずっとわからないままだ。中学に上がる前の夏休み、ぼくは毎日テレサに手紙を書いた。一日でも書かなかったら、自分の悲しみが途切れてしまうと思ったからだ。ぼくらは長いあいだ手紙をやりとりした。最初は手紙だけだったが、しばらくして、ぼくはテレサの通う中学へ行って、彼女の授業が終わるのを待つようになった。そしてバス停まで送っていく。それからときどき彼女とバスに乗り、いっしょに帰るようになった。叔母とその夫の締め付けは、そのころだいぶゆるくなっていたので、ぼくはできるだけ遅く帰って、彼らの厄介を少しでも軽減することにした。本当のところ、ぼくは叔母夫婦を恨んではいない。大人になってから考えれば、あんな貧しい境遇で、我が子でない子をひとり余分に育てるというのは、よほどの我慢が必要だったはずだ。ただぼくは、自分の両親のことを教えてくれないことが許せなかっただけだ。

たしか、中二から中三に上がる夏休みのある日、テレサが、今日は父がいないから家で宿題をしようと言った。ぼくは初めて彼女の家に入った。小学校のころは、同級生の家なんて互いに勝手知ったる……であったが、テレサの家だけは例外だった。彼女のお父さんは占い師だったから、どの親も、子供をわざわざそんなところに行かせたがらなかった。テレサの家の入り口には旗が挿してあって、「小通天（天に通ずる力あり）」と書いてあった。玄関には顔のほくろの絵が貼ってあり、どこにあるほくろがどんな意味を持つかが図説してあった。子供のころは、よく男同士で、顔の「淫猥」のところにほくろを描いて、ケタケタ笑い合った。テレサには姉がひとりいたのだが、癌で死んだと聞いた。でも大人たちはそれを信じてなかった。とはいえ、なにか確証があったわけではなく、せいぜい、姉が病院に通うところを一度も見なかったとか、その程度の理由だった。とにかく、もともとほとんど表に出てこない、でも、家にいるはずだった姉がいつごろからか、まったく姿を見せなくなっていた。彼女の行方は、誰も知らない。叔母の息子は、夜、テレサの姉の泣き声を聞いたと、今起こったことのように話したことがある。

「そのゴミ箱のそばにいたんだ」叔母の息子はきっぱり言った。泣き声はそこから聞こえてきたんだ。

テレサの家に足を踏み入れて、占い師の家というのは神秘的でもなんでもないんだと思った。なかには赤い布が掛けられたテーブルと、筮竹（ぜいちく）入れと、椅子がふたつあるだけだった。壁には作りつけの木の本棚があり、暦の本や占いの本が何冊か置いてあった。それに、ぼくにはなんの字かもわからない書が何枚か掛かっていた。ちょっと変わっていたのは、テーブルの上の、口が花のように波打った金魚鉢だった。水のなかには、尾ひれを花のように咲かせた出目金が泳いでいた。数えると黒が二匹、赤が二匹いた。それにもう一匹、なんと言えばいいのか、白だと言いたいけれど、白い鱗（うろこ）の金魚と違って、その金魚の白は実体がなかった。まるで空気と同じような、そんな白。もう少し正確に言えば、「透明感」のある金魚だった。

「この金魚、君が飼ってるの？」

「うん。わたしが世話してるの。でもわたしのじゃなくて、父の金魚ね。父は魚占いをするから。魚の泳ぐ姿勢を見て、お客さんを占うの」

魚占い？　そんな占い、生まれて初めて聞いた。そして、その後も聞いたことがない。魚が泳ぐときの姿勢でどうやって占うんだ。魚はでたらめに泳いでるんじゃないのか。

それからぼくらは、屋根裏のテレサの部屋に行って、宿題をした。好奇心にかられてぼくは、部屋にあった彼女の本を手にとって開いた。彼女の母親のことは、訊かなかった。姉さんのこともだ。そんなこと訊かれたら、ぼくだって嫌だから。

ぼくは丸めて置かれた彼女の布団を背もたれにして寝転び、「姉妹」という雑誌を読んでいた。彼女も同じように寝転び、膝を折って体を丸め、ぼくの手を引いた。ぼくの肘が、彼女のふくらんだばかりの柔らかな胸にあたった。そして、ぼくは、不思議な香りを嗅いだ。本当の話、あのころぼくは、アダルトビデオも見たことがなかったし、女性となにをどうするかも知らなかった。ただ体にはそれ自身が持つ本能がある。ぼくは体を彼女に向け、ぎこちなく、でもごく自然に口づけをした。そしてふたりはセックスした。もちろんコンドームもなく、膣外射精も知らない。女性の体の内側は、外側よりもずっと柔らかかった。ぼくはそのとき、それしか思わなかった。終わってから、彼女はシャワーを浴びに行った。それからぼくらは、屋根裏部屋の窓から通りを眺めた。通気用の小窓から足だけ出して、ぶらぶらさせた。ぼくは彼女に、国慶節の数日前に見た、戦車や軍用車両が通りに停まっている真夜中の情景を話した。彼女は黙って聞いていた。そして、両手でぼくの腕を引いた。ぼくの肘が彼女の乳房に触れた。

そしてぼくたちはもう一度、した。

テレサは外で手をつなぐことを許してくれなかった。それにぼくらは幼かったし、お金もなかったから、通学の行き帰り以外の風景をいっしょに見たことなんかなかった。喫茶店に入ることもなく、外食なんて、せいぜい牛肉麵か揚げ麩を食べるくらいだった。今、思い返しても、ひたすら続く一本道のように、見慣れた風景が何度も頭のなかに繰り返されるだけだ。なんともつまらない恋だったようにも思える。でも、彼女の顔を見るたびに、ああ、叔母夫婦が辛抱してぼくを育ててくれてよかった、と思ったのだ。

テレサもぼくも、学校の成績はぱっとせず、どちらも志望校には受からなかった。彼女の高校は市のはずれにあって、ぼくがかろうじて受かったのは新聞の合格者発表が一番最後の高校で、彼女の高校とはまったく逆の方角にあった。高一、高二のときはまだ行き来が続いた。でも、高三に上がる前の夏休みになって、彼女はぼくの手紙に返事をくれなくなった。「小通天」の旗はそこにあるのに……ぼくは何度となく、彼女の家を窺った。朝は、彼女の父親が市場へ買い物に出かける姿も見かけた。でもテレサは？　彼女は透明ななにかになって、商場から消えてしまった。

高校に通い出してすぐ、大学に上がることなど絶対に無理だとわかった。それに、叔母夫婦が家業をぼくに譲るはずもなかった。だから高校を卒業してすぐ型枠工の仕事を見つけ、外に部屋を借りた。ともかくはこれでひとり立ちだ。ものを組み合わせるということに興味を覚えたので、しばらくのあいだ、あちこちの親方から木工技術を学んだ。電気系もすぐマスターして、きっとこっちの方面に才があったんだろう。ぼくはあっという間に親方になった。そんなこんなで、今ではみんなからデザイナーなんて呼ばれたりしている。要は、内装を請け負って、職人さんを集めていっしょに工事を進めるのだ。自分でもこの仕事は気に入っている。なにしろ、誰かが数十年生活するかもしれない空間を作るんだから。ときどき依頼主が知らない、引き出しかなにかを勝手に作ったりする。いつか見つけてくれるだろうか、ってこっそり考えながら。

テレサと別れてから、ぼくの生活はひどく味気ないものになった。その後、三人の女性と付き合った。最後の女性は、四十代の人妻だった。彼女の夫が出張に行っているときに会って、寝た。きまって月曜日だった。どうやら彼女は、ぼくとは楽しいセックスができるという理由でいっしょにいるらしかった。あるときはたっぷり濡れて、ダメなときもたまにあった。濡れないとき、彼女は自分でベビーオイルを塗って、入れやすくしてくれた。潤滑ゼリーを買ってあげても、そっちは使いたがらず、訊くとベビーオイルを塗った感じが好きだと言う。

「なにか違うの？」

「違う」彼女はそう答えた。

別にベビーオイルの匂いが気になって別れたわけじゃない。あの匂いは、ガソリンよりも落ちにくい。いつも、家に帰ったあとも匂いが取れなくて、それが残っているうちは自分の生活に戻れた気がしない。そんな感じが、最悪だった。

そんな短い恋愛を三度経験して、自分には家庭を持つ気がないのだとはっきりわかった。あの人妻と別れてからは、適当に女を買って、性の欲求を満たした。家族を養うつもりがないから、飯を食う以外、ほとんどの収入をそのことに費やした。自分のことを知る女とは寝る気になれなかった。また関係を持ったことで、その女と親しくなるのも嫌だった。そうやってのめり込んでしまい、頭のなかに、家庭を持つイメージが微かにでも湧いてくることが、自分を不快にした。

同じ女性を何度も指名すると、なにげないおしゃべりから相手の生活を少しずつ知っていき、また、ことを終えたあといっしょに夜食を食べながら、それ以上の感情を持っている自分に気づくことがあった。そうなったらもう、その女は指名しないことにしていた。性行為と愛情は分けられると言う人がいるが、自分はそう思わない。性行為は人の気持ちを強く揺さぶり、往々にして予想外の結果を生む。自分は分けているると決めつけていようが、同じことだ。つまるところ、性欲も愛情もひとつの体を生きているのだから。そうだろう？

ところが、百合（ゆり）を知ったぼくは、自分のルールに背いて、彼女の常客になっていた。百合と出会ったのは、萬華（まんか）の桂林路（かつての中華商場最南端から西へ走る通り。龍山寺の裏手）だった。歩道に立つたくさんの街娼のなかから、ぼくはひと目で百合を選んだ。それは彼女の背が高かったからでなく、百合がこちらをまったく見なかったからだ。それに萬華の女はたくさんいるが、彼女とのセックスだけは、自分を哀れに感じなかった。彼女はたぶん、ぼくより五歳から十歳は年上だろうが、外見からそれは窺えなかった。しかも初めてのセックスと、終わったあとのおしゃべりは完璧だった。両膝を軽く折って、ぼくの肩に寄りかかる彼女を、もしも天井から誰かが見ていたら、きっとなにかぼくにせがんでいるように見えただろう。

萬華の立ちん坊は普通、十五分から二十分で終わりだ。価格は三百元から千五百元（千円から五千四百円に相当）とピンきりで、まあ、三百元っていうのは、実年齢は五十代、見た目はほとんど七十代の老女だった。客を取っているところは一度も見たことがない。普通、客がそれなりについている街娼なら、近くの路地に小さい部屋を借りて、自分の、あるいは妹分と共用の仕事場にする。部屋は木の板で間仕切ってあるだけだから、隣の声など丸聞こえだ。いや、匂いさえ四人分交じり合うだろう。でも、百合の部屋はちゃんと独立したタイプで、彼女ひとりで使っているらしかった（そしてトラ猫を一匹飼っていた）。だから清潔で、居心地もよかった。最初の日、抱き合う前にシャワーをいっしょに浴びたとき、彼女の乳房とおしりの垂れじわが見えた。若いころはきっと、美人だったろう。部屋の暖色の照明は、彼女を実際の年齢よりずっと若く見せた。ところが浴室の白い蛍光灯では、年齢がそのまま露わになる。内装デザインをしている自分には、蛍光灯とはひどく残酷な灯りに思えた。

ぼくは言った。「浴室は電球に変えたほうがいい」

シャワーでぼくの体を洗いながら、百合は答えた。「どうして？　わたし、老けて見える？」

「そうじゃなくて、電灯の色のことを言ってるだけだよ」

彼女が訊いた。「どこに住んでるの？」

「台中」ぼくは、自分のことをあけすけに言いたくなかった。

「仕事は？」

「内装デザインをしている」

「だから電灯の色が気になるのね」と、彼女は笑った。

いっしょにシャワーを浴びているうちに勃起した。百合はひざまずいてそれを口に含んだ。ぼくはそれを嫌がった。彼女の頭頂部に染め残しの白髪が見えたからだ。ぼくは百合の肩を叩き、ベッドへ促した。

抱き合ったあと、百合は身の上話をした。若い頃、彼女はホステスをしていた。それから不動産仲介の仕事をして、今、萬華で立ちん坊をしている理由は、時間が自由になるからだという。

「だって不動産仲介って、詐欺(さぎ)みたいなもんじゃない？プール付きって言ったってこんなしかないのに、それを、湖がついてるみたいに言うんだから」

「たしかに。この仕事よりよっぽど詐欺に近い」

「そりゃそうよ」と、彼女は笑い出した。時間を知らせるチャイムが鳴ったので、彼女は立ち上がって服を着た。まずパンティーとストッキングを履き、それからブラジャー、Tシャツ、ショートパンツを順序よく身につけ、黒いロングブーツを履いて、最後に白いニット帽を被った。さっき見た、垂れじわの走る乳房とおなかとおしりはものの見事に隠された。このときの百合には、言うなれば、輝くばかりの気品があった。

翌日、また百合に会いに行った。この日、彼女はピンヒールのサンダルを履いて、紫のワンピースをまとい、やっぱりあの白いニット帽を斜めに被っていた。部屋に入るなり、百合が訊いた。

「今日の服と昨日の服と、どっちがいい？」

「ぼくだと気づいてたのか？」

「当たり前よ。通りの向こうを歩いてるの、ずっと見てたもの。わたしはあんたに手を振らなかった。ここに来る男は、女を選ぶ権利があるから。てっきりあんたが、時間をかけて選んでるのかと思った。ここの女は、客に手を振らない」

ぼくは首を振った。「君に会いに来たんだ」

「ありがとう」と彼女は言った。

「どっちも素敵だよ」とぼくは言った。

それからは、定期的に百合と会った。ときにおしゃべりをし、ときにセックスをし、どちらも同じ料金を払った。ぼくは少しずつ、自分が性欲を満たすためだけに百合と会っているのではないと気づいた。そう気づくと逃げ出したくなったが、もう手遅れだった。ぼくは生まれて初めて、執着していたのだ。ぼくは深夜の萬華に漂う、腐ったような臭いが好きになった。通りのあちこちで眠る浮浪者や、複雑に入り組んだ路地、路上駐車のバイクに腰掛けた娼婦たち……そのすべてが好きになった。ある女は膝が悪いのだろう。自分で腰掛けを用意して座り、小さな扇子でパタパタ扇ぐ。時間はあるが一文無しの老人が、女たちの前で仁王立ちになり、なにも言わず、ただ検品するように見ている。老人たちに言わせると、彼女たちは「身の程知らずの千日草」

なのだそうだ。ほかにも、早朝三時から奇妙な中古品を並べる露天商がいて、靴からオーディオまでなんでも売っていた。あるとき、ひとりの老人が同じように、仮面ライダーの人形と千手観音とアダルトビデオとスニーカーを売っていた。中古のスニーカーはいくらか訊くと、五十元（約百八十円）だと言う。千手観音は七百元（約二千五百円）だった。通りのあちこちに現れた夜の露天商だが、ひやかしばかり多くて、買う人は少ない。スニーカーがどれだけ安かろうと、そのサイズに合う足を見つけるのは難しいだろう。でも、ぼくは興味津々で、スニーカーと千手観音のどちらが先に売れるか見守っていた。通りにはなぜか、必要以上にたくさんの時計が掛かっていた。最初は変に思ったが、そのうち、この時計はもっぱら軒下で仕事をする人のために置いてあるのであって、住人が見るものではないと気づいた。

　百合と会う前、それでもぼくは、女たちをひとりひとり見ていった。比べているのではなく、たぶん、そんなムードに酔っていたんだろう。ぼくはそんな路地を歩くのがとても好きだった。自分が含まれているような、いないような、そんなよそよそしい親密さが好きだった。女たちのなかにはぼくの顔を覚えた者もいて、そうすると声をかけてこなくなった。ぼくが百合の客だからだ。そして、何度目かに、街娼がいる路地には必ず猫がいることに気づいた。

　彼女たちと猫のあいだにどんな関係があるのか、最初はわからなかった。あとで知ったのだが、警察は毎晩、午後十時から午前三時まで交代でパトロールする。だから、部屋を借りている街娼たちは三時に「出勤」してくる。外から流れてきた、たとえば台中からやってきた「休日出勤」の女たちは、それまでの時間は細くて暗い路地に隠れている。いずれにせよ、警察がバイクでパトロールしているあいだ、彼女たちは手持ち無沙汰に路駐バイクに腰掛け、鶏足の煮込み（滷味）にかぶりつき、タピオカティー（珍珠奶茶）を飲んでいるしかなかった。そんなとき、猫が集まってきて、ミャーミャーとおこぼれを欲しがるのだ。女たちは食べ終わった骨を猫に放る。猫は骨にへばりついていた肉を食べ終わると、ぎらりと目を光らせ、しっぽを高々とあげて路地を徘徊する。ときどき人の泣き声のような声を上げ、気づけば屋根の端で交尾したりする。警察が消えると、百合と女たちが現れる。吸い殻と痰と湿気に満ちたこの路地をハイヒールで踏みしめ、きっかり街灯が届かない場所に立つ。老女は路地の端っこで見張りを担当した。女たちはみな、暗がりに立っていたから、互いに交わす視線は曖昧だった。猫が女たちの足に体をなすりつける。それもまたどこか、セクシーに見えた。

百合が言った。女たちは、ひやかしは一目で見抜くし、いけ好かない客なら高い値段をふっかけて追い返す。でも、とぼくは思う。それは、客がついているからできることだ。年増女の客引きなど、もはや懇願にしか見えない。

「あんたみたいな客は、あまりいない」百合は煙草を吸いながら、そう言った。

その日、逢瀬（おうせ）のあと、百合の部屋から下りてきたところで、ぼくは彼女と会った。いつもと同じように、ひとりで下りてきたから、最初、彼女が百合を訪ねてきたのかどうかはわからなかった。ただ、彼女はあまりにもテレサに似ていた。だからぼくはすぐにそこを離れずに、軒先でわざと煙草を吸って、こっそり彼女の様子を伺っていた。すると百合が下りてきて、ぼくはふたりが旧知であることを知った。百合は部屋の外で、ぼくと話をしない。これはふたりの暗黙のルールだった。だからぼくは、黙ってその場を立ち去った。

何日かして、また百合に会いに行ったとき、おしゃべりの頃合いを見計らって、ぼくは彼女が誰か訊いた。

百合は答えたくないふうだった。でもぼくに嘘（うそ）をつくのも嫌らしく、こう言った。

「ここで商売してるんじゃないのよ。いい、言うわ。妹よ」

ぼくは言った。「彼女は、小学校の同級生だ」

本当のところ、ぼくは、テレサにもう一度会いたいと思って訊いたのではなかった。会ってなにか意味があるとも思えなかった。ましてや、こんな成り行きだ。でも、何日かして、ぼくらはやっぱり百合を通じて、会うことに決めた。夕暮れどき、百合の部屋の下で待ち合わせた。まず互いに笑顔をひとつ見せると、ふたりは、歩きながら話すことにした。最初、話はゆっくり進んだ。ときには、ひとつの言葉がふたりの空気をこわばらせ、沈黙がしばらく続くこともあった。西門町の先の開封街(かいふう)(新光三越ビルの横から西へ走る通り)まで歩いたら、子供のころからあるパン屋がまだ営業していた。懐かしいショーウィンドウもがらりと今風に変わって、なかでケーキがひとつぐるぐると回っていた。なんて下らない客寄せだろう、とぼくは思った。

「初めて君の家に行った日のこと、覚えてる?」

「うん」

「時間っていうのは、あっという間に過ぎる」

「そうね」

小学校の近くまでやってきた。当時からすでに有名だった店で揚げ天(甜不辣)を食べながら、ぼくは、テレサと百合の顔に似ているところを見つけた。ふたりとも目が丸くて、それでいて目尻が眉より長くて、どこかなまめかしかった。そんな目を見つめながら、彼女の話を聞いた。あのとき、テレサが突然姿を消したのは、百合を頼って家を出たからだった。

「じゃあ、君たちはどうして、家を出なければならなかったの?」

テレサはただ首を振った。

ぼくは後悔した。ときに言葉は電気ノコギリのように、ちょっとした不注意で取り返しのつかない結果を招く。そのあとできるのは、上っ面の修繕しかない。

「手紙も書いた。君の家の前でずっと待っていたこともある」

「そうだったの。わたしもあなたに連絡しようとしたことがあった。でもそのときは姉と台中にいた。だからこれっきり連絡しないのも、いいことかもしれないと思った」彼女は一息ついて、そしてなにか思い出したように続けた。「そうだ、うちの金魚のこと覚えてる？」

「金魚？」

「そうよ！　あの日ずっと、変な金魚がいるって、わたしに言ってた」

「言ったっけ？」

「言ったわ」

「そうか、言ったかもしれない。金魚がどうかしたの？」

あの魔術師のこと覚えてる？　子供のころ、人より背が高かったからじゃないかしら、わたしはいつも寂しかった。父に、母のことを訊ねたことがある。父は、金輪際（こんりんざい）、

あの女のことを話すなとわたしに言った。父は毎日専門書を読んで、研究に没頭していた。占いだって、ひとりの外省人から教わった以外は全部、本から独学で習得したものなの。小学六年生のとき、覚えてる？　のび太っていう同級生がアメリカに引っ越していった。彼がいなくなったせいで、わたしが落ち込んでるって思われていたけど、全然違うの。ちょうど同じころ、姉が家を出て、行方知れずになった。姉がいなくなってから、わたしはもっと寂しくなった。

あのころよく歩道橋まで、魔術師のマジックを見に行った。それには、もうひとつ理由があって、それは、あなたに会えるかもって思ったから。

あの日の放課後、わたしと同級生たちが魔術師を取り囲んで、彼もとってもご機嫌で、きっとよく売れてたんじゃないかしら。その日の売り物は「不思議な絵本」だった。でも彼がわたしたちに見せたのは、その絵本ではできないマジックだった。彼は言った。もしマジックを長く修行した者なら、心のなかで呪文を唱えてイメージすれば、それを絵に描いて呼び出すことができる。そう、まるでこの世界が、もともと一枚の絵だったように……。魔術師は見物していた子供のひとりを指さすと、計算用紙を一枚破かせて、その上に消しゴムをひとつ描くように言った。描き終わった子供が、魔術師に絵を渡した。魔術師は右手を伸ばして紙の上をさすると、絵とそっくりの本物の消しゴムを取り出した。出てきた消しゴムはグニャグニャ曲がっていて、子供が描いた絵とそっくりだった。魔術師は、絵を描いた子供にその消しゴムをプレゼントした。みんなは拍手喝采した。

魔術師は、もうひとり助手が必要だと言った。そして取り囲んだ子供たちを見回して、わたしを指さし、好きなものを描きなさいと言った。わたしは、魚が描きたいって答えた。家にいる金魚は、父が占いに使うから、もっと普通の金魚が欲しかった。わたしは魚に餌をやるのが好きだった。だから魚が描きたい。魔術師は、もちろん構わないと言ったあと、近くにいたトムに、お前んとこの餃子屋までひとっ走りして、水を汲んできてくれと頼んだ。わかった！　とトムは駆け出した。計算用紙を一枚破って、わたしはその上に輪郭だけの、色のない金魚を描いた。描き終わったころ、ひしゃくに水を汲んだトムが戻ってきた。魔術師はわたしにひしゃくを持たせ、動かないよう指示した。彼の手が紙の上を、繰り返しさすった。すると突然、ピチピチとした金魚が紙から、水のなかへ飛び込んだ。わたしは全身に電気が走ったような気がした。魔術師は、わたしにその魚をプレゼントすると言った。

わたしが描いた魚は、うちにいたほかの金魚たちと同じように、突き出た目と花びらみたいな尾ひれを持っていた。ただ、わたしは色をつけなかった。家に持ち帰ったあと、わたしはそれを金魚鉢に放した。ほかの金魚は最初、物珍しそうにしていたけど、少しずつその新入りを受け入れた。金魚鉢を覗けば、透明な金魚が、いるかいないかわからないように泳いでいた。何日かすると慣れてきたのか、わたしが近づいて声をかけると、透明の金魚も寄ってきて、大きな水玉みたいな両目でわたしを見た。

知ってるわよね。わたしは高校三年生になるあの年まで、父といっしょにくらした。でもその少し前から姉と連絡を取り合っていた。姉はわたしに、家を出なさいと言った。この世は地獄ばかりじゃないの、って、そう言った。あの日、わたしはさしあたり必要な洋服と、透明の金魚だけを持って、家を出た。あの金魚はとっても長生きで、父が魚占いに使う黒と赤の四匹は何度も代替わりしたのに、透明の金魚だけはなにごともないようにずっと生き続けた。でも、乗った列車がぎゅうぎゅう詰めで、金魚を入れたビニール袋は押されて床に落ち、そこからこぼれた金魚を、わたしは助けることができなかった。死んだ金魚は生きていたときよりももっと透明になって、一瞬どこにいるかわからなくて、わたしが見つけたときには、コップからこぼれた氷みたいになっていた。

揚げ天を食べたあと、ぼくらは遠回りして大通りを歩いた。あの日、ぼくは真夜中の窓から軍事パレードのリハーサルを見た。そのときこの車道いっぱいに停まってい

た戦車やアヒルは、もう存在しない。ぼくは兵役のことを思い出した。入営一日目にマントウ（餡のない中華まん）が支給され、ぼくはそれをそのまま隠し持っていた。あのころ、ぼくには隠し癖があった。マントウはあっという間に固くなった。休暇のとき、カチカチになったマントウを自分の部屋に持ち帰り、本棚のガラス戸のなかにしまった。そこにはほかにも、商場時代の家の表札や、雑貨屋が飴を入れるガラス壜、駅員がよく使うカンテラが隠してあった。

マントウには最初、点々としたカビが生えた。でも、その後、全体が黄色くなった以外はずっと、大きな変化はなかった。ぼくはだんだん慣れてしまって、その存在ごと忘れた。そして、十年くらい前のある朝、歯を磨いたあと本棚の前に立ったとき、ふと、前となにかが違っていると思った。数秒後、ぼくはすっかり思い出した。そこにはかつて、マントウがひとつ置いてあった。でも、マントウはカビに食い尽くされ、今、そこは空っぽだった。

この都市のすべての道路は、幾度となく風雨にさらされ、なお修復されて今ある。修復の痕跡はこれほど雑然として、ひと目見るだけで、未来もまた同じでたらめを繰り返すだけとわかるはずだ。道を渡るとき、ぼくはテレサと手をつないだ。ふたりは疲れていた。生命とは繁殖して、消えていくべきものだ。まして、ぼくらはなにも残していない。ぼくらはこんなに長く生きるべきではなかった。昔、鉄道が走っていた場所にたどり着いたとき、ぼくは振り向いて、テレサに口づけをした。彼女は一瞬びっくりして、でもぼくを見て、口づけを返した。彼女の舌先は小動物が新しい世界を窺うように、静かに震えていた。

奇妙なことだけど、テレサの唇の柔らかさと匂いを、ぼくは忘れていなかった。ぼくのくだらない、いいかげんな人生のなかで、やっとひとつ残すものを見つけた。たとえ氷のように溶けてしまっても、それはきっと水となって、どこかに残り続けるだろう。

鳥を飼う

鳥を初めて飼ったのは、小学校に上がる年だった。

入学する前、わたしは毎日、母にくっついて市場に行った。一歳上の兄はもう学校に通っていた。わたしにとって、市場はこども遊園地みたいなものだった。母はわたしを前の籐椅子（とういす）に乗せ、自転車を漕いだ。そうしてひとつひとつの店を眺めながらわたしは、自分がお姫様みたいって思った。ずっとこのまま、学校に行かずにすめばいいのに。

その日は、小さなかごをいくつも下げた物売りが来ていた。かごのなかに鳥が何百羽もいた。わたしはその物売りを初めて見た。鳥を売る人は初めてだった。スズメによく似た鳥で、かごが小さかったから、羽根をばたつかせる音がずっと聞こえていた。その風でアワの殻（から）が飛び散る。わたしはなんの鳥か訊いた。

「シマキンパラ」

「え?」

「シマキンパラ」

「シマキンパラ。いくら?」

「十元」

十元だって。わたしには十元が必要だ。

翌日、市場に行ったわたしは、母のスカートの裾をしつこく引っ張って、ヤクルトが飲みたい、ヤクルトが飲みたいって何度もせがんだ。ヤクルトはあのころ贅沢品だったから、母はもちろん、ダメと言って強く手を払った。わたしはしつこく母を追いかけ、ぐずり、喚いた。すると、よほどうんざりしたんだろう、母は財布から五角(〇・五元)玉を出して、わたしを黙らせた。

それから二週間のあいだ、わたしは一生懸命、母の手伝いをした。切手が並んだ陳列台を拭いたりして。覚えてる? うちは商場の二階で、趣味の切手屋をしていた。店の切手は、そのほとんどが母方の祖父のものだった。だから、うちは切手屋を始めた。だから、わたしは切手が好きになった。あんなちっちゃな紙切れを集めて、なにがおもしろいんだって、みんな言う。でも、大学に入るまで商場のなかだけで生きていたわたしに、切手はその写真、絵、人、それから記念する出来事に合わせたデザインで、わたしの知らない世界を見せてくれた。なんだか、世界中の人がわたしに手紙をくれて、それぞれの国のことを教えてくれているような気がした。夜は、母がピンセットで切手整理するのを見ていた。まるでジグソーパズルで世界を完成させているみたいだった。だから、珍しい切手が売れてしまうたびに、わたしは無性につらくなった。

二週間経って、やっと十元貯まった。わたしは兄に計画を話した。次の日、市場へ行ったとき、わたしは母に、ヤクルトを買いに行くと言って、こっそりシマキンパラを買ってきた。鳥売りの人は、鳥を小さな紙の箱に入れてくれた。わたしはそれを、店で使う手提げ袋に入れて持ち帰った。兄はわたしのことが大好きだから、絶対に秘密をバラすことはない。

母に知られたくなかったので、家に帰っても、鳥をそのまま紙の箱に入れておいた。だからわたしたちは、箱の側面に空いた、ふたつの小さな丸い穴から覗き込むしかなかった。そこから米粒を入れ、飲み終わったヤクルトの容器で水入れを作り、鳥に飲ませた。鳥は箱のなかで軽やかに飛び跳ね、ときには低い声でビービーと鳴いた。わたしは興奮して、背中に鳥肌が立った。ふたりともこうして、箱のなかでずっと鳥が飼えるものと信じていた。

翌朝、わたしは鳥が見たくてしょうがなくて、箱のふたを少しだけ持ち上げ、なかを覗いた。でも鳥は怖がって、箱の奥でひたすら縮こまっていた。箱の丸い穴から、キラリと光る小さな星がひとつ見えた。どうしてだろう。わたしの鼓動が強く打った。わかる？　だってあまりに美しすぎたから。何年もあとに見た、チェコの星座切手シリーズと同じくらい美しかった。

わたしと兄は、落ち着きなくその日を過ごした。数分おきに箱の前に行って、小さな穴から覗き込み、鳥と目が合う瞬間を味わった。夜ごはんのあと、わたしはふたを上げて、隙間から鳥の様子を窺おうとした。ところが、一瞬パニックになった鳥は、覗き込んだわたしの目に体当たりして、そのままどこかへ飛んでいってしまった。

その夜、空っぽになった箱を手に、わたしは一晩中泣いた。母は、わたしが泣く理由がわからずに苛立ち、しまいにはわたしをぶった。自分が失ったのは十元よりもっと大事なものだった……わたしは生まれて初めてそんなふうに感じていた。

鳥が逃げてから、わたしはがっくりして、抜け殻のように毎日を過ごした。夏が終わり、わたしは小学校に上がった。授業は退屈だった。唯一わたしの興味を引いたのは、校庭にある木だった。木の穴に、クククーと鳴く鳥が巣を作っていた。大きくなってから、それがゴシキドリという鳥だと知った。色鮮やかなゴシキドリが、こんな街中の小学校に巣を作るなんて！　それは、わたししか知らない秘密だった。最初の中間テストのとき、母は、もし三番以内に入ったら、隣のルーが乗らなくなった三輪車をもらってやると言った。ルーは背が高くなって、もう三輪車には乗れない。わたしは、三輪車はいらないから、ほかのものが欲しいと答えた。母は、三輪車より高くなければ買ってやると言った。三輪車はいくらか訊くと、母は答えた。百元。百元だって。わたしは兄に目配せした。母は、三輪車より高くなければ買ってやるって言った。

そのテストでわたしは三番になった。そのあとはずっと、あんたと、家がパン屋の級長と金物屋のブンブンがトップ3を独占したから、わたしにとっては最初で最後の三番だった。おかげでわたしは、ジュウシマツをつがいで手に入れた。母もまさか、これっきりとは思わなかっただろう。目を真っ赤にして、「平」棟の竹細工店の店主に、わたしの成績を自慢しながら、巣付きの竹かごを余分に買ってくれた。その日、わたしは母のことが大好きになった。大きくなっても、おばあちゃんになった母の世話をするから、一生お嫁には行かないってそう誓った。

兄とわたしは、外廊下の手すりのところに、鳥かごを置く板を取りつけた。つがいのジュウシマツは、オスは少し黄土色がかっていて、メスは白黒模様だった。どちらも尾っぽが切られていて、こうすれば逃げ出さないって聞いた。兄は毎日、授業が終わるとわたしといっしょにかごを下ろして、なかに敷いた新聞紙を交換した。新聞の裏にはときどきゴキブリが隠れていて、わたしは怖くて死にそうになった。兄は「なにが怖いんだよ」とかっこつけながら、目をつぶってゴキブリを踏みつけた。死にそこねたゴキブリはみんな、隣の古本屋と唐（とう）さんの仕立屋に逃げていった。

　ある朝、目が覚めたとき、鳥の鳴き声が聞えなくて、わたしはかごのところまで走った。するとジュウシマツが二羽とも、かごのすみで死んでいた。おしりと脚がなにかに嚙（か）まれて散乱し、羽根に血が滲（にじ）んで固まっていた。

　わたしは泣き出した。その泣き声の大きさに、二階の住人がみな起き出してきた。こんな悲しい泣き声を聞くのは、民国（中華民国と戦後台湾の年号。一九一二年が元年）になって以来初めてだ、と唐さんが言った。

　あとで、あんたのお兄さんがうちの兄に、鳥はネズミに食べられたんだと教えてくれた。ネズミは夜、電線を伝って手すりを越える。そしてかごの上から、しっぽを垂らして威嚇（いかく）するんだ。びっくりしたジュウシマツはかごのなかを飛び回る。でも、鳥は夜、目が見えないからだろう、最後はかごのすみっこに隠れた。このとき、ネズミは静かに忍び寄り、かごのすみからジュウシマツに嚙み付いた。ネズミの口は細長いから、ひごのあいだからでも十分なかに入る。だから届くところだけ食べたんだ。

「ジュウシマツは、噛まれてから死ぬまで、ずいぶん時間がかかったはずだ。体の血が全部流れ切るまで、死ねなかっただろう」あんたのお兄さんがそう言ったのを、わたしは今も覚えてる。

わたしと兄は、ふたりとも泣いた。


ジュウシマツが死んでからしばらくは、鳥を飼いたいと思わなかった。ネズミに食べさせるために飼ってるようなものだ、と兄が言った。

しばらくして、わたしは歩道橋の魔術師の隣で、ブンチョウ占いをしている人を見た。占い師は揚(あ)げ麩(ふ)みたいに背が高く、全身油ぎった男で、黒いズボンと黒い上着を着て、黒い帽子を被っていた。おまけに、鳥かごには小さな黒い布がかけてあった。お客さんが来たら、占い師はさっと黒い布をめくり、シロブンチョウをかごから出した。そしてブンチョウに、「仕事運」「恋愛運」「金運」の三つの筒から一本ずつおみくじを引かせ、最後にくじの解説をした。このブンチョウときたら、本当にすごい。歩道橋で仕事をして、しかも、逃げ出そうとしない。あとで、あんたのお兄さんが教えてくれた。ヒナのころから飼ってるから、ああなるんだって。ブンチョウにくじを一回引かせて十元だった。シマキンパラと同じ値段。

覚えてるかな？　あるとき、魔術師が占い師のブンチョウを使ってマジックをしたの。今でも思う。人生であれほど不思議なものを見たことはないって。

魔術師は占い師からブンチョウのかごを借りて、こう言った。今日はいつもと違うマジックをお見せしよう。ただし、なにが起ころうと、占い師はかごに触れてはならない。

「これはとても大事なことだ。承知してくれないなら、マジックはできない」――魔術師はそう言った。占い師はこくりと頷いた。

そして魔術師は黒い布をめくり、元気よく飛び回るブンチョウを見物客に見せたあと、もう一度布で覆った。魔術師は左目で鳥かごを、右目で見物客を見ているようだった。わたしはいつも、魔術師の目に不幸を感じていた。一分が経ち、ううん、もしかしたらほんの数秒だったかもしれない。魔術師は素早く、鳥かごの布を取った。すると、かごのなかには、羽根も生え揃わぬヒナが一羽いた。ヒナはくちばしを大きく開けて、餌が欲しいと首を振っていた。消すだけなら、なにかの目眩ましだろうけど、じゃあ、ヒナはどこから出したのか。占い師は呆然とうろたえたまま、かごに手を伸ばした。すると魔術師の右手が、その手をぶった。このとき、魔術師の右目は鋭く占い師を睨みつけ、左目はどこか遠いところを見ていた。

「触れてはならないと言ったはずだ」

ざわつく見物客をよそに、魔術師は黒い布でまたかごを覆った。そして目をつぶり、口のなかでぶつぶつとなにか唱えて、布を取った。わぁ！　かごのなかは、純白の羽根を持つシロブンチョウに戻っていた。誰もが、さっき見たはずのヒナを思い浮かべ、考えれば考えるほど、自分の目は節穴だったのかと自信を失くした。みな感服して拍手を送り、大人たちはおひねりを投げた。ところが魔術師は、まだ終わっていないと手を振り、かごに黒い布を被せた。そして今度は呪文も唱えず、電光石火の速さで、右目で右の客を、左目で左の客を見て、布を取り去った。占い師とわたしとたくさんの見物客の叫び声が同時に響いた。それは数か月前、わたしがジュウシマツの死体を見たときと同じ反応だった。

シロブンチョウが死んでいた。

傷口はなかった。でも、かごの底で横たわり、うしろに伸ばした脚の爪はきゅっとすくまり、まぶたはうっすら閉じていた。わずかな隙間から覗いた瞳は、すでにこの小さな体から生命が消え去ってしまったことを教えていた。ブンチョウが死んだ。疑いようもない。魔術師がどんな修行を積もうが、ブンチョウに死んだふりなんかさせられるわけがない。ついこのあいだ、わたしは、同じようにうっすらと閉じられた目を見た。鳥のまぶたは薄くて、瞳から生命のいぶきが消え去り、鳥の体からなにかが抜け出ていくことさえ感じられた。ただ、今そこに横たわるブンチョウと、さっきのブンチョウは同じ鳥のはずなのに、死んだブンチョウは老いていた。これは老いて、衰えて死んだ鳥だ。突然死んだんじゃない。わたしはそう感じていた。三十年以上経った今、思い出しても、やっぱりそんな気がする。

占い師は辛抱できず、鳥かごを取り返そうと手を伸ばした。そして、鳥を殺された、と魔術師を罵った。魔術師は急いで右手で占い師を遮ると、もう一方の手で、かごに布を被せた。そして、夢から呼び覚ますような大きな声で怒鳴りつけ、占い師を押しとどめた。占い師を止めるのに、魔術師はお客さんに背中を向けていたから、なにをやっているか全然見えなかった。占い野郎、邪魔だ！ どきやがれ！ と、みな口々に叫んだ。布が再び取り去られた。映画館のフィルムを巻き戻したかのように、ブンチョウが元通りに元気になって、止まり木から止まり木へ飛び回っている。首をかしげて見物の人垣を見るブンチョウの瞳は、数分前となにも変わらず、今ここで、なにも起こらなかったと訴えているようだった。

「お前が触っていたら、鳥は戻ってこなかった」怒りを露わに、魔術師はしゃがれた声で言った。占い師は自分が間違っていたと思い、また同時に、自分は間違ってないと思った。

「どうして？」わたしは勇気を出して、訊いた。

魔術師は、右目でわたしを睨みつけて言った。「あれは、マジックの時間のなかで起こったことだ。マジックのあいだは、かごのなかの時間と、わたしたちがいる歩道橋の時間は進み方が異なる。そのとき、誰か人間の手が、その時間に干渉したら、鳥は戻ってこない」魔術師は続けた。「鳥はその時間にとり残されたまま、戻ってこない」

魔術師は、そのマジックを二度とやらなかったらしい。あれは一九七九年のことだった。どうして覚えてるかって？　だってその年、郵便局がローランド・ヒルの記念切手を出したから。ローランド・ヒルは、切手を発明した人。郵便が始まったころは、手紙の重さや紙の枚数、届け先までの距離で料金を計算していた。でも、そうすると手紙はとても高価なものとなり、金持ちしか遠くに送ることができない。貧乏人には手紙なんかとても出せないし、遠くの人のことは心のなかで思うしかない。ヒルは小学校の校長先生をしていて、郵便についてしっかりした考えを持っていた。彼は『郵便制度改革　その重要性と実用性』という本を執筆し、イギリス国内で〇・五オンス（約三十グラム）以下の郵便物は、一律一ペニーの料金で送れるようにすべきだと主張した。ヒルの意見は、大衆の大きな支持を集め、役所もそれを重視した。イギリス財務省は二百ポンドの賞金で、さらに具体的なアイデアを募った。二千六百件もの応募のなかに、採用可能な意見はひとつもなかった。ヒルは審査員をしていたんだけど、手紙にあらかじめ切手を貼る、という彼自身のアイデアがほかの審査員の賛同を受けて、結果、最初の切手が作られることになった。ヒルは賞金を自分でもらってしまったのかしら？　ちょっとずるい感じがするけど……でも、彼のおかげでこの世界に、手紙を遠くまで運んでくれるちっちゃな紙切れが生まれたというわけ。

その年、母のもとを去って八年になる父から、長い手紙が届いた。手紙を読み終えた母の目は、まるで石だった。母は、同封されていた紙になにか書き込むと、封筒に入れ、ローランド・ヒルの肖像切手を舐めて貼りつけ、投函した。父は、わたしが生まれる前にこの家を出た。だから一度も会ったことがない。ただ、母の切手帳に挟まれていた、父らしき写真を見たことがある。写真はフリルのような縁どりで飾られて、まるで切手みたいだった。

切手はベロで舐める？　わたしも以前はそうしてた。なんだか塩辛くて、ぬるぬるしてね。そうやって最後の一言を、切手の裏になすりつけてるみたい。

あのころは魔術師の助手になりたかった。そう、美人アシスタントにね。わたし、本当に訊いたことがあるの。でも魔術師は、助手はいらないと言った。「わたしはずっとひとりでマジックする。これからもそうだ。助手がいる魔術師は、一流ではない」

助手にはなれなかったけど、ならどうしても、ブンチョウが飼いたかった。わたしだってヒナから育てたい。成鳥になったらおみくじを引かせて、卵を産ませて、それからまたヒナが生まれて、それを育てて、大きくする。成鳥になった子供に、またおみくじを引かせて……そうしたらきっと、一度に十人分の占いができる。

わたしと兄は、いろんなところを調べて回った。そしたら、萬華・桂林路の鳥屋なら、シロブンチョウのヒナを売ってくれることがわかった。次の年、わたしと兄はお年玉をポケットに入れ、母にはトイレに行くとだけ言って、それからあんたのお兄さんといっしょに桂林路まで行って、ヒナを二羽買った。一羽は白、一羽は黒。

母にはもちろんぶたれた。でも、しばらくしたら許してくれた。それから、竹のかごはネズミに食われたから、今度は小さな鉄のかごを買ってくれた。わたしたちの涙は、鉄の新しいかごに変わったってことね。

鳥屋の店主に教えてもらったように、水に半日浸けたアワを、厚紙を折り曲げた小さい匙(さじ)で食べさせた。ヒナたちはわたしたちに気づくとすぐ近寄ってきて、びっくりするくらい大きなくちばしを開けて、うるさいくらいの鳴き声を上げた。たくさん食べたヒナの首には、ぽこんと膨らみができる。それが素嚢(そのう)というものだと、あとで知った。鳥はそこに食料をためて、少しずつ消化していく。ヒナのころは、いつも首のあたりの羽根を吹いて、そこがちゃんと膨らんでるか確認した。鳥は日に日に大きくなる。羽根もついに生え変わり、黒いブンチョウはかっこよくなった。白いブンチョウは、みずみずしい目がどこか憂鬱(ゆううつ)そうで、わたしの目を見て、なにか秘密を聞いてほしいみたいだった。

名前は、白をシロちゃん、黒をクロちゃんにした。誰かが言っていた。白も黒も同じブンチョウだから、もし交尾したら、白も、黒も生まれるし、もしかしたら灰色のブンチョウが生まれるかもしれない。わたしはいろんな色のブンチョウが家を飛び回っている光景を思い描いた。ところが、ある日、あんたのお兄さんがやってきて、オスメスを見てやる、と言った。お兄さんはブンチョウを捕まえ、おしりのあたりの羽根に息を吹きつけた。

「両方オスだ」とお兄さんが言った。

「どうしてわかるの？」

「メスはおしりが赤い」わたしは信じなかった。クロちゃんがオスで、シロちゃんがメスだ。そんなの、目を見ればわかる。

シロちゃんとクロちゃんを飼い始めてから、わたしと兄は毎晩、交代でかごを家に入れた。母は怒っていた。かごについたゴキブリもいっしょに家まで入ってくるからだ。しょうがないから、兄はもっと頑張ってゴキブリを退治した。小さな鳥のために、わたしも勇気を振り絞って踏んだ。もちろん向こうは向こうで、必死に子孫を増やして、わたしたちのスリッパに対抗した。踏みつけたあとの死骸を見て、吐き気がすることもあった。ペチャンコなのに、まだ脚が動いている。まるで死という状況を受け入れられずに、必死であがいているみたいに。

わたしたちはその死骸を上の階まで持っていき、占い師・小通天のゴミ箱に捨てた。だって、そんなものがこんなにたくさんうちのゴミ箱に入ってるかと思うと気持ちが悪いから。あるとき、占い師のゴミ箱に、トランプが捨ててあるのを見つけたことがある。普通のトランプじゃないの。どれも外国人女性の裸が印刷されていた。ハートのエースは赤毛の女の子で、赤いマニキュアを塗った指で股の奥を開いて、そこから変な花が見えた。わたしはそれを見て、顔が真っ赤になった。

ある朝、目が覚めたら、鳥の鳴き声が聞こえなくて、不吉な予感がした。わたしは屋根裏部屋から駆け下りて、鳥かごを見た。すると、クロちゃんの頭と首が消えて、下半身だけになっていた。シロちゃんは脚と体がなくなり、頭だけになっていた。半分だけ残されたブンチョウは、どちらもきれいに空っぽだった。なかは内臓も血も残ってなくて、まるでゴムの指人形みたいだった。

たしかわたしは、大きな叫び声をあげたと思う。きっとその声で、商場じゅうの人が目を覚ましたはずだ。わたしはサンダルを履いて、階段を駆け下りた。そして一階のあんたのうちのシャッターを叩いた。今でも覚えてる。あんたが眠い目を擦(こす)りながらシャッターを開けて、五分待ってくれと言った。わたしは叫び続けた。間に合わない！　間に合わない！　そしてあんたのうちの靴底用強力接着剤を借りて、二階へ駆け戻った。息が切れて、めまいがしそうだった。わたしは、一番お気に入りの〈ちび天使〉印の鉛筆で接着剤のふたをこじ開けた。折れた鉛筆で接着剤をたっぷり掬(すく)って、シロちゃんとクロちゃんの残された体のふちに塗った。塗りすぎたところが羽根にはみ出して、黄色と黒に汚れた。

「無理だよ。無理だよ」兄はそう言って、そばで泣いていた。

　あんたが言ってたのよ。角砂糖を盗み食いしたあんたに、あんたのお母さんが、その腕、切り落としてくれる！　って怒ったとき、あんた、また伸びてくる？　って訊いて。お母さんは、無理だね。でも接着剤でくっつければいいって答えた。あんたそれをまた、本当?!　って訊き返すから。しまいに、あんたのお母さんはこう言った。うちの父さんの強力接着剤ならなんでもくっつく。靴底だって剝(は)がれない。水に浸からなきゃ大丈夫だ。

　それに、接着剤を使うときはすぐにくっつけちゃダメだ。少し乾かしてから両方から押し付ける。それで何分かしたらもうくっついてる。お父さんからそう教わったってあんたが言ったのを、わたしは覚えていた。

だからわたしは、接着剤を塗ったところに息を吹きかけた。そのとき、半分になった鳥から変な臭いがした。まるで鳥が目を開かないのはこの臭いのせいで、わたしは一生懸命それを吹き飛ばしてるんだって思った。何分かして、わたしは二羽の体をくっつけた。そしてランさんからもらった、空と同じくらい青いハンカチで覆った。魔術師が、わたしたちに言ったことを思い出した。マジックをかけるとき、なにも考えてはいけない。ただ自分が必要なものを思い描くんだ。想像したそれが、本当だと考える。それ以外の世界はすべて忘れ去り、心のなかに見えるイメージだけが本当だと思うんだ……わたしは目を閉じて、ハンカチの下にいる一羽の生きた鳥を思い描いた。それはわたしのシロちゃん、そしてわたしのクロちゃん。なかの時間は今、ゆっくりと、あの瞬間へ戻ろうとしている。

わたしは、ハンカチを取った。

――マジックは失敗した。シロちゃんとクロちゃんの体はくっついていた。でも、シロちゃんの目はうっすらと閉じたまま、憂鬱そうにわたしを見てはくれなかった。二羽とも死んだ。どこかへ行ってしまった。どんなマジックでも元に戻すことはできないんだ。そして、涙がこぼれた。わたしの涙は雨のようにしとしとと、シロちゃんとクロちゃんの羽根を濡らした。

　このとき、手のなかでうっすらとした震えを感じた。まるで長い冬のある日、季節外れの暖かさに、裸木がつい新芽を出したような、そんな震えだった。クロちゃんの脚がゆっくりと曲がり、シロちゃんの目がゆっくり、うっすら開くのが見えた。その奥には赤ちゃんみたいな瞳があって、キラリと小さな星を光らせていた。わたしの唇が震えた。すぐ横に立っていた兄は目を丸くして、夢遊病のように手を伸ばし、シロちゃんとクロちゃんに触れた。その瞬間、シロちゃんの目は星からガラスへ変わり、最後は木になった。そして、接着剤の効き目が急に消えたように、シロちゃんとクロちゃんがすっと離れ、ふたつの半分に戻った。なにかが去っていった。そして二度と戻ってこない。

　あとのことだけど、あんたのお兄さんが、わたしに言ったことがある。前の鳥はネズミにやられたけど、今回、ブンチョウを殺したのは猫だ。内臓を食べて、血をきれいに啜（すす）るのは猫だ。商場には、いろんなところに猫がいる。猫は外廊下の手すりも、看板の隙間も、するすると歩いていく。猫たちは屋上のネオン塔のあたりにいて、トイレの道具置き場で子猫を生むんだ。子猫はやわらかくて、ぎゅっと体を寄せ合っている。子猫は鳥を殺さない。でも鳥に好奇心があって、よく遊ぶ。そしていつか、殺すようになる。でも、猫を責めることはできない。猫は、鳥を殺すものだ。

わたしが悔やんでいるのはただ、あのとき、魔術師と同じように、兄の手を止められなかったこと。もし兄が触れなければ、もしかしたら本当に、すべてはマジックの時間のなかで留まっていたかもしれない。静かに、そしてなににも脅かされることなく。

唐さんの仕立屋

三か月前、兄貴の店に猫が一匹迷いこんできた。

うちは洋服屋で、人がごった返す夜市のなかにあった。そんなにぎやかな店にうっかり入り込んでしまった猫は、店内のお客さんに肝をつぶし、あっちこっち逃げまわった挙句、突如、天井へ一直線に駆け上がっていった。背の高い業務用クーラーの上に飛び乗って、パニックのまま猫は、クーラーの送風管が天井板と接するあたりに隙間を見つけると、すっぽり天井裏へ潜り込んだ。

夜市にある店は深夜一時まで営業する。それから何日かは、その猫を見かけることはなかった。兄貴は、朝六時か七時に子供を学校に送り出したあと、猫が自分から逃げ出せるように、わざとシャッターを少し開けておいた。でも、肝をつぶしたままなのか、猫は一向に姿を見せない。兄貴は猫がまだ天井裏にいるかどうか確認するため、クーラーの上にえさと水を置いた。するとある日、お客さんが、送風管近くの天井板から水が垂れているのを見つけた。猫のおしっこだ。兄貴は急いで猫砂を置いた。幸い、猫はその使い方をすぐ覚えたらしい。動物だから、とぼくは兄貴に言った。警戒心があって、猫は行動を悟られたくない。だから、匂いもできるだけ残さないんだろう。

時間が経つにつれ、猫は警戒しながらも、クーラーの上でえさを食べるようになった。えさ箱の音や兄貴の声を聞きつけると、躊躇(ちゅうちょ)しつつ天井裏から顔を出した。猫はまだ人に慣れてなかった。それに、病気に感染していたのか、片目が開いたり開かなかったりした。体にはノミがついている。兄貴は、医者に猫の症状を伝え、食べ物で慣れさせて、こっそり薬をつけてやろうと考えた。

だから、この何か月か、暇なとき兄貴のところに寄れば、挨拶(あいさつ)はきまって、「猫、どうしてる?」だった。聞けば、猫は夜遅い時間なら、店に下りてくるようになったという。そこで兄貴は、壁に猫用の階段を打ち付け、寝転べる台も作った。さらに爪とぎ板を用意して、少しでもストレスを溜めさせないようにした。店は深夜一時から翌日午後三時まで閉まっている。猫がお腹を空かせないよう、兄貴は店の何か所かにえさを置いた。そうやって店の外へ誘導できたら、という狙いもあった。朝起きたら、兄貴はまずシャッターを少し開け、猫が外の世界に戻っていくかどうか、見守った。

でも猫は、店の天井裏を自分の棲み家と決めたようだった。目の症状とノミの状態も徐々によくなった。毛並みもつやつやして、まるでかしずかれた姫君だった。でも猫はまだ、兄貴と母さん、それと一部の店員にしか気を許さなかった。猫は階段の上から店内の動向を窺っていて、でも、お客さんがトイレを借りようと奥に入ってくると、一目散に天井裏へ隠れてしまう。母さんが言うには、レジ台のところで食事をとっていると、猫が鳴き声をあげながら覗きに来るそうだ。堅豆腐（豆干）や焼き魚が気になるらしい。レジとクーラーのあいだは、よろい戸で仕切ってある。猫はその隙間から、母さんを見るのだ。ぼくは母さんに、名前はつけたかと訊いた。あるわよ、「にゃーちゃん」。慣れてきたにゃーちゃんはクーラーの送風管が斜めになったところで眠るようになり、ときにはクーラーの高いところに座り、忙しそうに働く店員を観察することもあった。店内の照明がついているときに、下りてくることはなかったけど、それでも店の様子を知りたいらしかった。

　にゃーちゃんは、兄貴と母さん、そしてごく少数の店員がえさを揺らす音にしか反応しなかった。ぼくの声は兄貴とそっくりで、兄貴の子供たちですら間違うのに、それでも無視された。何週間か前に兄貴と義姉さんがフランス・ベルギー旅行に出かけたとき、店番に来ていたぼくは兄貴に倣って、えさ箱を揺らしながら「にゃーちゃん」と呼んでみたけど、猫は出てこない。

どうしてか、猫は、兄貴が店にいないとわかっているようだった。しかもぼくと兄貴の声の区別がつくらしい。一日にたった二回、えさを食べに恐る恐る顔を出すだけで、食べ終われば、すげなく天井裏へ引っ返した。店員は、最近にゃーちゃんは落ち込んでるみたい、と言った。まるで、天井裏に匿(かくま)ってくれた恋人が、よそに女作って寄り付かなくなったみたいね。ぼくはえさを揺らしながら、兄貴の声を真似して、「にゃーちゃん」と呼んでみたけど、猫は天井板の隙間からじとっとした目つきでこちらを伺うだけで、決して出てこようとはしなかった。

旅行から帰ってきた兄貴は、なにはさておき、まずにゃーちゃんを呼んだ。にゃーちゃんは天井裏からひょこっと頭を出し、試すように一声鳴いた。兄貴が「ねぇ、にゃーちゃん。ちゃんと眠れたかい?」と訊くと、にゃーちゃんは下りてきて、クーラーの吹き出し口の上に座った。それから長い、ため息のような声で鳴いた。兄貴がまた言った。「にゃーちゃん、お腹すいたろう? ねぇ」猫は十日間聞かなかった兄貴の声を覚えているのだ。

兄貴の店に迷い込んできた、極めて人見知りの猫は、逃げ道はあるのにどうしてか逃げ出すことはない。だからと言って、人にじゃれて、甘えるわけでもない。手を伸ばして触れようとすれば、あっという間に天井裏に駆け上がってしまう。まるで真っ暗な天井裏には、じつはもうひとつ太陽があって、にゃーちゃんが守護する猫の街があるみたいに。

　にゃーちゃんが逃げることはもうないだろうと、兄貴は考えた。猫がこの天井裏を棲み家にして、そろそろ四か月になる。ぼくたちは、一年後、にゃーちゃんがみんなのいる店に下りてくる姿を想像した。でも、今はまだ、天井裏でくらしている。

　ぼくはときどき、こんなことを思った。大学を卒業し、家を出てひとり暮らしを始めてから、兄貴と喋る機会がずいぶん減った。たぶん、兄貴が実家のジーンズ屋を継ぎ、ぼくが弁護士事務所で働き始めたことが原因だろう。お互い、生活が違いすぎた。あるいは兄貴が結婚して、ぼくがまだ独身だからかもしれない。子供のころは兄貴と仲が良くて、ぼくは兄貴が読んだ本しか読まなかった。倪匡（香港のSF作家。一九三五─）とか、温瑞安（マレーシア出身の武侠作家。一九五四─）とか、古龍（台湾の武侠作家。一九三八─八五）とか……ぼくらはずいぶん長いあいだ、秘密の時間を共有した。にゃーちゃんは、思いがけないところで、ぼくと兄貴に新しい共通の話題をくれた。そして疑いなく、ぼくらはそれぞれ、三十年前のあの出来事を思い出していた。

　ぼくらが知り合いになったのはいつごろだろう？　たぶん、君が七歳、ぼくが六歳

のときじゃないか。うちが商場に越してきたとき、ぼくは六歳だったから。さほど親しくもなかったけど。でも覚えてるよ。「愛」棟に住んでたよね？　うちとのあいだに歩道橋があった。

　父さんは昔、闇市場で仕入れた盗品の電化製品を売っていた。それから友達の紹介で商場の店舗を借り、古本屋を始めたのはそのあとだ。どうして中古の電化製品から、わざわざ利幅の少ない古本に商いを替えたんだろう。母さんに訊いても、わからないと言う。つまり父さんが勝手に決めたわけだ。商場の店が狭かったからか、あるいはたまたま、まとまった数の古書をタダで入手したからかもしれない。でも、母さんによると、あのころ古本屋はけっして悪い商売ではなかったという。何年か稼いで元手を作ったところで、ジーンズ屋に鞍替えしたというわけだ。

　うちの古本屋のこと、もちろん覚えてるだろう？　大人は体を斜めにしないと入っていけないほど狭くて、たった四坪の店に本がぎっしり、天井に届くほど積んであった。

　店の売れ筋はたしか、雑誌や武俠小説、マンガと棋譜、それから教科書と英語の本だった。それに、父さんが本の山のなかに隠して売った、「ペントハウス」や「プレイボーイ」、香港のエロ雑誌「龍虎豹」もよく出た。あのころ、毎年九月の入学・進学シーズンになると売り上げが増えた。今と違って、教科書は何年かに一度しか改訂されなかったから、家が貧しい学生はみんな古本屋で買った。父さんの手伝いで古書の整理をしていると、たまに、前の持ち主の落書きやしおりを見つけることがあった。たとえば、「天の試練に耐えるのが男　人に嫌われぬような凡人になるな」なんて書き込み。いやぁ、なんてバカなんだ！　別の本の持ち主は、変な文章に線を引く癖があって、ぼくもその人になったつもりでじっくり読んでみたが、結局、そこに線を引く理由はひとつもわからなかった。本のなかには思いがけないものが挟まっていた。かなり長いあいだ、誰の手にも取られていないであろう『風と共に去りぬ』をパラパラめくったら、ページのあいだから、ペチャンコになったゴキブリが風と共に落ちてきた。

父さんは、本を読む人ではなかった。少なくとも、ぼくといっしょにくらした歳月のなかで、父さんが最後まで読んだ本は数えるほどしかなかった。いつも、だいたい最初の数ページで本の状態、定価、書き込みの有無を確認して、しばらく考えたあと、本の最終ページに値段を書きこむ。古本の値段は本によってまちまちだった。定価の何掛けというわけでもなく、父さんがすべて勝手に決めていた。

夏、クーラーがなかったから、父さんは肌着姿で店に出た。太った体が汗で濡れ、乳首まで全部透けて見えた。古書の分類などまったく考えない人だったから、新しく仕入れた本はどさっとそのまま、そこらに置いた。そして自分は、壁にもたれて居眠りした。

唐（とう）さんの仕立屋は、うちのすぐ隣にあった。覚えてるだろう？　あのひょろっと背が高い、唐さんの店。ああ、でも棟が違うとわからないかもしれない。あのころ、子供たちは棟ごとでグループになっていたから。うちの棟では、生地のタグを使った遊びが流行っていた。

唐さんの店のなかは、スーツ用の生地がたくさん並んでいた。いろんな色の生地がくるくる巻かれて、一方の壁際にずらり立てかけられていた。生地はどれも小さなプラスチックのタグがついていて、ブランド名が表示してある。いわば商標みたいなものだ。ブランドごとにタグのデザインが違っていて、図柄に加え、英語でなにか書いてあった。あのころ、うちの棟の子供たちは、競ってそのタグを集めていた。学校から帰るとき、みんな必ず唐さんの店に寄って、新しいのがないか尋ねた。でも、新しい布を下ろさなければ、新しいタグはないわけで、宝物を手にするチャンスはめったになかった。だから、もし人と違うタグを手に入れたら、最高にうれしかった。ぼくらはそのタグを使ってゲームをした。ルールは戦争シミュレーションゲームの変形で、珍しいブランドのタグが王様になる。〈勤益羊毛（台湾の繊維メーカー）〉のタグに描かれたウールマークみたいな図案を、ぼくは今でもよく覚えている。

うちは唐さんの隣だったたし、ぼくも兄貴も気に入られていたから、よく珍しいタグを貰った。ぼくは、外国人の顔が透かし彫りになった金色のタグを貰ったことがある。覚えてないかい？　あれはみんな欲しがった。そう、時間が経っても、こんなにはっきり覚えてるものなんだな。でも、あのタグは、どこのブランドだったんだろう？

あとになって考えると、唐さんの店に来るお客さんは、商場に来るほかのお客さんと全然違っていた。みんな最初からスーツを着て、後ろにカバン持ちがいて、普段ぼくらが接することのない、まるでテレビから抜け出してきたような人たちだった。唐さんの店は、商場では珍しく学生服の仕事は受けなかった。それに、唐さんの店の入り口には「ドア」があった！　すりガラスの嵌(はま)った木のドアがひとつあるきりの店構えで、当時の商場に、そんな客が近寄りがたい店はひとつもなかった。だから、唐さんの店が営業中かどうかは、ドアをノックしないとわからなかった。

唐さんはときどきうちに来て、本を買った。新しく買い入れた本が置いてありそうな場所を全部見て、自分の好きな本を選んだ。彼はいつも英語の本を買っていた。どんな本だったか、ぼくはまったく覚えていない。あのころはアルファベットもろくに言えなかったから。でも、唐さんが英語を読めるということが、ぼくにはとても神秘的に思えた。商場で英語ができるのは、ほかに〈コロムビア〉の社長くらいしかいなかったんじゃないか。唐さんは買って帰った本を、浴室側の壁に自分で作り付けた本棚に並べた。唐さんの店に入ると、本棚のなかでどれもキラキラ輝いているように見えて、うちで売っていた本とはとても思えなかった。

うちで売る英語の本はどれも、「鼻高さん」から仕入れてきたものだ。鼻高さんというのは、だいたいアメリカ人で、多くは陽明山か天母（台北市北部郊外。米軍関係者が多く住んだ）に住んでいた。父さんが言うには、彼らは台湾を離れるとき、家にある本や家具、洋服を全部処分しなければならない。だから古道具商は、彼らの持ち物を喜んで買い取った。父さんはそのうち、英語の本を仕入れたわけだ。蔵書が多い人が亡くなったときは、いつもより安く買える。父さんはそう言った。残しておいてもつらいから、家族は早く処分する。だから値段のことまでは考えない。

でも、唐さんが実際に英語の本を読んでいる姿を、ぼくは見たことがなかった。唐さんの店のドアは、ほとんどいつも閉まっていたからね。だから、唐さんが本を読んでいるところを見た人はなく、そもそも、唐さんがスーツを仕立てているところを見た人もいなかった。まるでこの店は、唐さんの代わりに見知らぬ何者かがスーツを仕立てているようだった。出来上がったスーツはアイロンを掛けられ、皺ひとつなくなったところで、がっしりしたハンガーを通し、上から薄いビニールを掛けて吊るされる。そして、またその何者かが受け取りに来るのだ。

あのころぼくは、大きくなったら唐さんにスーツを作ってもらおうと決めていた。

ぼくらはかくれんぼをしていた。兄貴が鬼で、ぼくはとっさに隠れ場所が思いつかなかった。唐さんの店のドアに手をかけると、珍しく錠が開いていた。なかに入っていくと、唐さんの姿は見えない。きっとトイレかなにかだろう。ぼくは、生地をいくつかどかして、その奥に潜り込んだ。正面に作業机が見える。生地と生地の隙間から外の様子も覗える。商場でかくれんぼするとき、鬼は大変だった。なにしろどの店も隠れ場所には事欠かなかったから。あのころ商場の子供たちは、よその店のなかがどうなっているか完璧(かんぺき)に把握していて、そうは簡単に捕まらなかった。だからぼくたちはいつも、午後をまるまる使って、かくれんぼした。

ドアを閉めてしまうと、唐さんの店はしんと静まり返った。まるで閉めたのが、ぼくの知っているドアでなくなにか別のものだったように、パタンという音のあと、店の外とは完全に隔離された。それからどれくらい時間が経っただろう。あんまり気持ちがよくて、ぼくはそのあたたかくて静かな布の世界で眠ってしまった。

夢と現実の境界線で、ぼくはうつろに唐さんを見た。唐さんはミシンの隣の作業机の前に立っていた。隠れ場所から出ていこうか迷っていたとき、その机の上に猫が一匹いることに気づいた。あとで、ぼくは友達全員に訊いてみたけど、誰ひとり、唐さんの家に猫がいたことを知らなかった。それは長毛の白い猫で、その白は混じりけのない白だった。猫はまるで白い影のように、机の上から唐さんを見ていた。唐さんはギターのピックみたいな平らなチャコペンで、生地に線を描いていた。唐さんはときどき手を休め、猫を見た。猫もまた唐さんを見た。なんだか眼差しだけで会話をしているようだった。唐さんがふいに、猫に訊いた。「どう思う?」ドキンと鼓動が突き上げた。全身がこわばる。だって、猫の顔が、本当にその質問に答えようとしていたから。

猫は本当に答えた。

——なんてことはもちろんなく、猫はただ、ミャーと鳴いた。緑色の目で唐さんを見て、でも、横顔に覗(のぞ)くその口は、なんだか笑っているように見えた。唐さんは満足げな笑みを浮かべ、型紙を布に写す作業を続けている。何度も確認したあと、唐さんは裁(た)ちバサミを手に取ると、ものすごいスピードで布を切り分けていった。唐さんのハサミさばきを見るのは初めてだった。どんな言葉で言い表せばいいのか、今でもわからない。あんな滑らかで、美しく、心を打つようなハサミの使い方を、あれ以来ぼくは見たことがない。

あの年、ぼくは七歳。唐さんの年齢はわからなかった。父さんに訊いたら、だいたい六十くらいだろうと言っていた。なんでも、三十代で中国大陸から船で台湾へ逃げてきたそうだ。それならまあ、計算は合ってる。でも、唐さんがハサミを振り上げた瞬間（本当に「振り上げた」んだ。ハサミは耳と同じ高さにあり、まるでハサミの声に耳をすませているみたいだった）、唐さんのシルエットは、二十代の若者を思わせるキレがあった。唐さんの体全体が歌い出すような動きに、ぼくの耳は音楽を聴いた。でも、実際には音楽なんてなく、店のなかはただ、ハサミが布を切り分け、繊維を裂く音が響いていた。そしてあの白い影のような猫は、口を閉じたまま、ただ唐さんの動きを眺めていた。一枚の布があっという間に、襟や袖や内ポケットやタックに変わっていく。今、ここでなにかが生まれ、なにかが形になろうとしている。

裁断がすべて終わって、準備は整った。唐さんはミシンの前に腰掛け、踏み板を踏み、たくさんのパーツを縫い合わせていく。ピアニストが巨大なグランドピアノを前に腰掛けているのとまるで同じ情景だ。当時のぼくはもちろん、ピアノの演奏会なんて見たこともなかった。でも、店では楽譜も売っていたから、そういうピアノがあることは知っていた。言ってみれば、ぼくたちが世界のことをなにも知らなかったころから、本のなかにはそのすべてがあったんだ。

針が上下に跳ねるように進んでいく。服のシルエットがだいぶ見えてきた。唐さんは途中まで縫い合わせた服を持ち上げ、自分の体に合わせた。そしてまた猫のほうを向いて、「どうだい？」と訊いた。

猫はそれに答えるように、ミャーと鳴いた。猫の腹が少しすくまって、鳴き声というものがそこから発するのだと、ぼくに教えた。

どこかの小説になかっただろうか？　あらゆる愛にはスタート地点がある。たとえそれがマッチ棒の先端ほど小さく、脆いとしても。そうだ、君が、君のことを好きな女の子とキスするのと、君のことを好きじゃない女の子とキスするのと、なにが違うかわかるかい？　ぼくはこう思う。君のことを好きな女の子とキスするとき、彼女のおなかは少し震えて、そこから長いため息が出る……

思い返してみると、あのときの猫は、唐さんのスーツ作りにすっかり入り込んでいて、まるで時間が止まっているようだった。

どうしてだろう。ある瞬間から猫は、この店がいつもとなにか違っていることに気づいた。そして首をぐるりと回し、ぼくが隠れているほうを見た。布と布の隙間で、緑色の目とぼくの目が合った。そのとき猫の目に浮かんだ驚きと恐れを、ぼくは今でも忘れることができない。猫は悲鳴を上げて、次の瞬間、本棚へと飛び乗った。そして、本棚と天井板の隙間に体を忍び込ませ、消えた。

唐さんもやっぱり、ぼくのほうを見た。そして、生地をどかして、ぼくを見つけると、どうしてここにいるんだい？　と訊いた。ぼくはただ気まずく、苦笑いを浮かべて言った。ごめんなさい。かくれんぼしていて、ドアが閉まってなかったから……

唐さんは怒っていなかった。ただ、お父さんが心配しているから、早く帰りなさい、と言った。ぼくは、さっきの猫は唐さんが飼ってるの？　と訊いた。唐さんは、半分はそうだけど、半分は違う、と答えた。一年前、猫が自分から迷い込んできたんだ。それからずっと天井裏をねぐらにして、出ていかない。唐さんは言った。猫は人見知りだからね、ほかの子供たちには言っちゃだめだよ。

唐さんに謝って、小さな木のドアを開けたとき、空はもう真っ暗だった。うちはもぬけの殻で、家族全員がぼくを探しに出かけていた。その夜、ぼくは父さんにこってり叱られ、一生でこれ以上ないというほど殴られた。

その夜、ぼくは兄貴に、唐さんの店の天井裏に白い猫がいたことを教えた。以来、それはぼくと兄貴と唐さんが共有する秘密となった。猫は普段、店に下りてこない。天井裏のどこかで、いい夢を見ているのだ。ただ、この猫は変わっていて、えさの時間以外でも、唐さんがハサミを使うときは必ず姿を現した。ハサミの動きとミシンの音が好きらしい。唐さんがそう教えてくれた。唐さんはまた、一日じゅう作業机の前に座って本を読んでいるから、古本屋さんとお隣になれて、ありがたいしうれしいよと言った。うちの父さんは唐さんに頼まれて、新刊書を取り寄せることもあった。ぼくは唐さんに、どうして英語が読めるのか訊いた。唐さんはちゃんと答えてくれず、ただ、若いころ習った、とだけ言った。それからぼくらが猫の名前を訊くと、唐さんは、「にゃーちゃん」だよ、と教えてくれた。唐さんの店はいつも唐さんひとりで、奥さんや子供がいる形跡はなかった。家族の写真さえ貼ってなくて、店にあるのは本棚の本と天井裏の猫だけ。猫だって、来たのはつい一年前のことだ。

唐さんはたまに〈元祖はここだけ　具なし麺〉で鶏モモを買い、ハサミで細かく切って、ごはんといっしょに猫にやった。ぼくよりよっぽどいいものを食べている。だからときどき、切れ端をこっそりつまみ食いしてやった。唐さんが鶏モモをハサミで切っていると、猫はすかさず天井裏から顔を覗かせる。まるで、なぞなぞとその答えみたいだった。猫もぼくら兄弟に慣れてきて、警戒を徐々に解いた。この猫は、甘やかされてだらけたペットとも、神経質で優雅さに欠けた野良とも違っていた。猫は唐さんの膝に座って、人を惑わせるような緑色の瞳で唐さんを見つめた。唐さんは唐さんで、猫の毛が生地につかないよう、わざわざ上等な布を敷いて、猫用の客席を作った。

唐さんが猫を見る目は、普段とはまるで違っていた。ぼくと兄貴は、寒い冬の夜中に目覚めて、母さんがそれと同じような目で、ぼくらの布団を掛け直しているのを見たことがあった。

そんなふうに過ごしていたある日、唐さんが大慌てでうちにやってきて、ぼくらに、猫がいなくなったと告げた。天井裏に暮らす猫が、普段ドアが開かない唐さんの店から、いつの間にか逃げ出した――多くの隣人が、まず唐さんが猫を飼っていることを初めて知ったうえで、そう考えた。ところが唐さんは、猫は逃げたのでなく天井裏にいるはずで、そこでなにか不測の事態が起きていると考えていた。

ぼくらは、唐さんと猫の仲の良さを知っていたから、猫が突然唐さんのもとを去ったとは考えなかった。ただ、もしまだ天井裏にいるのなら、「いなくなった」でなく「ちょっと見あたらない」だけのはずだ。だからぼくと兄貴は相談のすえ、唐さんの説はさておき、商場の子供たちに招集をかけ、猫探しをすることに決めた。つまりそれ以降、唐さんの猫の秘密は秘密ではなくなった。兄貴は今回の任務について説明し、とくに屋上のネオン塔や、二階の手すりから一階の庇の上など、人は行かないけど猫がよくいる場所をポイントに挙げ、徹底的に探すよう指示した。またぼくは唐さんに頼んで、鶏モモを買ってもらい、細かく切って店の前に置いた。さらに、ドアを少し開けてくれるよう頼んだけど、唐さんは断固拒否した。猫は店のどこかにいるはずだから、ドアを開けておいたら逃げてしまう。そうなったら、元も子もない。

でも、唐さんがどれだけ頑張ってハサミを鳴らし、ミシンを踏んでも、猫が天井裏から顔を出すことはなかった。唐さんの苛立ちは募るばかりで、精神状態を徐々に悪化させた。今この店で聞こえる音は、以前ぼくが聴いた、ハサミが奏でる音楽とはもはや別物だった。これじゃあ、猫が聴いたとしても、下りてくる気にはなれないだろう。

猫探しの任務は、夜九時まで続いた。商場の子供たちが普段、親から寝ろと言われる時間だ。ぼくと兄貴は、おとなしく家に帰って床についたあと、しばらく寝たふりをして、親が寝静まった深夜、また家を抜け出した。君が賛成するかどうかわからないけど、ぼくは、商場の本当の姿は、誰も歩いていない静まり返った夜に見るそれだと思う。その時間、店はすべて閉まり、商場はその地を露わにしていた。端が黒くなった蛍光灯、塗りむらがある青いシャッター、干しっぱなしの洗濯物、地べたに溜まった吸い殻、冷ややかな都会の夜の風……ぼくは兄貴とそんな商場を歩いた。にゃーちゃんのちょっと独特な鳴き声を真似して、猫の白い影が薄暗い商場のどこからか、ふと現れてくれることを願った。

ぼくらは五番目の「信」棟を中心にして、商場をぐるっとひと回りして帰ってきた。歩道橋を渡るとき、ぼくと兄貴は知らず知らず、手をつないでいた。無言のままそうやって、恐怖を分け合った。暗闇のどこかから、誰かがぼくらを見ているような気がした。汗ぐっしょりの手をつないで、ぼくらはどうにか、その恐怖に打ち勝った。

唐さんの店の前までたどり着いたとき、ぼくらは、ドアの曇りガラスから漏れる暖色の灯りに気づいた。唐さんはまだハサミを使って、にゃーちゃんを呼んでいるのだろうか？　それとも仕立て仕事をしているのだろうか？　いや、音が全然違う。聞こえてきたのは、まるで鈍器で木を打ち付けるような音だった。ぼくらは顔を見合わせた。じわじわと恐怖がこみ上げてきて、慌ててうちのシャッターを開け、布団のなかへ潜り込んだ。

翌朝、学校に行く時間になっても、ぼくらはへとへとに疲れていた。朝ごはんを食べて、表に出たら、唐さんの店の前に人だかりができていた。木のドアは外されて地面に放ってあり、なかを見ると店の天井板がない。板は一枚一枚剝がされ、骨組みが露わとなり、部屋の壁板まで残らずなくなっていた。誇張でもなんでもなく、唐さんの店は作業机とミシン、それからくるくる巻かれた生地以外、隠れ場所になるものはことごとくこじ開けられ、すべてを晒していた。唯一、本棚と本だけが、壁に一列残っていた。そうやって並ぶ本は、どこか理不尽な存在に見えた。仕立て終わったスーツが何着か、壁にかかっている。そのなかに唐さんが自分用に仕立てたグレーのスーツがあった。唐さんはそれを、「ぼくの死に装束だ」と言っていた。げっそりと痩せ、もはやそのスーツも着られないであろう唐さんが、作業机の前に座っていた。憔悴して、もはや正気の顔じゃなかった。ハサミで音楽を奏でる、あの自信に満ちた姿は、まるで四十年前の夏の思い出と消えてしまったようだった。作業机には、裁ちバサミがぽつんと置かれ、それを見る猫はいなかった。

彼の話を聞いていると、なんだか古い劇場の最後列の席で、めまぐるしく場面が変わる映画を見ているような気分になった。子供のころ、生地のタグを集めて彼と遊んだことがあったか考えてみた。ぼくらもそんな遊びをしたような気がするが、タグの図柄などひとつも思い出せなかった。

「商場が解体されるまで、猫は出てこなかったんだね？」

「うん、出てこなかった」と彼は言った。「そして、唐さんは次の年に死んだ」かつては舌足らずと呼ばれ、今はレイという名前の、子供時代の遊び仲間を眺めながら、ぼくは、彼と同じように自分の体も歳をとったと思った。

「でも、この話ができてよかったよ。この事件はぼくを変えてくれた。ぼくはずっとそう考えている」

「そうだ、唐さんが残したものはどう処分したんだ？」

「ああ、遺言もなかったし、残されたものは遺体といっしょに燃やした。唐さんの本は父さんが箱に入れて、まだ読んでいない本も何冊か足して、火葬場の人に渡した」

レイはしばらく黙って、また口を開いた。「唐さんの話とは関係ないかもしれないけど、まだひとつ話したいことがあった。聞き流してくれればいい。その後、父さんは外に女を作った。毎日、汗まみれで古本を売るデブに好意を寄せる女性がどうして現れるのか、ぼくにはさっぱりわからなかった。でも母さんはそのせいでずいぶん落ち込んで、本を全部売り尽くしたところで、ジーンズ屋に商売替えしたんだ」

それを聞いて、ぼくは、何と言えばいいかわからなかった。だから、頭のなかで彼の物語を反芻（はんすう）していると、ふと、聞くべき単語が出てこなかったことに気づいた。

「天井裏の猫と、唐さんの猫の話は聞かせてもらったけど、魔術師は出てこなかったね。最初、歩道橋の魔術師についてなにか覚えてないかって訊いたんだけど」

「本当だ。全然出てこなかったみたいだ」レイは、ぼくのほうを見て言った。「こんな話でよかったのかな？」

「いいんだ」ぼくは、自分にしか聞こえないような声で言った。「別にいいんだ」

光は流れる水のように

　さまざまな形の建物の模型を目の前にして、ぼくはとにかく驚いた。まるで、奇妙にねじ曲がった時空へと迷い込んでしまったようで、一瞬、どこから見たらいいのか、なにから考えたらいいのかわからなかった。アカの奥さんであるカーロが、ぼくに虫眼鏡(めがね)を手渡した。虫眼鏡を覗(のぞ)き込(こ)んで、ぼくはやっぱり言葉を失った。テーブルの上に、中世ヨーロッパの石敷きの通りがあった。その両側に軒を並べる商店や、通りを行く馬、路肩に植えられたイトスギはどこまでも本物そっくりだった。道と道をつなぐ橋まであり、その上に散歩中のカップルがいた。それがカップルだと思ったのは、手をつないでいるわけでもないのに、その仕草から恋人同士にしかない空気を感じたからだ。いや、そこにあるのは二体の人形だとわかっているのに、まったく不思議だ。そしてさっきの静かな通りには、黄色い邪悪な目を光らせたドラゴンがいた。翼を広げ、緑の鱗（うろこ）で覆われていたドラゴンは、どこかで見た記憶があるようで、でもいつ、どこで見たのかまったく思い出せなかった。ドラゴンは人を驚かすふうでなく、むしろ道を尋ねるような格好で、火を吹くなんてこともなさそうだ。どうしてそう思うのかは、自分でも説明できない。ドラゴンのそばに、彫刻と石柱が印象的なバロック様式の家があった。小さな窓からなかを覗（のぞ）けば、壁にマホガニーの大きなチェストやタペストリーが並び、ほかにもアンティーク調の家具が揃（そろ）えられていた。本棚にはスタンダール、オースティン、サバチニ、大デュマ、コンラッドの本が並んでいる。テーブルにはスイセンらしき花が飾ってあった。もちろん模型だ。そんな小さな植物など存在しない。でも、水のなかで葉っぱが青々と揺れていた。

その先に、四角いコンクリートの箱があった。大きさは、さっきの家と同じくらいだった。カーロが、電線みたいに伸びたファイバースコープをぼくに渡し、レンズのほうを挿し込むよう促した。言われたとおりに、五ミリほどの穴にレンズを挿（さ）し込（こ）んだ。箱の外にあるディスプレイが、逐次、なかの様子を映し出す。ざらっとして曲がりくねった穴が続いていく。とても丁寧に作り込まれた通路だ。じっくり見ると、驚くことに、穴の幅がほとんど一定なのだ。そうか、これはアリの巣だ！

背が低くて、話すときはいつもこちらを見ないカーロが、抑揚のない声でぼくに言った。「アカは生涯、現実世界とまったく同じ精巧な模型を作ることを目標にしていました」カーロは爪楊枝みたいなものを取り出すと、さっきのバロック様式の家のなかに入れた。家のなかには小さなターンテーブルがあって、彼女はそこにそのレコード針を置いた。するとバッハの「音楽の捧げ物」が流れ出した。ぼくは心のなかで思わず、ため息をついた。

小学校のころ、アカは、ぼくのライバルだった。あのころ、ぼくはよく先生に指名されて、美術コンテストに参加した。中国画とか水彩画とか、いろいろだ。でも、ひとつだけ、ぼくでなくアカがクラス代表になる種目があった。それが金属工芸コンテストだった。いや、金属工芸コンテストという言い方は、大げさかもしれない。小学生のコンテストだから、当然、銀や金の貴金属で食器を作るわけじゃない。自分たちが飲んだアルミの空き缶を切って、工作するだけのことだ。普通の子供はだいたい、かっこ悪いタクシーを作った。それとも一輪の花か、あるいはもはや植物に見えない変な物体を作った。ところがアカは、〈黒松沙士〉の缶を切り取って、やすやすと戦車を作り上げた。そしてコカ・コーラの空き缶からは幌馬車を切り出した。なんという才能だろう。まるでアルミ缶を外から透視して、どう切り開いたらいいのか、そして最後はどんな形になるか、全部最初からわかっているみたいだった。ぼくは、彼の才能に嫉妬した。つまり、ぼくの才能は二次元止まりで、彼の才能は三次元だった。

カーロがコーヒーを淹れに、階段を下りていった。そのあいだ、ぼくは部屋をぐるりと観察した。ここは一軒家で、一階は日産マーチの駐車場と道具置き場があって、さらにトトという白い雑種犬がいた。二階はカーロとアカのベッドルームとダイニングルームだった。今、ぼくがいる三階は、だいたい百二十平米の広さで、間仕切りがひとつもなく、長テーブルがずらりと並び、一脚一脚、異なるテーマの模型が置かれていた。いや、そんな言い方では失礼かもしれない。なぜって、周到な空間設計と照明設計により、模型はそれぞれ独立した「セット」に見えたからだ。一定の距離を歩くごとに、場面がひとつひとつ転換していくような、そんな気持ちにさせられた。だからきっと、模型の配置だって入念に考えたうえでのことだろう。

カーロがコーヒーを運んできて、ドアのそばのテーブルに置いた。ぼくたちは黙ったまま、ただこの部屋を眺めていた。なにを話したらいいのかもわからない。気まずい沈黙を破るために、ぼくは口を開いた。「ここは不思議な部屋です。アカの人生の結晶だ。ここを公開して、たくさんの人に見てもらうことは考えてませんか？」

カーロは首を振った。彼女が微笑みを浮かべると、口角にはっきりとした笑いじわができた。まるでこれまで、悲しいことなど一度もなかったような笑顔だった。そして彼女は、小学校を卒業したあとの、ぼくが知らないアカのエピソードを語り始めた

——

アカから聞いた話では、彼が模型を作り始めたのは十一歳のとき。彼のお父さんがなにかのお祝いでビデオデッキを買い、ジョージ・ルーカス監督の『スター・ウォーズ』を借りてきたのがきっかけだった。彼は四年遅れでそれを見たということになる。『スター・ウォーズ』は一九七七年に全米公開され、偶然にもその興行収入は七・七億米ドルだった。アカは、ミレニアム・ファルコン号に惚（ほ）れ込んだ。のちにこの宇宙船は、SF史上最高にセクシーな宇宙船十五隻にも選ばれた。宇宙船を「セクシー」という言葉で表現するなんて、想像できる？　ところがアカは、たしかにセクシーなんだ、と言った。彼は映画を見たあとさっそくアルミ缶を切って、ミレニアム・ファルコン号を作った。

あの時代、ジョージ・ルーカスはミニチュア模型で映画を撮っていた。ミニチュア模型とはつまり、本物そっくりの、サイズだけ小さく作られた模型のことで、あの不思議な宇宙戦争の映像は、その模型を撮影したというわけ。果てしない宇宙空間で行われる戦闘シーンも、実はどこかの小さな部屋で作られたもので、その宇宙船はキノボリトカゲじゃないと操縦できないほどの大きさだった。七色に輝く宇宙光線は、言うまでもなく人工的に作り出されたものだ。でも、光の制御は難しい。模型が本物に見えるかどうかも、その光線次第だった。こうやってミニチュア模型を用いて、現実でない風景を撮影する技術を「ＳＦＸ」という。アカが言うには、当時、映画会社はこんな映画に客が入るはずがないと考えていた。だからルーカスは自らの監督報酬の代わりに、映画の権利を手に入れた。結果、この数十年のあいだに『スター・ウォーズ』関連のゲーム、おもちゃ、コレクターグッズによって、ルーカスは数十億ドルの収入を得た。それもすべては、ミニチュア模型から始まった。ルーカスの時代を先読みする力と、無から有を生み出す発想がどれほど神がかり的だったかわかるはずだ。

アカはわたしに、そんな話をした。

ミニチュア模型を使う撮影は、二十世紀が終わりに近づくにつれ、コンピュータグラフィックスに取って代わられた。ひとつの芸術ジャンルが終焉を迎えたってことね。でも、アカは言った。細部まで具体的な記憶を残せるのは、精密なミニチュア模型だけだ。デジタル技術はただの電気の情報にすぎない。電気の信号が「本当」を残すことはない。

あなたが『スター・ウォーズ』のファンかどうかは知らないけど、たとえば『ブレードランナー』みたいなＳＦの名作と比べてしまうと、正直、『スター・ウォーズ』シリーズは大した内容じゃない。浅い、と言ってもいい。アカでさえそう考えていて、彼があの映画で夢中になったのは、宇宙を小さなミニチュアで表現するというその技術だった。

一九七五年、ルーカスはこの映画を制作するために、「ILM（インダストリアル・ライト・アンド・マジック）」を設立した。聞いたことあるかしら？　この会社はのちに、SFXミニチュア撮影の最高峰と謳われた。まさにハリウッド映画産業の最先端ね。でもアカは、これこそが人類の芸術史上最大の成果だと言った。彼は、サンフランシスコでビジュアルアートを学んでいたとき、自分で作った模型を持って、ILMを訪ねた。仕事のチャンスがないかってね。すると、アカと面接した模型製作部門のマネージャー、ルイス氏がその模型をとても気に入り、アカは、ILMの技術スタッフとして入社することが決まった。どの模型？　って訊いたら、アカはこう答えた。あれは父親の自転車を真似て作っただけの模型で、その後、どこかで失くしてしまった。

アカはわたしに、ILM時代の話をするのが好きだった。アカの研修を担当した技術者は、彼にこう言った。ミニチュア模型を作る技術者に必要な能力はただひとつ。目を閉じて想像した世界を、具体化する能力だ。簡単に言えば、頭のなかの映像を形にするってことね。アカはこんなことを、わたしに話した。優れた技術者になると、家の外壁のタイルと浴室のタイルとでは、その剝がれ方がまったく違うことを理解している。水の種類と侵食の速度が異なるからだ。また、橋脚のコンクリートに入るひびはだいたい水平だけど、建物のコンクリートだと垂直になる。橋脚の場合は、上を走る車の重量による圧縮力以外に、車両スピードによる引張力が関係する。だから、橋脚には特徴的なひびができる。さらに銅像の錆び、鉄筋の錆び、水道管の錆び、そしてシャッターの錆びに、どれをとっても同じ色はなく、絶対に混同してはならない。

ＩＬＭの技術者は、それぞれ自分の実験室で、現実世界を再現するためのテストを行った。さまざまな材料を用い、幾度も塗料を重ねてテストを繰り返す。彼らは木材で城壁を作り、苔で草原を作る。透明なビニール袋を使って光を変え、気候を変える。ウイスキーと抹茶を混ぜて緑色の湖を作り出す。シーリング材で氷を作り、糸を巻いて一本の木を作る……現実世界の形と色をついに再現したとき、技術者たちは涙を流しながら、天を見上げる。仲間たちの顔を見るのではなく、実験室のなかに浮かんだ雲を眺めるように。あなたはそんなこと信じないかもしれない。でも夫は、そんなマジックをよく、わたしに見せてくれた。

のちにアカはＩＬＭを辞めた。学ぶべき技術はすべてマスターしたから、というのでなく、ジョージ・ルーカスに失望したからだという。彼は、このボスがもはやミニチュアの世界から宇宙を作り出す理想を失ってしまったように感じた。台湾に帰ってきてからは、海外の映画撮影で使うミニチュア模型を請け負ったり、インターネットで注文を受け、オーダーメイドの模型を作ったりした。わたしたちが知り合ったのはこのころだ。アカはよくうちで筆を買った。模型の塗装にいろんな大きさの筆がいるから。わたしの父は、今も手作業で毛筆を作っていて、業界ではちょっと知られた人なの。以前、アカに、どうしてうちの筆がいいのかと訊いたことがある。すると彼は、わたしの父が作る筆は生きている。生きている筆でしか、生きた色は塗れない、と言った。そしてあとになって、アカの父親が昔、商場の三階に店を出していたことを知った。「挽聯（ばんれん）」や「春聯（しゅんれん）」（それぞれ死者への哀悼と、旧正月の慶祝の文言を紙に書いて玄関先などに貼る。対句が多い）、あるいは新装開店や結婚式などの筆耕をしていた。だからアカも、筆には異常なこだわりを持っていた。

中華商場は、アカが帰国したときにはもう解体されていた。だから彼は、商場の最後を写真に収められなかったことを、ひどく残念がっていた。だってあんなにたくさんの記憶が、時の流れに抗うことなく、煙のように消えてしまったのだから。アカは何年もかけて、商場の資料を集めた。そして十年くらい前から、商場の模型を作り始めた。あのころ彼の肺は、もう塗料の有害物質をたっぷり吸って、病気が進んでいたんだと思う。その後、彼の父親が亡くなった。家族のために働かなくてもよくなり、アカは稼いだお金をすべて自分のために使うようになった。その成果が商場のミニチュア模型だった。彼は建物の部材をひとつひとつ、なかのお店を一軒一軒、自らの手で再現していった。ただ、去年彼が亡くなったとき、模型はまだ第一棟から第四棟と、五棟目の途中までしか完成してなかった。あなたが電話をくれて、アカに会いたいと言ったとき、てっきり模型のことを前から聞いていたのかと思った。このことを知っているのはわたしだけだと思っていたから、そのときは本当にびっくりした。

「じゃあ今、模型はどこに？」

「四階に」

「見せてもらってもいいだろうか？」

「もちろん。そのために来たんでしょ？」

アカの家の三階から四階へ上がっていくときの情景をときどき思い出す。まるでうす暗い建物のすみずみで匂いが蠢き出し、気づけばこの古ぼけた、カビ臭い建物全体が光を発し始めたように思えた。ぼくは、商場にあった階段を思い出していた。真っ暗で、べとべとして、子供のころサンダルでパタパタ駆け上がった階段は、最後まで登れば、空が見えた。

今もまだ、あの、四階のドアを開けたときの震え出すような感覚を思い出せる。まるで、自分の過去が縮図となって、目の前に置かれていたようだった。

アカの家は長方形の建物だったから、商場の模型は長テーブルを縦につないで置かれていた。そう、解体される前と同じ、長いビルの列がそこにあった。カーロは、どの建物も本当の意味では完成していないと説明した。「いくつかのお店は、正確な位置がどうしても思い出せなくて。アカは、手に入る写真はすべて収集し、インターネットでも提供を呼びかけた。当時を知る老人を訪ねたりもしたけれど、写真にはやっぱり死角があって、老人たちの記憶も曖昧だった。だから実際のお店と模型のお店とでは、多少ズレがあるかもしれない」

「ぼくも記憶はあやふやだな。ときに確信を持って、あの店はあそこにあったと思っても、次の瞬間、急に自信がなくなったりしてね」商場が解体されたあの瞬間から、記憶もまたゆるやかに、でもけっして後戻りすることなく解体を続けている。

完成した四棟は実に精巧にできていた。たとえば歩道橋などは、路面に吐き捨てられたチューインガムの跡までついていて、手すりのアルミの質感も、異常なまでにそっくりだった。虫眼鏡を持って近づき、「忠」から「愛」まで覗き込んだ。そして一軒一軒のお店と自分の記憶を照らしあわせていく。「忠」から「愛」までは完璧だと思った。次の「信」棟は、まだ骨組みしかできてなかった。だから「愛」と「信」をつなぐ歩道橋も未完成で、色を塗る前の「素焼き」のような状態だった。素焼きの歩道橋には、素焼きの人がたくさんいた。ぼくは、マジックの道具を売る魔術師を囲む子供たちのなかに、自分の姿を見つけた。

本当に奇妙な感じだった。たとえ色は塗ってなくとも、人はこうして二十年以上前の自分を見つけ出すのだ。ぼくは思わず、息を呑んだ。

細かくひととおり見たあとも、どうしても、素焼きの「信」棟に心を惹かれた。なぜって、未完成の一棟のなかで、お店が一軒だけきれいに完成していたからだ。なるほど、アカはここを「基準点」としたのだろう。その店は、二階にある〈元祖はここだけ 具なし麵〉だった。だいたい六、七立方センチの店舗のなかは、入り口に近いほうに折りたたみのテーブルがあり、煮込みが何皿か置かれていた。色を見ると、堅豆腐はしっかり味が染みていて、豚の耳もコリコリとおいしそうだった。そっとなかを覗き込めば、鍋のお湯がグラグラ沸いていて、さらに豚骨だしと牛肉麵のスープがそれぞれグツグツ煮えていた。模型ではもちろん、本当のお湯を沸かすことはできないけれど、でもどうしてか、顔を寄せれば頰に熱気を感じた。牛肉スープの表面にはキラキラと油が浮いている。ギアを上げるようにして、さらに奥を見れば、左右の壁に板を打ちつけたテーブルがあった。テーブルの前に一番安い、黒の丸椅子が並んでいる。丸椅子の多くは、端っこのペンキが剝げていて、脚が三本しかないものまであった。さすが年季が入った店だ。一番奥に、食器を洗う小さな流しがあって、油汚れのついたどんぶりとおわんが、山のように積まれていた。店の横っ面から木の階段が続いていく。その先には、大人は腰を曲げないと入っていけない屋根裏部屋があった。

ぼくは子供のころ、店の屋根裏部屋で麵を食べるのが大好きだった。なぜって、そこからアーケードを歩く人々が見えたからだ。屋根裏部屋も階下と同じく、壁際に奥行きのないテーブルが作りつけられ、丸椅子が並んでいた。壁にはストリップ歌謡ショーのポスターが所狭しと貼られている。ミニチュアだから、ポスターは五ミリくらいの大きさしかなかった。あの時代、ぼくらはそんなポスターの真下に腰掛け、熱々の麺を食べた。顔を上げると、ポスターの女たちのおへそとおっぱいがあった。その先端はふたつの星で隠されていて、まるで、ぼくの知らない未来が、ずっとはるか先で輝いているようだった。

今でもよく覚えているけれど、麺屋のおやじはいつも手鼻をかんだあと、ふきんで手を拭き、そのふきんでどんぶりのふちのスープを拭き取ったあと、スープに親指を突っ込んで運んできた。客がそれに文句を言うところを見たことはない。だってしょうがない。揚げ豆腐（花干）を牛肉スープで煮込んだ店は、商場ではここだけだったから。揚げ豆腐にかぶりつけば、その香りがあふれ出す。つまり、つけ合わせを頼めば、メインの牛肉スープも一口味わえるって寸法だ。

アカの技術は、そのすべてを再現していた。あの店の匂い、汚れ、べたつきまでも。ミニチュアのおわんも、もしかすると実際の店と同じように、ふちが欠けているんじゃないだろうか。子供のころ、こんなふうにおわんを持ってスープを飲んだら、きまってその欠けたところから汁がこぼれてきたものだ。顔を上げて、アカの奥さんであていました。誰かがこの中身を追加してくれないだろうか。模型を完成させるのでなく、模型では表現できないなにかを加えてほしい、と」

アカが模型作りに没頭している姿を想像した。このミニチュア世界を形作るため、最後に鋭いカッターで粘土や紙に手直しを加え、サンドペーパーで何度も磨きをかけ、微細に塗料を含ませた綿や筆で、微細に色をつけていく。ぼくは、小学生のアカが、金属工芸コンテストの工作を作っている姿を思い出した。まるでそれがダイヤモンドであるかのように、アカは、真剣な眼差しでアルミ缶を見つめていた。

あるとき、先生に言われて、アカと組んで全校生徒代表になり、灯籠コンテストに出たことがあった。ぼくらは美術教室に残って、鳳凰の灯籠を作ることに決めた。アカは鳳凰の羽根を一本一本切り出していくと主張した。ぼくは効率よく、紙を折って切れば一度に八枚の羽根ができると主張した。でも、ケンカにはならなかった。鳳凰の部分は分担することに決め、自分の担当箇所は自分のやり方で作った。ところが、羽根を鳳凰の体に貼っていく段になって、ぼくは、自分とアカの羽根の出来栄えに差があることに気づいた。こんな些細な、でも決定的な差を、分かる人ならすぐ目を留めるだろう。だからその後、灯籠が全国一位を取ったとき、ぼくは表彰を受けながら、恥ずかしくてなにも言えなかった。

カーロが言った。「アカは模型を作っているときだけは生気がありました。でも現実世界に戻ったとたん、安い一張羅（いっちょうら）を着て、ひげも剃らない、だらしない人になった」ぼくは彼女が身に着けている白いTシャツに、わずかな汚れさえついてないことに気づいた。きっと細やかな女性なのだ。こうしてアカが亡くなり、悲しいだろうけれど、それでも生活を粗略にはしない。彼女は続けた。「わたしはアカと、十五年の時間をともに過ごしました。彼はずっと、夢のなかにいるみたいだった。いっしょにいて楽しかったけど、つらかった」

もしかしたら、ぼくらは本当に夢のなかにいたのかもしれない。あの日、ぼくとアカは、〈元祖はここだけ　具なし麵〉で麵を食べたあと、屋上まで駆け上がった。ぼくらは道路を走るヘッドライトを眺めながら、夏休みが終わるとやってくる恐怖の新学期にどう立ち向かうか、作戦を練っていた。

「学校なんか、永遠に始まらなきゃいいのに」

「台風がずっと来ればいい」

「バーカ。台風がいくついるんだよ」

「じゃあ、大地震。大地震だったら商場も倒れちゃうじゃないか」

「校長先生が交通事故に遭えばいい」

「すぐ新しいのが来るよ」

「バーカ」

「お前こそ」

「バーカ」

「あっ！　思いついた！　もし停電になって電灯が全部消えたら、みんな商売にならないから、もしかしたら、休みになるかもしれない」

「もしかしたら、な」

「うん、もしかしたら」

毎日昼になると、父さんが書いた書を屋上に運んで、干す。それがアカの日課だった。最初は知らなかったけれど、アカの父さんの商売で一番儲かるのは弔いごとだそうだ。アカの父さんはこう言った。毎日、誰かが死ぬ。それは世の中の摂理だ。だからって、もっと儲かるように、もっとたくさんの人に死んでほしいとは思わない。この商売、少なくとも食いっぱぐれはない。放っておいたって、毎日、やっぱり誰かが死んで、誰かが死ねば、弔いがいる。残された人は、身内が亡くなって残念だという気持ちをみなに知らせるため、挽聯を飾る。「でも正直な話、人が死んだからって、残念に思う必要なんかない。死んだら死ぬだけだ。たとえその人がどんな優れた人だったとしても」

　アカの父さんは足が不自由だったから、アカは昼休みになると学校から歩道橋を伝って家に帰り、書き終わった書を屋上に干した。屋上には商場のみんなが張った電線があって、そこでご近所の洗濯物といっしょに干すのだ。書かれていたのはおおかた、「長才未尽（チャンツァイウエイジン）（才能を使いきる前に）」、「留芳千古（リウファンチエングー）（その名は長く残る）」、「道範長存（ダオファンチャンツン）（後人の規範となる）」という文言だった。アカが意味を訊（き）いたら、アカの父さんはこう答えた。ひとつ目は不幸にも早死にした人で、あとのはいい人生を送った人だ。その日、夕方のうちに挽聯を片付けるのを忘れたアカは、晩ごはんを食べ終わってそれに気づき、屋上へ急いだ。すると屋上には魔術師がいて、退屈そうに街の夜景を眺めていた。彼は挽聯をしまうアカを見て、言った。

「お前の父さんが書いたのか？」

「うん」

「上手だな。弔いの文句なんてもったいない。書家になればいい」

「ありがとう。父さんに言ったら喜ぶよ」

家に戻ろうとしたアカは、あることを思い出した。だからぐるっと戻ってきて、魔術師に訊いた。

「ねえ、おじさんのマジックって本当なの？」

「本当？　そうだな、正確に言えば、それはお前の言う『本当』がどういうものかによる」魔術師は答えた。

わからない、とアカは首を振った。

「たとえば、光は本当だと思うか？」

「太陽の光のこと？」

「そうだ」

「もちろん本当だよ」

「でも、その光は見えるのか？」

アカは一瞬、言葉に詰まった。そのころのアカにはまだ、難しすぎる質問だ。

「光には色がある。でも、普段、我々の目には見えない。でも、あるものを通過させれば、そして特定の条件に適ったとき、光の色が現れる。そのとき我々はそれが本当だと思う。でも色はもともと、いつもの透明の光に隠れていただけだ。こんな簡単なことも、人間はえらく長い時間をかけて、ようやく知ったんだ」魔術師は続けた。

「坊主、このネオンサインはどうして赤なのかわかるか？」

「わからないよ」

「考えてみろ。当てずっぽうだって構わない」

「なかに赤い光が入っているから？」

「本当にそう思うか？」

「ええっと」はっきりと答えられなかった。

「どっちだ？　はっきり」

「うん」

「大きい声で」

「うん！」

「じゃあ、本当だ」

　魔術師はおもむろに屋上に落ちている石を拾い、身を翻して、巨大なネオン塔に向かって力いっぱい投げつけた。石は細いネオン管に当たり、パンッと音を立てて割れた。アカはびっくりした。だって、人のものを壊しちゃいけないって父さんにいつも言われていたから。でもこのとき、ネオン管の小さな割れ目から、なにか煙のような赤い光が漏れてきた。赤い光は、まるで生きているようにうねうねと空中をゆっくり漂い、アカの目の前で方向を変えると、商場の上空へ散った。それから徐々に薄くなったと思えば、また思い出したように密集し、しばらくして本当に、ゆっくり色を失い、消えた。その光景を見てアカは、まるでなにかの誕生を目の当たりにしたように、一瞬、言葉をなくした。

「だから、青のネオンのなかには青い光があるの？　緑のネオンのなかには緑色の光があるの？」

魔術師はアカを見て、なにも言わなかった。

「じゃあ、本当に、ネオンから赤い光が出てきたのを見たの？」

「本当に見たよ。蛇みたいだった」

「嘘だ」

「嘘？　試してみたらわかるよ」

そのとき、ぼくらは第五棟にいた。屋上の端っこには、〈国際牌 National〉の巨大な四面のネオン塔が乗っかっていた。この看板はすごかった。まず、細くて白いネオン灯が一段ずつ上がっていき、次に太くて、ひときわ明るい赤のネオンが輝き、全体が光ったあと、上からまた一段一段消えていき、ネオンは夜の闇に消える。ところがそのあと突然、すべての灯りがものすごいスピードで二度、まるで夕立を呼ぶ雷のように瞬いた。これは当時、台北でもっともイカした広告だったはずだ。

ぼくは足元の割れたタイルを拾った。そして、赤のネオンが光った瞬間を見定めて、力いっぱいに投げつけた。ポコッという音がして、たしかにネオン管に穴が開いた。ネオンは消えて、でもその穴からは黒い煙が出ただけだった。どこかから、赤い光が漏れてくるんじゃないのか？　アカは、ぼくが疑い出したと思ったんだろう。やっぱりタイルのかけらを拾うと、別の面のネオン管に投げつけた。すると穴が開いたネオンからは、やっぱり黒い煙が出ただけだった。

ふたりともがっかりした。

「魔術師はきっと、なにか呪文を言ってたんだよ」それから、ぼくらは黙って商場の前を走る車道を見ていた。

「あ！　このネオンだからダメってことは？」と、ぼくが言った。

「きっとそうだ！　いいネオンとダメなネオンがあるんだ！」

あのころは、ぼくもアカもなかなかの行動派だったから、すぐ通りまで下りていって、中央分離帯で石を集め、まず第一棟のネオンから試した——白黒の〈鑽石墨水・鑽石鞋油（ダイヤモンド印の靴墨・クリーム）〉、青と白の〈精工錶（セイコー）〉、緑色の〈黑松可樂（ヘイソンコーラ）〉（間違えてない。ヘイソンはコーラも出している）、それから赤と黄色の〈硫克肝

（チオクタン）〉、紫と白の〈電光牌（衛生設備メーカー）〉、赤の〈和成牌ＨＣＧ（衛生設備メーカー）〉……商場の屋上にあった広告は残らず、ぼくらの投げた石でボコボコになった。ネオン管が、あちこちで色を失い、まるで歯抜けのように見えた。でも、どれもポコッと鳴って黒煙が上がって終わりだった。アカは、恥をかかされたと思っているみたいだった。アカが言ったことに、ぼくが不信感を抱き始めたと考えるだけで、我慢ならないらしかった。

「クソッ！　魔術師のペテン野郎！」

「きっと、ぼくらにはマジックが使えないんだよ」

「だって、信じればそれでいいって言ったんだ。呪文なんか唱えてなかった」

「そう言ったのかい？」

「そう言ったんだ！　チクショー、嘘つきめ！」

　逆上したように、アカが突然、タイルをネオンへ投げつけた。ぼくはちょっとびっくりした。だって普段のアカと、全然様子が違っていた。でも、もともと力が弱いし、腹を立てていたからなおさらだろう。投げたタイルはネオンに命中せず、端っこにある制御盤みたいなところに当たった。すると、ボンッと大きな音がして、あのでかいネオン塔が全部、消えた。光がなくなり、ぼくらは反射的に目をつぶった。目の内側を、残像のような白くキラキラしたすじが走った。目を開けると、商場全体が真っ暗で、自分の目が潰れたのかと思った。徐々に視力が回復してきて、アカとぼくは思わず、唸り声をあげた。ぼくらがさっき石を投げて壊した、八棟のネオンサインから次々、緑、黄、白、赤、青、紫の光が出てきた。光はそれぞれ遠くのほうから、水のように屋上を伝ってゆっくり流れてきた。そして、ぼくらの目の前を過ぎ、歩道橋にたどり着くと、階段を下っていく。そして、車道で合流してひとすじの光の河となり、ふたつの方向に分かれて、この都市へと流れ込んだ。あんなすごい光、あれきり見たことがない。今こうして文字にしているときでも、目を開くことができないほど……

自分の思い出に浸っていたせいで、カーロの話をずっと上の空で聞いていた。申し訳なく思い、ぼくは、この昔話を彼女に聞かせた。

「あなたも、本当だと信じてる？」

「うん。笑われるかもしれないけどね、でも、この目で見たから」

「それから？」

「それからすぐ、ふたりで逃げ出したよ。聞いた話では、修理に十万元以上もかかったらしい」

「ハハ。ふたりとも、まったく……」

「そうだ、アカは、どうして自分が模型に夢中になったか、その理由を話してなかった?」

カーロの視線が、ぼくのコーヒーカップを見つめたまま止まった。こうして見ると、彼女のまつげは異常なほど長かった。「こんなことを話してくれたことがある。それが理由と言えるかどうかはわからないけど、彼は、現実の世界とはうまくやれないんだって、そう言っていた」

カーロはふいになにか思い出したように立ち上がると、部屋の灯りを全部消した。そして手探りで長テーブルの下に手をやり、ぼくに向かって微笑んだあと、パチッとスイッチを押した。

なんと、この商場の店には、どれも灯りがついていた。電灯が光るだけで、ただの模型が一瞬にして喧噪と活気を帯び始めた。不思議なことに、ぼくの体まで発熱し始めたような気がした。まるで母さんといっしょに、大声で呼び込みをしているみたいに。そして、屋上に聳える巨大なネオン塔は、点滅パターンもそれぞれ、三十年前とそっくりそのままだった。〈国際牌〉の灯りは一番下の白いネオン管から輝き出し、次に赤く光り、それからだんだん暗くなって、最後は、なにかを歓迎する波のように、二度輝いた。少し正気に戻って、模型を見直した。するとネオン管が何本か欠けていて、光には抜けがあった。それはどうやら、いや間違いなく、ぼくとアカがタイルを投げて割った場所だった。

レインツリーの魔術師

ラオリーは、ぼくの前まで歩いてきて、失われていないほうの手でぼくのチンを触り、手のひらでなにか掴んで、上へ投げた。そして言った。「ほら、小鳥が飛んでいった」

最初、ぼくはこんな文章から、商場を舞台にした連作小説を書き始めるつもりだった。ところが、ここまで書いた九篇の物語に、この文章を使う場所はなかった。この連作小説を書いているあいだ、ぼくはよく喫茶店に行った。午後はそこでなにもせず、あとちょっとでいい物語が浮かんでくるのに……と思いながらいつも店を出た。数か月が過ぎ、断片的な文章がいくつかあるだけで、小説はひとつも書けなかった。

いつも座っている席からは、交差点の角が見えた。クーラーの冷気が直撃するので、ほかの客は普通、この席を避ける。夏は屋内と外の温度差がすさまじく、だからガラスはつねに曇っていた。ぼくはときどき、指でガラスに字を書きたくなったが、外にいる人にバカと思われるのも嫌だし、とっさにいい言葉も浮かんでこず、結局、曇ったままの風景をずっと見ていた。

曇ったガラスを手で拭き、四角い窓にしてみた。そこから街を観察する。路面は小雨が降ったせいで、鏡のように光っていた。犬が一匹、通りを横断しようとキョロキョロしている。首輪をつけた白い犬だ。青信号になる前に、こちら側へ渡りきった――と思いきや、犬は突然立ち止まり、来たほうを振り返った。危うく車に轢かれるところだった。でもぼくは、そんな光景に心を惹かれた。

ぼくは女性の背中を見るのが、正面から見るよりずっと好きだ。ふと気づいた。ぼくはこの席でずっと、こちらから向こうへ渡る人しか見ていなかった。向こうからこちらへ渡ってくる人なんか、見ていなかったのだ。きっとその人の顔より、背中に惹かれるからだろう。

ホウ・シャオシェンの『恋恋風塵』で、バイクの見張りをするラオリーが映ってしまったシーンがある。それは主人公の男女の幼馴染み、アワンとアホンが商場で靴を買うエピソードで、買い物のあと、乗ってきたバイクがなくなっていることに気づき、ふたりが焦って商場を探しまわるシーンだ。カメラは主人公のふたりを前から捉え、その歩みにしたがって、ゆっくり後ろへ下がっていく。画面には、カバン屋、眼鏡屋（めがねや）、靴屋、金物屋、紳士服店が現れ、最後はトイレがあるあたりで止まる。靴屋でひとりの外国人が靴を買っている。彼はどうやらカメラに気づいたようだ。でも、むしろぼくの注意を引いたのは、男の子と女の子がおもちゃの三輪車を引いて、アワンとアホンの後ろをずっとついてくることだ。ただ、ピントが浅くて、それが誰なのかはわからない。トイレまで来たところで、アワンはバイクが盗まれたことに気づき、近くにある同じ型のバイクを盗もうとする。アホンは、「やめて！」と止めるのだが、アワンは「やられたままじゃ、バカを見るだけだ」とアホンに見張りをさせる。アホンがくじけずに忠告したおかげで、最後、アワンはバイクを盗むのをやめる。だからこの映画は、イタリア映画『自転車泥棒』とは成り行きが異なる。この長回しの前に、たぶんアドリブで現地の情景を撮ったショットがあって、そこにひとりの中年男が大きく映っている。男は、竹のパイプかフィルターでタバコを吸い、さもつまらなそうにバイクのあいだに立っている。カメラはその横顔を捉えていたから、その右手が付け根から失われていることはわからない。残された腕には、青天白日旗（中華民国の国旗）の刺青がある。これがラオリーだ。

ラオリーは、商場のアーケードをねぐらにしていた。彼の仕事は、そこにバイクが停まったら、ハンドルに木の札をかけ、規則どおり五元（約二十円）の「管理費」を受け取ることだ。もちろんそんなこと、誰も許可していない。でも、すでに既成事実になっていた。商場の人間は、彼にどこの出身かなどとは訊かない。ラオリーも話したことはない。ただ、ひとつだけ確かなことは、ぼくが子供のころ、うちの玄関先で寝起きしていた退役軍人の彼が、ホウ・シャオシェンの映画の一部となり、フランス人さえその姿を見た。まさに事実は小説よりも奇なりというやつだ。そんなことを思い出していたら、ふと、この何か月かのあいだ、自分の心の奥底で渦巻いていた、ある迷いに気がついた。

　子供のころいっしょに遊んだ仲間たちは、小説を書くぼくからすれば、ちょっと変わった宝の山だ。あるいはぼくの目の前をキラキラ転がっていき、部屋のすみっこで、謎めいて止まるパチンコ玉みたいなものかもしれない。もちろん頭のなかで彼らを呼び覚ますのはぼくの勝手だが、だからと言って彼らもわざわざ、自ら志願して誰かの小説に登場したくはないだろう。

　アカが作る模型なら、少なくとも、他人の人生に迷惑をかけることはない。かたやぼくの場合、友人たちは、ぼくの小説に登場することに異議を表明するチャンスもない。朝起きてヒゲを剃っているとき、ふと自分のことが憎たらしく、また哀れに思えてきた。まるで自分が、ただ彼らに事故や天災をもたらすだけの存在であるように。

　筆が進まないので、カンボジアに行くことにした。ひとつは純粋にバカンスとして、またひとつには、何年かしたらアンコールワットが修復のため見られなくなると聞き、今のうちに見ておきたかったのだ。航空券はオープンにして、帰りの日程は決めなかった。そして、蛇口をひねってから水が出るまで三分間待つような安宿に泊まり、おかげでたっぷり時間をかけて、寺院の彫刻を見ることができた。バンテアイ・スレイだけでも、五日かけた。バンテアイ・スレイは、アンコールワットの遺跡群のなかでも一番はずれにある寺院で、レリーフのモチーフは踊る女神アプサラスである。寺院に残された彫刻はどれも実に繊細で、感嘆させられた。この寺院の建築には、プノンクーレンという近くの山の赤色砂岩が使われているそうだ。調べてみると、この石は硬度が低く、とはいえ、この流水のようなやわらかい線を刻むには、彫刻師の尋常ならざる忍耐が必要だったはずだ。いや、正直に言うと、ぼくはアプサラスにはそれほど惹かれなかった。むしろガルダの彫刻に強い魅力を感じた。ガルダは、タイやカンボジアに広く伝わる伝説の怪鳥で、毎日五百匹の竜を食べる。ところが、最後は食べすぎて、竜の毒にあたって死んでしまう。そして体は滅びても、心だけは残り、瑠璃色に輝くという。生き物が毒にあたるというのは珍しい話ではないが、進化の過程で、特定の毒性生物を捕食していたのなら、適応して毒が効かなくなってしかるべきだろう。やはり神話に登場するだけあって、自然の摂理には必ずしも従わないのだろうか。ガルダは梵語で「गरुड」と書く。中国語では「大鵬金翅鳥（金の翼をもつ巨大な鳥）」というが、性質からするとむしろ「カンムリワシ」に似ているのではないか。

毎晩、小さなホテルに帰ると、シャワーの下で三分間待ってから、一日の汗と砂ぼこりを洗い流した。通りの向かい側には、いかにも熱帯らしいリゾートホテルが立ち並んでいた。ぼくはこっそり見物に行ってみた。なかには巨大なプールとスパがあり、数キロ先の小汚い湖と見事なコントラストを作り出していた。カンボジアは毎年、清潔な飲用水不足に苦しんでいる。雨季になれば川が氾濫して、国土が泥だらけになるけれど、それを飲み水にすることはできないのだという。

夜、行くところがないので、いつもパブで酒を飲んだ。カンボジアに着いて十一日目、ぼくはまだ下痢に苦しんでいた。水は必ずペットボトルのものを飲んだし、食事もかなり気をつけていたのに、原因不明の下痢が続いていた。通りに面したパブは、どれも外国人ツーリストが集まる場所だ。そして、美しい目をしたカンボジアの女たちが出入りする。彼女たちは、ひとりでいるぼくを見つけると隣に座る。その日は、デニムのショートパンツを履いたカンボジア美女が隣に座って、ジンを注文した。ガゼルのように引き締まった美しい褐色の脚を持つ彼女は、コークスのような黒い瞳でぼくを見た。ぼくはあっという間に彼女のことが好きになった。ふたりは不自由な英語でおしゃべりをした。ぼくが知り得たのはだいたい、彼女が十九歳で、お空の星とハイヒールとリアーナが好きということだけだった。おしゃべりをしながら、彼女はさりげなく、ズボン越しにぼくの股間に触れた。つまり、お持ち帰りしろということだろう。ぼくは首を振った。ぼくは別に、聖人君子でもなんでもない。単に病気が怖かっただけだ。すると彼女は断りもなく、しゃがんでぼくのジッパーを下ろした。ぼくは彼女の髪を撫で、二十ドルを彼女の手に置いた。そして二十秒ほど考えて、彼女に手のひらを見せ、ストップをかけた。彼女は顔を上げて、ぼくに笑いかけた。（カンボジア女性の笑顔は掛け値なしに美しく、殺傷能力が高い。）そしてジンに酔って朦朧とした美しい瞳とぼくが渡した二十ドルとともに立ち去った。

　その後、ふちなし眼鏡を掛けた、がっちりした体格の男が隣に座った。カリフォルニアから来たエディというパソコン関連のビジネスマンだった。彼は今回、東南アジア出張の最終目的地として、カンボジアを訪れた。プノンペンからわざわざここへやってきて、二日間「羽根を伸ばす」予定らしい。ぼくたちは、タホ湖で撮影された映画について語り合った。つまり『ゴッド・ファーザー』のことだ。エディは、タホ湖が冬、凍結する前に泳いで往復することができると言った。ぼくは疑いもせず、また、うらやましいとも思わなかった。凍結する前のタホ湖の水は、死ぬほど冷たいはずだ。完全に頭がおかしい。

「夜、お楽しみにいかないか？　素敵なところがあるんだ」

「遠慮するよ。昼、疲れすぎた」

「さっきの女の子、断ってたじゃないか」

「うん」

「ハハハ、きっと君の好みじゃなかったんだろう。どうだい？　真面目な話、もっとかわいい女の子がいる場所を知ってるんだ」

「うん？」

「小さな女の子さ。九歳とか十歳の。『ニャムニャム（クメール語でフェラチオのこと）』してくれる。しようがないんだ。ぼくは、その年頃の子しかダメなんだ。陰毛を見たら、とたんに勃（た）たなくなる」

「違法だろう」

「ここでは違う」エディは人差し指で眼鏡を上げながら言った。「ここの人びとは、ときどき法律を忘れる。だから幸せに生きられる」

「ぼちぼち宿に戻るよ。明日は、日の出を見に行くんだ」ぼくはそう言って、シャワーが出るまで三分待つホテルへ帰った。なるほど、三分とは本当に長いものだ。

スケジュールを詰め込むのは好きじゃないのだが、いろいろあって、次の日は本当に、アンコールワットに朝日を見に行った。でも、現地についてから後悔した。とにかく人が多い。まるで中正紀念堂（台北市にある蔣介石を記念する巨大建造物。一九八〇年完成）の広場に、明華園（台湾の歌仔戯の有名劇団）の公演を見に来たようなものだ。日の出までまだ時間があったから、どこか静かに待てる場所がないかとキョロキョロしていたら、ひょろっとしたカンボジアの少年が、コーヒーは要らないかと言う。コーヒーを買えば、プラスチック製の椅子を貸してくれるのだ。ぼくは一杯頼んで、椅子に腰掛けた。およそ三十分後、空がわっと明るくなったが、太陽は見えなかった。そばにいた北欧の少女が言った。「今朝は雲が厚すぎて、がっかりだわ」

「コーヒーもクソまずいしね」ぼくは肩をすくめ、彼女に同意した。

宿に戻るとき、ぼくはわざわざ右側のゲートを使い、遠回りして歩いた。道の両側は同じような土産物を売る、同じような屋台が並んでいる。ある店は、無断で観光客の写真を撮り、プリンターで印刷して皿に貼り、その観光客に売りつけてくる。断れば、写真はその場でビリビリ破り捨てられる。

途中、巨大レインツリーがあった。樹冠は直径三十メートルくらいだろうか。通り過ぎたとき、視界の端になにかいたような気がして、反射的に振り返った。するとレインツリーの下に、編笠を被った裸足の男が座っていた。手足はガリガリに痩せて、顔は真っ黒だが、見ればごく普通のカンボジア人男性である。たぶん、四十歳くらいだろう。ぼくの注意を引いたのは、彼ではない。彼の目の前に、レインツリーのふわふわした花で縁取られた円があり、その内側で、紙でできた黒い小人が踊っていたのだ。

ぼく以外に、足を止める人はいない。音楽などなかったが、ぼくはただ黙って、黒い小人がダンスを終えるまでを見ていた。黒い小人はとても奥ゆかしく、ぼくにお辞儀してから、レインツリーの花の上に横たわった。ぼくは、男の箱に五ドル紙幣を置いた。

「これはマジックなのかな?」ぼくの英語がわかったのかわからなかったのか、男はただ曖昧に笑った。

「教えてくれないか?」ぼくは百ドル札を出して、男の目の前でひらひらさせた。そして黒い小人を指さして、訊いた。「君は魔術師かい?」

男はずいぶん考えたあと、黒い小人をぼくの手のなかに置いた。

ぼくは慌てて説明した。「違う、違う。買いたいんじゃない。教えてほしいんだ。もしなにかしかけがあるのなら……それとも、せめてマジックかそうじゃないのか、教えてくれ」このとき、男がたしかに英語を知らないことを理解した。ぼくは商店が立ち並んだ通りまで行き、英語ができる絵葉書売りをつかまえて、通訳を頼んだ。

絵葉書売りが男に説明を始めたその数秒後、ぼくは後悔した。そして、百ドル札は財布にしまい、男には二十ドル、通訳してくれた人には二ドル渡した。「もういいんだ。ありがとう」そう言ってぼくは、振り返りもせず、その場をあとにした。

カンボジアから帰ってから、子供のころの遊び仲間と偶然会う機会が何度もあった。それは夜市のイカ焼きの屋台だったり、台湾大学付属病院の長ったらしい待ち時間だったり、そうそう、あと、講演会場で出くわしたこともあって、ひどいことにぼくはさっそくその日のネタにした。その後、約束して会った人もいるし、それきり没交渉の人もいる。ぼくが、歩道橋の魔術師のことを覚えてないかと訊くと、人によってはまったく覚えておらず、「歩道橋に魔術師？　本当にいた？」と訊き返してきた。もちろん覚えている人もいて、ぼくはほっと息をついたものだ。魔術師の存在は、ぼくにとって、歩道橋の存在とイコールだった。魔術師がいなければ、歩道橋はない。歩道橋がなければ、商場の八棟の建物はつながらない。つながらなければ、それはもはや商場ではない。

物語は、記憶をそのまま書くものではない。記憶というのは、どちらかというと壊れ物や未練のようすがのようなものだが、物語は違う。物語は粘土のようなもので、記憶がないところに生まれる。それに、物語は聞き終わったら、新しく次の物語を聞けばいいし、また一方で、物語は物語によってあらかじめどう語るかが決められている。それにひきかえ記憶はただ、どう残すかだけを考えればいい。記憶は、わざわざ語られる必要はないのだから。記憶は失われた部分がつながれて、物語になったあと、初めて語られる価値を持つのだ。

でもそうだ、ここにひとつ、ずっと人に言えなかった出来事がある。


魔術師が商場の屋上を出ていく日の朝早く、ぼくはおなかが痛くて目を覚まし、急いでトイレに向かった。トイレまでもうすぐのところで、突然、変な匂いを嗅いだ。どんな匂いだったか、今ではもう正確に説明できない。でも、そのとき体じゅうの感覚器官が、それは初めて嗅ぐ匂いだと教えていた。もし強いて言葉で表すなら、「生臭い」としか言いようがない。ただしそのなかにはたしかに、錆びと牧草と雨水と沼の匂いが混じっていた。

当然ながら、商場のトイレにはいろんな怪談があって、ぼくの足をすくませた。兄貴はよく、便器のなかから手が伸びてきて、おしりを拭くのを手伝ってくれるらしいぞ、とぼくに言った。だから便器にしゃがむたびに、つい下を覗きこんでしまうのだ。ぼくは、階段の手すりに置いた自分の手が、どうしてもそれ以上先に進んでくれないことに気づいた。最悪なことに、そろそろ我慢の限界だった。するとそのとき、なにか大きな影が男子トイレから現れた。

それはシマウマだった。

まちがいない。それはシマウマだった。一頭のシマウマがトイレの入り口から体を半分出して、こちらに顔を向けた。純朴そうな目は、見た者の心とつながる二本のトンネルの入り口だった。体の白黒模様は、どこかの天才画家が描いた作品にしか見えなかった。伸びやかで美しい二本の前脚が、その体をゆっくり前へ押し出した。薄汚い商場のトイレに、どうしてこんな華麗なシマウマがいたんだろう？　どうやって隠れていたんだろう？

ぼくがそう考えていたとき、魔術師がトイレから現れた。彼はあの二つの方向を同時に見る目で、ぼくを見た。彼が笑っていたのかどうかはわからなかった。ただ覚えているのは、たてがみが生えたシマウマの頸を、彼がポンと叩いたら、シマウマがタタタッと階段を上ってきたことだ。シマウマがぼくのそばを通り過ぎたとき、突然、それまで嗅いだことがない、でも最初からそれと知っているような、アフリカの大草原の匂いを感じた。シマウマはそうやって、ぼくの背後をタタタッと過ぎ、魔術師といっしょに屋上へ上がっていった。

そのあとどうしたかって？　そりゃ、まず用を足して、おしりをふいて、それから布団に戻った、はずだ。そして、あれは全部夢だ、と自分に言い聞かせた。

でも、朝、目が覚めると、ぼくの布団には、五センチほどもある太い白黒の毛が落ちていた。硬くてツンツンと、縫い針みたいに布団のすきまに隠れていて、まるで最初からそこに織り込んであったように。

よし、ここから小説を始めようか。

森林、宮殿、銅の馬と絵の中の少女——単行本未収録短篇

「こっちの壁の、このスレートは、どうして絵なんですか？」

「もともとは同じ石材を使うはずだったんですよ。この博物館を建てようとしたころ、日本人が一人一円ずつ全島に寄付を募(つの)って無理やり資金を集めたのが、かなりの額ではあったけど建築中に足りなくなって、半分は絵で代用したんです」

「後で修繕したときに適当にやったのかと思いました」

「いや、もともとこうだったんです」

ぼくは階段の両側の石材を撫でながら、このひんやりした感じは百年前から存在したのだろうと思った。でもその前には、さらに別のきめ細かくぬくもりのある石材がそこに存在していた——この建物は天后宮（媽祖（「石獅子は覚えている」58頁参照）を祭る廟）を解体した跡地に築かれたのだ。

丸天井のステンドグラスから陽光が差してきて、仰向いて見るとホールの四方を支える三十二本の高くそびえたコリント式の柱と、柱頭のアカンサス文様と渦巻き状の装飾が目に入った。ずっと見ていると葉っぱが風に吹かれ、渦巻きも言い知れぬ力に従って回転し始めるような気がした。あらゆる錯視は、すべて視覚が記憶を持つことに由来しているのを思い出させた——何だってそうじゃないか、覚えているから錯覚が生じる。

この博物館はぼくにとってはとてもなじみ深い。小学校の遠足から、中学校の夏休みの宿題、大学時代の午後のデートと、いつもこの博物館にやって来た。でも「人間」は博物館ではどうでもいい——ピクニックに訪れた人だろうが、子供の手を引きながら住宅ローンに頭を痛めている両親だろうが、雨宿りのために入ってきた孤独な女性だろうが……。一度ぼくは公園で路上生活者が弁当を一つ拾ったのを見かけ、ずっとその男を見ていた。弁当を食べ終えた男は弁当ガラをビニール袋に戻そうとして、中にチケットが一枚あるのに気づき、そのままチケットを手に入口をくぐった。警備員は彼を遮りはしなかったが、後ろについて全身から悪臭を放つこの参観者を見張っていた。ぼくもチケットを買い、遠くから彼を観察した。展示のテーマは「琥珀」で、彼はいにしえの昆虫と植物を樹脂の中に閉じ込めた瑪瑙色の物体の前にたっぷり二時間も立ち、一心に瞳を凝らすさまはさながら古生物学者のようだった。

博物館の展示室の床はみなタイル張りで、廊下に差し込む陽光の角度にも、階段を踏みしめるときの重みにも、ぼくは親しみを覚えた。二階は常設展で、昔は山頂洞人（北京市周口店で発見された新人化石人骨）と北京原人のろう人形が置かれた洞窟があり、小学校の遠足で初めて見たときには肝を潰(つぶ)したけれど、クラスの友達ははしゃいで、気の小さいぼくを不気味な光を放つ洞窟に押し込もうとしたものだ。一階は企画展で、数か月に一度展示替えがあった。コレクターから貸与を受けて博物館に陳列された文物は、どれも柔和な光線に照らされていた。知ってるだろう、博物館では、ライトに照らされていないのは、気に留める必要のない物だ。

トルコの小説家オルハン・パムクは自分でも博物館を設立しているが、この世には二種類のコレクターがいると書いていた。まずはご自慢のコレクションを展示して鼻にかけたいタイプ。お次は収集して蓄えた文物を隠しておきたい含羞(がんしゅう)の人。前者のルーツは西洋文明だが、後者は前近代にありがちで、コレクターはただ収蔵するために収蔵しているのであり、そうしたはにかみ屋の世界では、コレクションが物語るのはコレクターの痛みばかりで、有益な知識を展示するものではない。

面接会場の会議室に足を踏み入れると、主任面接官は黒いハイネックのウールのセーターを着た中年男で、ぼくを一瞥(いちべつ)するや、またうつむいて資料に目を落とした。直感的に彼は重々しくさまざまな質問を投げかけるだろうという気がした。異なる意見に対して寛容なふりをしながら、実際には相手の話すことは一切歯牙にもかけないタイプだ。もう一人は書記官を思わせる小太りの中年女性で、きつい目元から彼女の憂鬱と不幸が想像された。彼女はきっと優れた研究員だろうが、それ以外は何もかもがうまく行っていないはずだ。最後の一人はロングスカートをはいて、ほっそりした体つきに厳しい目をした、何歳だか見当がつかない女性だった。彼女の完璧な耳たぶに注意を引かれた。ぼくはこの面接の結果がどうなろうと、先の二人の質問は無視して、彼女の問いに答えることだけに集中しようと心に決めた。

黒いハイネック男による知識問題の集中砲火と（想像した通り、彼は建築しか知らないので、あらゆる問題を建築に結び付けて問い詰める男だった）、書記官的な風貌の女性による「博物館の社会的責任」に関する誘導尋問の後、ついにロングスカートの女が質問する番になった。彼女は時計をちらりと見て、明らかに残り五分間の面接時間をやり過ごすための質問をした。「どうして博物館で働こうと思ったんですか？」

ぼくは彼女を見つめ、過去の記憶が胸に湧き上がるのを感じた。「もし十分間お時間をいただけるのでしたら……」

もちろんぼくの答えは彼らにとって取るに足らないことで、しかも最後の一人なのだから、きっとこの終日にわたるくたびれる面接をさっさと終わりにしたいはずだということはわかっていた。でもロングスカートの女は書記官とハイネック男に目で相談し、意外なことに、彼らはうなずいて承諾した。

商場をご存知でしょうか？　ええ、そうですよね、一九九〇年以前に台北に暮らしていて、商場を知らない人はいないでしょう。まさにご存知の通り、商場で何より嫌がられていたのは公衆トイレで、何より忘れがたいのはネオンが連なる美しい夜景でした。

私にとって何より忘れがたいものは、商場の屋上から見える森です。

商場の五号棟と六号棟の間、歩道橋の上からまっすぐあの大通りの方を見やると、街の反対側にかすかに木立が見えるのは、商場の子供ならみな知っていた。でもあまり知られていなかったのは、五号棟の屋上のネオン灯に上ると、向かいの新声映画館（台北・西門町に一九六八年に開業したが、一九八八年に火災で全焼した）より高くなり、「国際牌（グオジーパイ）」の「牌」と「松下電器」の「器」の間から、もっとつぶさに森を見ることができるということだった。

最初にネオン灯に上ったのは近所のガキ大将のアカとハエに連れられてだった。痩（や）せてのっぽのアカは絵や工作が得意で、それで子供たちの尊敬を集めていた。ハエは耳たぶに大きな盛り上がったほくろがあって、ぱっと見にはハエが止まっているみたいだったけれど、彼はそんなあだ名を気に病むどころか、サインにもそれを使っていた。ただサインに使ったのは「雨神」で、「ハエ（蠅胡）」も「雨神」も台湾語で発音すれば「ホーシン」だったから。

あの日、ぼくらはこっそり鍵を開けて屋上に出たが、扉を開けた瞬間ほとんど目がくらみそうになった。なんと巨大で複雑な物体だったのだろう。アカは手を振ってぼくらに手をかざして光を遮るよう指図しながら、慣れた様子で下をくぐり、工事の人がメンテナンスに上るために設置されているらしい鉄製のはしごの前に出た。アカがぼくらを連れて死体のように熟睡しているホームレス（彼のことはみな知っていた、魔術師だ）と彼の荷物をまたぎ越えると、たちまちぼくらはロボットの身体の中にいるみたいに感じた。アカは下あごを動かし、声を出さずに唇の動きだけで言った。

「ここを上るぞ」何だか夢の中にいる魔術師に聞かれるのを恐れているみたいだった。

正直なところ、ぼくは二段上っただけで膝がガクガクしてきた。でもほかの子供たちは息を切らして上り始めたし、しかもハエは振り返って下にいるぼくをからかった。

「おめえタマついてんのかよ？　うちの弟だってついて来てんじゃねえか、ったく役に立たねえなあ、この泣き虫の金魚の糞が」ハエの弟は赤バエといって（ほくろはなかったが、髪の毛が赤っぽかったので兄にちなんだあだ名がついた）、ぼくと同じ七歳で、あの夏を過ぎれば小学校に入るところだった。上るのは遅かったけれど、ぼくの前にいたのだから、赤バエを見てはぼくも歯を食いしばり、半分目をつぶって上っていくしかなかった。

　多くの経験は高所に上るのと同じで、振り返っちゃいけない。振り返っても無駄に恐怖と苦痛を増すばかりで、それは軟弱者のすることだが、言い方を変えれば、振り返るのが人を軟弱者にする主な原因なのだ。みっともない話だけど、はしごの最後の数段に来たときには、ぼくの手のひらと脇の下、ズボンの股はぐっしょり濡れていた。それでもアカとハエの表情からすると、どうにかぼくは「タマがついてる」と認められたので、誇らしくなった。赤バエはと首をめぐらして見ると、あいつもぼくと同様に、今しがた半泣きで上って来たようだった。はしごの突き当たりには小さな作業スペースがあり、ぼくら四人はそこでネオン灯の前に腹ばいになって、「牌」と「器」の間で、手をかざして光を遮り、一列に並んだ孫悟空みたいに東の方を見た。

　本当に森があった。ぼくらの視線は鳥のように飛んでいった。密集した建物が途切れたところで、あの木々が心からぼくらに呼びかけていた。ぼくらは初めて「はるか遠いのに触れられるほど近い」ということを知り、そのため我を忘れて大声を上げ、天にも昇る心地だった。しかしそれもわずか数分間だっただろうか。雨が降り始め、細かな雨粒がネオン灯に、そして明け方のまだ目覚めきっていない街の通りに下りると、ぼくらの目に入るすべてにひんやりした慰めを与えてくれた。もちろん、当時のぼくはまだ美術史を学んでいなかったから、専門の語彙でこうした感覚を言葉にするすべはなかった。そして、だからこそ今ぼくは振り返るたびに、いわゆる専門用語というのは後付けのものである以上、いかに精確でも当てにはならないと思う。ぼくらは往々にしてある単語を用いたせいで、かつてそうした気持ちを味わったことがあるような気になる。いや、でもそうじゃないんだ。時間は時間より先にあり、建築は建築より先にあり、愛は愛より先にあるのだから。

おや、失礼、話が行き過ぎたようだ。申し訳ない。

先ほどぼくらの目が光に慣れ始めたというところまで話したが、もしかすると一分間もたたないうちだったかもしれない。光がぱっと消えたが、もう夜明け間近だったからだろう。雨脚は次第に強まり、ぼくらははしごを下りたけれど、幾度も足を踏み外して落っこちるかと思った。それでも最終的には何事もなく、無事に地面に着いた。再び白河夜船の魔術師をまたぎ越え、一列に並んで階段を下り、木の扉を閉めたとき、ぼくらはみな今回の自分たちの暮らす建物の屋上の冒険に心から満足して、足を踏み出すとてんでばらばらに跳ね回った。プリミティブな集落を訪れた人類学者が目にするような、巨大な獣を狩った祝いで踊り狂うときのステップだ。

高熱に浮かされた感覚を経験した人なら分かるように、人間はそうした経験が癖になってしまうものだ。ぼくは個人的には……そう、はっきり断っておくと、これはぼく個人の意見だが、高熱が、あるいはオーガズムの経験が癖になるというのは、人間が芸術の創作なんていう役に立たないことに熱中する重要な原因だ。納得しなくても構わない、断った通りこれはぼくの個人的な意見だから。

また別の冒険をしたいという思いが心にきざすまでに、さほど時間は要さなかった。ぼくはそのアイディアが両親に知られたり、他人に奪われたりしないかと恐れたため、誰にもその件について尋ねたりはしなかった。

あるときぼくは口実をつけてアカに尋ねた。「あれは林なの？」

「公園だよ」

「すごく遠い？」

アカは言った。「遠くねえよ、前に遠足で行ったことあるけど、中には滑り台と、大きくてきれいな建物があって、それから石の獅子、銅の牛、あと銅の馬が一頭あった」

「馬？」

「知らねえだろ、普通の馬じゃねえぞ、暗くなるとひとりでに歩き出すらしいぜ」

「ひとりでに歩くの？」

「ひとりでに歩くわけじゃないな、看板の下で寝てたマジックをする奴、おめえ覚えてるか？」

「もちろん」

「あいつが言うには、あいつの魔法で歩くんだそうだ」

「でたらめだよ」

「でたらめだな」

　でもぼくは内心、なんてことだ、公園か！と思った。それでもやはり森と呼ぼう、『ジャングル大帝』の森と同じじゃないか、走り出す銅の馬がいる場所がどうして公園なんだ？　きっと森のはずだ。その森はなんとも魅惑的で、ぼくは豆乳を飲んでいるときも、ビスケットを食べているときも、『マジンガーZ』を見ているときも忘れることができず、病人のように寝込んでしまった。

「ほら！　この足跡は銅の馬が踏んだ跡らしいぞ」ハエはぼくを通りの脇に引っ張って行き、アスファルトに並んだげんこつ大のくぼみをもったいぶって指すと言った。

　ぼくはノートに秘密の計画を描き始めた。父さんのいない午後を選んで、まず通りを渡って五号棟の端に行き、それからあの大通りに沿ってまっすぐ行けば……両側に建物が並んでいるあの通りを見つけさえして、そのまま歩いて行けばきっと森に着くんじゃないか？　その計画は絶えず成長して、胸の中でしこりとなり、ときには膨(ふく)れ上(あ)がって息もできないほどになった。

　次第に、その大通りを駆けて行く姿は一つだけではなく、三つになった。ほかの二つの姿の一つはお下げで、一つはポニーテールだった。

小珍（シアオジエン）と小蓮（シアオリエン）の家は特産品店だった。特産品店というのは各地の「特産物」を観光客に売る店だ。でも大人になってから思い出してみると、特産品店で売られていた台湾の特産物は実は限られていて、粗製濫造の印鑑だとか、表面に小人が刻まれている象牙だとか、一目で南米かフィリピン産だとわかる蝶（ちょう）の標本だとか、はたまた中国風の宝剣や古画といった類で、どこから運んで来たのやら得体が知れず、もしかすると台湾のどこかの村で作られたまがい物だったかもしれない。でも当時は、小珍と小蓮が特産品店の娘に生まれたのが羨ましかった。うちのようなつまらない漬物屋じゃなくて。うちは大根の漬物や、花豆の煮物、豆豉（トウチ）のせいで、家中に恥ずかしい酸（す）っぱい臭（にお）いが立ちこめていた。

小珍と小蓮は数時間の差で生まれた双子で、いつも一人はポニーテールで一人はお下げ髪にしていたが、それを目印に二人を見分けられるようになるころには、とっくにこっそり入れ替わっていた。まがい物ばかりを並べた特産品店のウィンドウの前に二人が立っていると、彼女たちこそがこの店で一番価値あるお宝だと通りすがりの日本人観光客は思うくらいだった。

ぼくは二人それぞれと同じ程度の友情を保っており、同じだけのパチンコの玉を取ってあげたし、同じだけの話をしたし、二人の前では均等に緊張したそぶりを見せていた。機会を捉えて、二人に計画を打ち明けた——あの森の中に行くのだと。

「お母さんにどう言ったらいいの？」二人の驚きと感心の表情はあまりに魅力的だった。

「ウンコしに行くって言えばいいよ」当時のぼくは、普通の人は排便に十分間もかけないなどとは考えてもみなかった。

「でも見つかったらどうしよう？」

「ちょっと遊んですぐ帰るんだ、もし見つかったら、中山堂のあたりに遊びに行ったって言えば、どうってことないよ。ちょっとだけだから」内心、せいぜいぶたれるくらいだと思っていた。

二人はすぐには応えず、それぞれこの計画を家に持ち帰って考えることになった。人生で何より大切なことを検討するみたいに。今となってはこの計画がぼくを苦しめるばかりか、二人がうんと言ってくれなかったらという懸念もぼくを苛（さいな）むようになった。初めて知った苦しみは、最初は胸につかえていただけだったのが、だんだんと全身にはびこり、美しい将来を夢想することでつかの間それに抵抗するのがやっとになった。

小珍と小蓮が承知してくれた日の夕暮れ、ぼくは一階から三階へと駆け上がり、三階から一階へと駆け下り、そしてまた一階から三階へと駆け上がった。でも計画の実行はまだ待たなければならなかった。そのすばらしい一日、父さんはきっと自転車で缶詰の仕入れに行くし、小珍と小蓮のお父さんはきっと長い長い昼寝をする。

その日はついにやって来た。

ぼくは母さんに言った。「母さん、五号棟にウンコしに行って来るよ、ついでにホラぞうとぶらぶらして来る」

「なんだってわざわざ五号棟までウンコしに？」

「五号棟の便所の方がきれいなの知らないの？」

小珍と小蓮がどんな風に嘘をついたのかは知らないが、その日ぼくらは予定通り出発した。五号棟の「前のところ」（中華路に面した側）で待ち合わせて、歩道橋に上り、川のように広い中華路を渡った。あの日の歩道橋の標語が「みんな嫌がる車の排ガス」だったことは今でも覚えている。歩道橋を渡ると、大通りがぼくらのすぐ前に広がっていた。

通りの両側に並ぶ家々は当時まだ子供だったぼくにとっては実に……想像を超えるものだった。二階建ての家の窓の下にはどれも立体的な彫刻が施されていて、最上階に円形の窓までついた家もあり、どの棟もアーチ型の騎楼（建物の二階部分が道路側にせり出し、その下はアーケードのように雨や日差しを避けて通行できる）で、外側には美しい書体の「カンバン」がかかっていた——もっともこの点にかけては商場も引けを取らない。商場には不思議な書道家がいて……まあ、彼の話はまた別の機会にしよう。

ぼくらは騎楼と歩道の間をすり抜けて歩いていたが、騎楼の柱の外側に立つと通りの突き当たりにある森がますます近く見えた。あそこにはきっと無数の鳥が住んでいて、滑り台のあたりを高く低く飛んでいるんだ、アニメみたいに。ぼくはそう思った。

こっそり大人にくっついて信号を一つ渡り、もう一つ渡ると、三つ目の信号の突き当たりに、森の入口を見つけた。両側に一つずつ鉄製の回転扉がある。どういうわけか、最後の通りをぼくらは無意識のうちに手をつないで渡っていた。小珍と小蓮の手を握り、最後の交差点のアーケードを抜け、回転扉の鉄柵を押して「カラカラ」という音を聞きながら、その瞬間ぼくは、いつかある時刻を無限に引き延ばせる機械を発明しようと決めた。

公園に足を踏み入れると、一陣の風が吹いて来て、風に乗って名も知れぬ木の葉、花、泥のすがすがしい香りがしたが、一種類の花だけが発散する香りではなかった。商場に暮らしているぼくらが嗅いだことがあるのは、盆栽の泥土のにおいがせいぜいだった。その先は池で、中では錦鯉が間抜けにも口をぱくぱくさせていて、ぼくらもつられて嬉しくなった。それからお城のような建物が林に囲まれているのが目に入った。

ぼくらは興奮してその周りを駆け回った。一周では足りず、もう一周、また一周……走り疲れて高低様々な石の丸い腰掛けに座り、牌楼（屋根のついた装飾用の門型建築）の足元にぽかんと立っている二頭の小さな石の獅子に向き合った。もちろん、それが天后宮の柱の礎だったことを知るのはずっと後のことだ……そう、当時は誰も気に留めておらず、石の腰掛けのつもりで座っていた。ぼくらは階段を上がり、正門の前を何度も行ったり来たりした。そうだ、ちょうどここの一階の正門前だ。当時のぼくは中を見てみたかった、どんな人が住んでいるんだろうと。

そのとき小珍か小蓮が上の標示に気づいて尋ねた。「博物館って何？」「知らない」ぼくはちょっと腹が立った。その字を「博」と読むんだと知らなかったし、博物館が何をするところかも知らなかったから。

そして小珍か小蓮が銅の牛を見つけ、ぼくらはその傍らに駆け寄り、あまり頑丈そうに見えたせいか、つい意味もなく力いっぱい叩いて、手が赤くなってしまった。あたりの大人たちがこの子たち三人は誰が連れてきたのかと怪しむような目を向け始めたので、ぼくは機転を利かせて言った。「行こう、お母さんを探そう」そして急いで公園の反対側へと走った。

それからぼくたちは誰はばからず滑り台で遊び、ポニーテールの小珍とお下げ髪の小蓮（その日はこの組み合わせで間違いない）はしばらくしてブランコをこぎに行った。ブランコの鉄の鎖がギコギコと音を立て、空中に美しい弧を描き、後ろに向かう小珍は頭を後ろに反らし、そのせいでポニーテールが地面に垂れ、前にこぐ小蓮は本能的に足をまっすぐ伸ばして動力を加え、彼女の爪先は下に向かい、お下げ髪は空に向かっていた。

二人が交互にぼくの前に現れるので、ぼくは切なくなったが（今ではその感覚はそれなりに親しいものだ）、不思議な幸福感が伴っていた。

傲慢（ごうまん）さからか、あるいは自分でもよくわからない理由から、ぼくはわざと走って二人から離れ、向こうにあるあの銅の馬にひらりとまたがった。銅の馬の背でぼくは片方では誇らしい気持ちになり、片方では恩典に浴すように遠くからブランコに乗った小珍と小蓮を眺めていた。ブランコの鉄の鎖がきらきらと光り、二人は手でそこにつかまり、時々ぼくの方に笑いかけた。

ぼくはできるだけ前にまたがり、手の指で銅の馬に目隠ししてみては、さらに前に手を滑らせて目玉の先に稲妻のように浮き出した血管に触れた。目を閉じると、馬がぼくを乗せて商場を出て、城門を出て、大海を駆け、『小さなバイキングビッケ』の故郷（失礼、ぼくが海を知るようになったのはこのアニメを通じてなので）に駆けてゆき、どの土地にも「足跡」を付けることを想像した。

そんな夢に浸っていたとき、小珍がブランコから跳び下りて、大声で言った。「そろそろ帰らなきゃいけないんじゃない？」

　ぼくははっとなり、小蓮もブランコを止めた。「そろそろね」

　ぼくたちは遠くから顔を見合わせ、三人とも名残惜しく、この惑星を――いや、公園の片隅を満喫しているところだったのに気づいた。互いにためらっていたとき、小珍が提案した。「信号を見に行ったらどうかしら、赤だったら残って遊ぶことにして、青だったらもう帰ろうよ」

　ぼくも小蓮も大満足で、モノポリーでチャンスカードを引いたみたいだった。ぼくは通りの入口に駆けて行って、信号を見上げたが、その瞬間呆然となった。

　何年も経ってから、ぼくは自分が一色型色覚だと知った。だからいつもサングラスを持っていなければならない。一色型色覚の人は多くはなくて、大半の人は色弱なだけだ。一色型色覚は色の判別が難しいのに加え、光に対してとても敏感だ。あの日ネオン灯に上ったとき、ぼくがほかの子供たちの一番後で手を下ろしたのもこういうわけだった。ぼくは運転免許も持っていないし、正規の美術科に進学することもできなかったから、本当の古物専門家になるのも無理だろう。それでもぼくは博物館の光が好きだ。展示物の細かい部分を効果的に照らしながらも参観者がまぶしくないよう設計されている、あの光はぼくにとっては独特の魅力を持っている。

　ぼくははしゃいだふりをして駆け戻り、自分が赤と緑を見分けられないという事実を無視して、二人に言った。「赤だったよ！」

二人はキャーッと叫び、また滑り台に遊びに行った。ぼくは銅の馬のところに戻り、二人の姿を眺めながら、手の甲で馬の腹を撫でた。今回は切なさではなくて、当時まだ知らなかった別の感情だった。銅の馬の腹を撫でる手にかすかな凹凸の感覚が伝わり、しゃがんで見てみると、馬の腹部には何かの図案がレリーフになっていた。ちょうど……ええと、ちょうど何かの花の徽章みたいだった。ぼくはアカとハエが言っていた、公園の銅の馬についての伝説を思い出した。いつも深夜になると、この馬は駆け出して、泥をはねかし、草の根を蹴散らし、森の中の王宮のような建物（つまりここだ）の周りを瀟洒にそして狂おしく疾駆し、石の獅子が守っている牌楼をくぐり、二頭の銅の牛が振り返って眺める中、銅色の、がっしりした筋肉にかすかに汗をにじませ、巨大なペンチのような口から湯気を吐き、公園を霧に沈めるのだ。

しばらくしてぼくは二度目に信号を見に行かされたが、そう、想像がつくだろうが、やはり赤信号だった。ぼくらは遊び続けたが、だんだんと雰囲気がおかしくなった。木々は涼しい風に吹かれてゆらゆら揺れ、日差しも前ほど明るくなく、鳥たちは鳴き騒ぎながら木陰の巣に帰って行った。

数分後、ぼくらは黙ってあの回転扉へと向かった。ぼくは最初二人の後ろを追いかけたが、やがて先に立って走った。あの「カラカラ」という音ももう耳に心地よくはなく、むしろ脅迫のようだった。回転扉を出たとたん、突然ビンタを見舞われ、ぼくはみっともなくたたらを踏んだ。

「あの日は商場中が騒ぎになって、忠棟から平棟、北門から南門まで、一千あまりの世帯から一人ずつ出て捜索したそうです。中にはアカとハエもいましたが、たぶんわざと新公園を飛ばしたんでしょう。アカはきっと、ぼくが小珍と小蓮を連れて森に行ったんだと気づいていたはずですから。自転車に乗る者は自転車で、歩く者は歩きで、総出で台北中を捜し回り、暮れ方になって、三人の姿が回転扉のあたりをうろうろしているのを遠くから父が見つけて、私たちだと気づき、自転車を加速して近づき、私にビンタをくれたのでした」

ロングスカートの女性はかすかに微笑んだが、書記官の目はかすかに瞬いただけで、黒いハイネックの男は不審人物を見る目をぼくに向けていた。

「それが博物館スタッフに応募した理由ですか？」彼女は尋ねた。

「ただこの博物館と公園、それから私の間の物語を話したのだと思ってくださっても構いません」

面接は終了した。来たときに案内してくれた中年のボランティアスタッフも帰ったらしく、ぼくは一人でらせん階段を下りた。振り向いて屋根のドームを見たが、聞くところによると、そこにはまっているステンドグラスの配列は児玉源太郎（一八九八年から一九〇六年まで台湾総督を務めた）と後藤新平（児玉の下で台湾総督府の民政局長を務めた）の家紋だそうだ。でもあの銅の馬の腹部の模様は何だろう？　外の空は暗くなってきたようだ。警備員に案内されて端の通用口から出ると（今日は博物館の休館日だ）、ぼくはやはり日差しが目を射るのを感じ、サングラスを掛けた。

実はあの物語はまだ終わっていない。警備員に話したくてたまらなかった。そうしたら彼は尋ねるだろう。続きは？

小学校を卒業してから、両親はぼくを良い高校に進学させるため、無理やり親戚の家に戸籍を移し、有名中学に入れた。そのころ父も郊外にアパートを買っていた――一袋ずつ漬物を売って稼いだ金だ。だからぼくはめったに商場には帰らなくなった。実際のところ、あの事件以来、小珍と小蓮の家では、何も言わなかったものの、二人がぼくと会うのを禁止するようになった。それでもぼくらは学校で約束して、放課後は一緒に帰り、商場に近づいたところで別れていた。ごく時たま、三階のパラペットのところでこっそり話すこともあった。商場の三階にはいつもあれやこれやの服が干してあって、ぼくらの姿を隠してくれた。

卒業のときには互いにアルバムにサインし合い、卒業写真を交換してから、ぼくはこっそり二人それぞれに、手紙を書くし友情は一生変わらないと誓った。小珍への手紙は赤ハエのところに送り、小蓮への手紙は金物屋のマークの家に送った。そうすれば二人の父さんに邪魔されることもないし、どちらかの手紙が見つかって取り上げられても、もう一人の方と連絡を取り続けられる。

中学校のとき、幸いぼくは箸にも棒にもかからない代物になることを免れ、ハンカチで自分の息の根を止めずに済んだが、それは二人と文通を続けられたおかげだ。手紙を書いているときはいつもあの日の午後のことを思い出していた。小蓮がブランコで一番の高みに到達したとき、ぼくは小鳥に姿を変えて手紙を彼女に渡すし、小珍が後ろにこいで体を反らせたとき、ぼくはリスに姿を変えて手紙を彼女の元にくわえて行く。すると二人は指先でそっとぼくの羽毛の先端や、毛のふわふわした口元をつつくのだった。

高校の合格発表があり、ぼくは可もなく不可もない第四希望に合格し、小珍は第一希望の学校に受かったが、小蓮は街外れの滑り止めに行くことになった。ぼくは日々を半分ずつ分け、ときには小珍と一緒に歩いて登校し、時には反対側から商場の二棟先のバス停に出て、偶然を装って小蓮と同じバスに乗った。二人は通学距離に差があったから、家を出る時刻もずれていたので、そのわずかな時間を利用して二人に会っていた（どっちにしてもぼくは遅刻なんて気にしなかった）。かつて二人が交互にぼくの前でブランコをこいでいたように。

　高校に入ってからぼくはビリヤード場とスケートリンクをうろつくのを専門にする悪ガキになったけれど、時々ぼんやりしてそのときに見つめている長い睫毛（まつげ）と緩く波うった髪の毛が小珍か小蓮か忘れるようになった。二人はスケートリンクで同じサイズのスケート靴を履き、ガリガリと氷の表面を削って小さな屑を飛ばした。二人がビリヤード場の外からガラス窓を叩いて呼ぶと、ぼくは窓のところに駆けて行き、二人のどちらかと唇の動きで言葉を交わすのだった。

　楽しみのたびに、一度また一度と増してゆく苦しみがついて来た。子供のころはまだよくわからなかったある種の感情が、いつも二人と別れるときにこみ上げるのが、おなじみの日常となった。ぼくはだんだんと自分が同時に一人の人間ともう一人の幽霊と一緒にいられるとは信じられなくなった。どうやったらこんな楽しみと苦痛、そして落胆から抜けられるのかわからずにいた（あるいは未練があって抜けられなかった）し、どうやったらそれらを同時に自分のものにしていられるのかもわからなかった。ぼくは二人のどちらかと重慶南路を散策しているときにいつももう一人のことを考えていたし、世運麵包（オリンピア・ベーカリー）のチョコレートケーキのように愛を等分できないものかと考えていた。そう考える自分が卑しく、陳腐な恥知らずに感じられてならなかった。

　その年母は胃癌（いがん）になり、病状は急激に悪化したけれど、それまでは、ほとんど何の病気らしいところも無かった。でも考えてみると、無かったわけじゃなくて、母さんは全部飲み込んでいたんだろうと思う。しょっぱい思いをするのも痛い思いをするのも苦しい思いをするのも、母さんにとっては同じことだったから。病気が重くなったころ、漬物を作る仕事は倍になって姉の肩にのしかかり、姉の技術が未熟だったせいか、家中にますます涙が出るほどしょっぱいにおいが立ちこめた。そのにおいは父の体からも発散されていて、父のシャツには一枚も白いのはなかった。家では爪の隙間からしょっぱいにおいをさせていないのはただぼくだけだったけれど、父は「おまえは勉強に専念してればいい」と言った。姉はぼくより成績が良かったのに、彼女の責任は「勉強に専念する」ことじゃないと定められていた。

父はそのころにはもう商場の店を売却すると決めていて、アパートの近くで小売市場に店を出してやり直すつもりだった。そこに引っ越すしか、漬物のにおいの立ち込める空間から離れて母に本当に静養してもらうすべはなかった。しかも新しい世代の商場の住民には、商場にこういう店があるのが日に日に我慢できなくなりつつあった。そのとき流行っていたのはパソコンショップと携帯音楽プレイヤーや小型家電を売る電器店だった。

しばらくしてある日ぼくは塾の授業をサボって商場に戻りぶらぶらしていたが、あの日は不思議なことに通りには一台の車も見かけなかった。歩道橋の上の「独り者」

と話をして、野党の抗議活動により、博愛特区と中華路の全体が封鎖されていることを知った。ぼくは歩道橋に立ち、自分より十歳くらい年下の商場の子供たちが、大喜びで通りの支配権を握り、その広々とした、普段は危険を象徴する車道で野球をしているのを眺めていた。ちゃんとしたミットを持っているのは数人だけで、ボールも文房具屋で売っているような、力をこめて打つと割れてしまうゴムボールだった。子供たちはもっともらしく走塁し、大真面目にボールが先だったか走者が先だったかでさんざん言い争い、ひとかたまりになって互いに相手を小突き合った。

通りの彼方には、ボールの届かないところに、武装に身を固めた警察が並んでいた。ぼくは仁棟から一階ずつ歩いてみたが、小珍と小蓮の家の特産品店の前を通るときは、軍帽のつばを目深に下ろし、足を速めた。顔を上げて見ると、目の前には子供のころから良く知っている肖像画の店があった。

肖像画の店には名前がなく、看板には「人物、風景画」とあった。絵師はぼくらが「首の曲がったおじさん」と呼んでいた老人で、長年絵を描き続けていたせいで、右に首が曲がっており、いつもその姿勢で描いた絵をためつすがめつするのだった。ぼくらが小さいころからもう老人だったし、そのときも前以上に老けてはいないようだった。彼の店には様々な油絵の風景画があった――どれも台湾には存在しない風景で、巨大な滝や、まっすぐに伸びた木が雪を戴いている森や、緩やかな悠々たる高地の川などだった——ときには家屋もあったがいずれもヨーロッパ風の木造の家だった。まったく変な話だが、台湾ではこういう風景画に人気があった。

あとは人物画だった。首の曲がったおじさんの人物画はどれもワンパターンで、かすかな光を背景に座り、目を凝らして前方を見つめている。彼が一番得意としていたのは遺影で、当時は近所で誰か亡くなったら、首の曲がったおじさんに顔写真を渡した。するとおじさんはイーゼルの下の方に写真を挟み、下描きを始めるのだった。小さいころ、ぼくはよくガラス戸の外に立っておじさんが絵を描くのを見つめていた。彼は丸い小型ルーペを使い、写真の前にかがみ込んで眺めては、また顔を上げて油彩用の細筆であちこち塗っていた。

小さいころ、ぼくらはみな首の曲がったおじさんのアトリエを嫌ったり怖がったりしていた。絵の中の人たちに見つめられているみたいだったし、ハエが言うように「しかもみんな死人だぜ」。でも首の曲がったおじさんの技術には感服せずにはいられないだろう。その人たちはみな死人らしいところなんて全然なく、客が渡した写真よりずっと美しく、優雅に生きていて、ときにはより幸せそうだった。

もちろん、首の曲がったおじさんは生きている人の絵も描いた。婚礼や家族の肖像のように……。でも数は少なかった。いったい誰が家族の肖像を首の曲がったおじさんに描いてほしがるだろう？

ぼくは来月が小珍の、ああ、そして同時に小蓮の誕生日だと思い出した。二人に何を贈ろうかということには長く頭を悩ませていた。その日は小珍なり小蓮なりとそれぞれ単独で会うことは難しいだろうから、いつものように三人で誕生日を祝う。これまでのやり方通り、自分に課した試験みたいだが、二人に絶対同じものはプレゼントしない。同時に贈り物をもらったら、どうしたって比べずにはいられない。この問題の難しさは年齢とともに顕在化してきた。

財布に二人の卒業写真が入っていることを思い出すと、突然ぼくにはあるアイディアが浮かんだ。自分に躊躇(ちゅうちょ)する時間を与えないように、ぼくは首の曲がったおじさんのアトリエの戸を開け、中に足を踏み入れた。首の曲がったおじさんはすっかりぼくのことを忘れていたようで、よその人間だと思ったらしく、首を傾げてこちらを見た。ぼくは写真を一枚渡し、恋人に肖像画を贈りたいと言った。

彼はすぐにそれが小珍か小蓮だと気づいて言った。「これは特産品店の娘さんじゃないか?」首の曲がったおじさんには強いアクセントがあったが、ぼくはいまだにそれが大陸のどこの訛りなのかわからずにいる。

「そうです、知ってるんですね? もうすぐ彼女の誕生日だから、肖像画をプレゼントしたくて。遺影みたいにしないでくださいよ、背景には窓と花瓶を入れて、画集にあるヨーロッパの絵みたいに」ぼくは言った。「それから一つお願いがあるんですけど、昼間は描かないでください、絵を並べておいてくれればいいんです。それからこの写真はそこに挟まないで、二人に聞かれてもどんなやつに頼まれたかは言わないでください」首の曲がったおじさんは踏み込んで理由を尋ねはしなかったが、もちろん、ぼくがわざと絵の中の人に見てもらおうとしていることはすぐにわかったはずだ……そうしたベタな手口は、彼のような老人には、とっくにお見通しだっただろう。

ぼくは手付け金を払った。アトリエを出るとき、どういうわけか、ぼくは自分がもう商場に戻ってくることはないだろうと感じた。この絵のせいだ。実際には数年後には、誰もここに帰ってくることはできなくなった。ぼくは小珍か小蓮を思い出した。ビリヤード場のガラス窓を隔ててぼくに語りかけた唇の動き、もしかすると、人間が得ることができるのは、大体そうやってガラス越しにしか聞き取れないものなのかもしれない。

別れた妻のサビナはしばらくスペイン語学習に熱中していて、こう言ったことがある。スペイン語で「覚えている」という単語が指すのは、何かを再び魂にくぐらせることだって。この世界には博物館を擁する公園は無数にあるだろうが、博物館があって、偽物の中国風あずまやがあって、大口を開けて永遠に飽くことを知らない錦鯉が無数にいて、一頭の銅の馬がいて、その銅の馬が夜になると台北の街を駆ける公園は一つしかない。

ぼくは当時どうして自分がそんなことをしたのかわからないし、誰かがその絵を受け取ったかどうかも知らない。少なくともぼくは取りに行かなかった。前に言った通り、たいていのことは振り返るに値するとしても、振り返るべきではない。

でも博物館の階段を下りたとき、ぼくはやっぱり振り返って一目正門を見た。それから初めてそれを目にしたときと同じように、その入り組んだたたずまいによって、一種の雰囲気の中に包まれた。まったく想像できない、これが以前には天后宮で、それから博物館になり、樹木がゆっくりと育って、お城になったなんて。

その瞬間、ぼくはこのときの公園とさっき面接のときに語った物語の中の公園が同じものだと思ったが、実際は違った。この公園はぼくとハエたちが孫悟空のようにネオン灯の上から見渡したあの公園じゃない。お腹に菊花の徽章を持った、夜に駆ける銅の馬（夜に街を走るとき、きっと信号なんて一顧だにしないはずだ）がいないし、中に紛れているきれいに剪定された木々も森とは呼べないように見えた。そしてぼくは何と、今この瞬間通りに点ったのが青信号だとはっきり判別できた。

〔及川茜訳〕

単行本訳者あとがき（中華商場と著者・作品について）

本書は二〇一一年十二月に台湾の夏日出版社より刊行された連作短編集『天橋上的魔術師』の全訳である。日本語タイトルは直訳となる。日本へ提案する際は「三丁目のマジックリアリズム」というコードネームで呼んでいた。戒厳令解除（一九八七年）の前夜、台北の繁華街・商店街である「中華商場（ちゅうかしょうば／チョンファシャンチャン）」を舞台に、子供たちが学び、遊び、働き、悩み、恋する姿を描く物語は、台湾を訪れる日本人観光客がよく言うところの「懐かしさ」に満ちている。経済成長の熱気がたぎり、商売と家庭が矛盾なく結びつき、濃密な地域コミュニティを形作っていた時代、それぞれの日常を衒（てら）いなく精一杯に生きる家庭に、子供たちの人生を変える事件が起こる。

子供たちとともに、本書のもうひとつの主人公とも言えるのが、本作の舞台となる「中華商場」である。一九六一年より九二年まで、台北市・中華路に実在した商業施設で、鉄筋コンクリート造り三階建ての建物が八棟、南北に——台北駅の手前（忠孝西路）から愛国西路まで一キロにわたって立ち並び、それぞれの棟に「忠」、「孝」、「仁」、「愛」、「信」、「義」、「和」、「平」という名がついていた。五番目の「信」棟は八棟のうち一番長く、現在MRT（地下鉄）西門駅があるあたりにその南端があった。商場は中華路の車道の真ん中に建てられ、東側（中山堂側）に車道（片側三車線）が走り、西側（西門町側）に線路（台湾鉄道縦貫線・台北駅—萬華駅間。上り下り各一線）と車道（南向き三車線）があった（車線数は時代により変遷がある）。線路と道路のカーブに沿って北寄りの二棟（「忠」棟と「孝」棟）は、建物ごとカーブを描いていた。

中華商場の建物を南北に結び、同時に車道と鉄道を東西に跨ぐ歩道橋が、六九年より断続的に設置された。歩道橋は中華商場各棟の二階で直結し、中華路の向かいにある百貨店や劇場などとも連結し、多くの買い物客を呼び込んだ。たとえば「信」棟と「義」棟のあいだの交差点（中華路と衡陽路・成都路が交わる）にかかっていた巨大な「H」型の歩道橋は、中華商場と西門町、台北駅南側一帯のショッピングエリアをつなぎ、大きな人の流れを作った。歩道橋は幅員も広く、たくさんの露店商でにぎわった。

白亜のコンクリート建築が連なる中華商場はそれ自体、戦後台北のランドマークであったが、屋上にはさらにネオンの巨大な広告塔があり、台北の夜に華を添えた（六三年より設置が始まり、八五年に全面撤去）。時代によって広告は変わったが、有名なところで〈精工錶（セイコー）〉、〈合利他命F（武田薬品アリナミン）〉、〈大同電機（台湾の電機メーカー）〉などがあり、とりわけ西門町を真っ赤に染めるように「信」棟南端に聳えた〈国際牌（ナショナル）〉の巨大な四面ネオンは中華商場の象徴であった。

台湾で初めてのショッピングモールである中華商場には、千軒以上の商店が軒を連ねた。紳士服、婚礼衣装、学生服、ジーンズ、軍用品、靴、カバンなどの専門店や当時流行の最先端であったレコード店、楽器店がとくに人気を集めた（本書に登場する〈哥倫比亞（コロムビア）〉はかつて「信」棟にあった有名なレコード店であり、楽器店〈金螞蟻（ゴールデンアント）〉は現存する）。「仁」、「愛」各棟は玉（ぎょく）（ヒスイなどの装飾品）や骨董、書画の店、「忠」、「孝」各棟にはオーディオ、電子機器店、「和」、「平」各棟には旗、徽章（きしょう）の店が多かったという。また「信」、「義」、「和」各棟には中国各地から台湾に移り住んだ外省人がもたらした中華料理を食べさせるレストランや茶芸館が並び、老若男女が舌鼓を打った（かつて商場にあった〈點心世界〉〈真北平〉などは移転して今も営業している）。

建物は東側（中華路車道側）を正面として、一階に二坪ほどの商店が並び、「騎樓（チーロウ）」（店舗の二階がせり出した軒下に作られたアーケード。列柱歩廊）を多くの買い物客がそぞろ歩いた。二階、三階は外廊下のある住居であったが、瞬く間に店舗に転用された（いずれも狭かったため、中二階を作って居住空間にした家が多かった）。棟によって中央と両端に階段があり、踊り場に共用トイレがあった。

中華商場は一九六一年に完工し、入居・営業が始まった。国共内戦の敗戦で台湾へ逃れてきた数多くの外省人兵士・難民を収容するため、市当局は当初中華路を走る鉄道の左右に仮設住宅を建てたが、すぐにスラム化し、都市美観の観点から商場の建設が決まった。それから長らく華やかなショッピングモールとして栄えたが、八〇年代より徐々に新しい商業エリアに客を奪われ、施設は陳腐化、住環境は悪化し、景観は損なわれた。長い議論のすえ、市は中華商場の解体・撤去を決定し、縦貫鉄道の地下化工事（八三年工事開始、八九年開通）と地下鉄建設工事（九〇年工事開始、九九年開通）に合わせ、九二年に全棟が解体された。現在は片側五車線の大通りとなり、商店は西門町や台北駅地下街などへ移転した。近年は、戦後台北人の共通の追憶の対象となり、二〇一四年秋には文物を集めた回顧展も開かれた。

本書の著者、呉明益（ご・めいえき／ウー・ミンイー）もまた、中華商場の子供であった。一九七一年、台湾・台北に生まれ、二十一歳まで商場で過ごした。ご両親は「愛」棟の二階で靴屋を営んでいて、家族はその屋根裏部屋で寝起きしたという。つまり彼もまたここでかくれんぼをし、家業を手伝い、成績や初恋に心を悩ませたのだ。後述する他の著作のうち『睡眠的航線』では、語り手の家族がくらしていた商場がついに解体される日が描かれている。また『浮光』にも、自らの幼年期を振り返るエッセイがいくつか収録され、九〇年ごろに著者自身が撮影した商場の写真も掲載されている。

とはいえ、本作品はフィクションである。言うまでもないことだが、事実とは異なる創作が含まれ、実在した中華商場とそこにくらす人々を忠実に記録したものではない（魔術師は事実であるにしても……）。たしかに第一話の「ぼく」は靴屋の子供であり、そしてその後、当時の仲間たちから魔術師にまつわる話を聞き出す「ぼく」は、第十話で触れられるように作家を生業としているようだが、著者本人であるとは明らかにされていない。また、各話ごとの主人公（話者）には記憶の曖昧さや齟齬がある。ただ蓋然的に言って、一九七〇年代前半に生まれた中華商場の子供たちが、四十代になっているであろう二〇一〇年代の今、小学生だった一九八〇年前後の思い出を語っていると考えてよい。

しかし、この連作小説はただの懐古趣味的なジュブナイルではない。書名のとおり、歩道橋には魔術師がいて、現実世界とは異なる「本当」を見せてくれる。今、中年にさしかかった商場の子供たちは魔術師のことを思い出し、そしてあのとき、自分の人生がすでに決まっていたのだと気づくのだ。

だから語りの視点はあくまで現在の大人のものであり、ときに子供に戻ったとしても、登場人物や話者自身を描く眼差しは無垢というより、冷ややかでさえある。なぜだろう。あるいはあの時代、人生には最初から諦念が含まれていたからだとでも言おうか。台湾文学は往々にして美しい、凝った文章が多いが（それはそれで楽しいが）、呉明益の平易で、かつしっとりと透明感ある文体は淡々と人物、会話、風景を描写し、でも最後、なにかがこぼれ落ちたように、たしかに心を打つ。そもそも、マジックリアリズムがいったいどういうものを指すのか、訳者にはよくわからない。とまれ、本作品は著者の他の小説と比べ、より写実的に作品世界を構築している。透明なリアリズムで描かれた、魔術師の「本当」はすっと、子供たち（と読者）を現実の不思議な裂け目へと引きずり込む。

ひとりの読み手として今、感じるのは、本書に登場して魔術師を語る商場の子供たちはみな、ふたつの時間に気づいてしまったのではないかということだ。誰かとの出会いや人生を変える事件、そして魔術師の見せたマジックをきっかけに、彼らはもうひとつの時間を見つけ、知らぬ間にそのどちらかを選択していた。結果、あるものは死に、あるものは現実世界に残り、あるものは夢のなかを生き続けた。あのとき魔術師は、現実世界を生きる自分と、もうひとつの時間を生きる自分の両方を見せてくれたのではなかったか？　そして回想のなか魔術師は、あのとき切り分けられたふたつの時間を、もう一度つないで見せてくれたのではないか？　生き残った彼らは、実際に生きた時間を胸に今、マジックの時間のなかに留まっていた魂と一瞬ふれあう。

呉明益は一九九七年、短編集『本日公休』でデビュー。旺盛な執筆活動のかたわら、花蓮にある国立東華大学・中国文学部教授を務めている。写真、イラストも手がけた自然エッセイ『迷蝶誌（チョウに魅せられて）』（二〇〇〇年）、『家離水邊那麼近（うちは水辺までこんなに近い）』（二〇〇七年）、写真評論・エッセイ集『浮光（光はゆらめいて）』（二〇一四年）のほか、戦時中、日本の戦闘機作りに参加した台湾人少年を描いた長編小説『睡眠的航線（眠りの先を行く船）』、夫と子を山の遭難で失った台湾人女性が、太平洋の原始の島から流れついた男と出会い、自然と伝承に守られた山を目指す最新長編『複眼人』（二〇一一年）など、非常にバラエティに富んだ作品を生み出している。台湾の新世代を代表する作家として最高の評価を得ており、台湾の出版界でもっとも影響力のある中国時報「開巻十大好書（年間ベストテン）」の連続受賞など、受賞歴には事欠かない。『複眼人』は英語版がすでに刊行され、好評を博している。邦訳は本書『歩道橋の魔術師』が初めてとなる。

呉明益は、社会的な不幸を抱えたり、人生に傷ついた人物を描くのが非常に上手い。中華商場で起きた事件の被害者たちはもとより、現代都市の暗部を生きる街娼まで、悲劇や夢で取り繕うでなく、反骨の内面を焚きつけるでもなく、ただそこにいていいものとして描く（その点では、台湾のエージェンシーが当初推薦した『複眼人』はなお素晴らしい。訳者の判断で、初めて日本へ紹介する一冊として本書を〝推し本〟にしたが、これもまた日本語で読んでいただきたい〝総合長編小説〟である）。本作にも通底する、不幸のあとで、ことさら不幸がることもなく、なお生きるために生き続けるリアリズムは、エドワード・ヤン監督の映画『ヤンヤン　夏の想い出』（原題『一一』）の主人公NJを思い出す。

台湾文学は、これまでの大きくて重い社会や歴史とそれに対抗してのみある自分でなく、こうして静かで、ささやかな自分だけの時間を書き始めたのではないかと思った。言うなれば本作は、もはや台湾だからとか、激動の東アジア史とか、文学史的な価値がとかいうエクスキューズは必要なく、ただ静かに彼らひとりひとりが語る小説世界に浸り、その時間を生き直すよう書かれているのではないか。ならばこんな解説は読む必要もない。シンプルかつ自由に作品を楽しんでいただけたら、訳者としてこれほどうれしいことはない。

翻訳についてはあまり書くことがない。ただ、これまで手がけたノンフィクションやエッセイに比べ、ロジックのつなげ方、置き方、丸め方が小説ではこうも違うのかと驚きながらの突貫作業であった。とはいえ、この作品もまた過去に翻訳した作品同様、「語り」のテキストであることには相違ない。また作中、台湾語のセリフがところどころあり、それを活かす腹案もあったが、最終的に特別な処理は施していない（作品からそこまで強い要請はなかった）。もし次の機会が与えられれば、なにか試してみたいと思う。ほかにもいくつか反省点はあるが、秘密である。

引用については、フィッツジェラルドは村上春樹訳（中央公論新社版）を用いた以外、日本語の既訳が発見できなかったガルシア＝マルケスやニカノール・パラは、原書の中国語をそのまま日本語に訳した。

訳注は最小限に留め、台湾関連の事象に限って簡潔に示した。食べ物には中国語が付してあるので、もし台湾へ旅行されることがあれば、漢字をたよりにトライしていただけたらと思う。本文に登場するうち、見つけやすい実在の有名店は、第五話「ギター弾きの恋」の〈鴨肉扁〉と第六話「金魚」の〈賽門甜不辣〉で、いずれも西門町界隈にある。台湾の貨幣単位は「元（げん）（ニュー台湾ドル）」で、二〇一五年現在のレートは一元＝三・六円程度。作品の主な舞台となる一九八〇年前後の台湾の物価は、現在のおよそ半分程度である。

表紙写真については、聞文堂ＬＬＣ版権担当である黄碧君が権利の確認と許諾申請を行った。それにあたり、台北駐日経済文化代表処　台湾文化センターの協力をいただいた。白水社編集部の金子ちひろさんには、脱稿が予定より遅れ、厳しいスケジュールのなか丁寧な編集作業をしていただいた。いずれもこの場を借りて感謝を申し上げる。

今回、〈エクス・リブリス〉という海外文学の宝箱に台湾の小説を混ぜていただくことができ、とてもうれしく思っている。台湾文学はもとより素晴らしい。しかし、これまで日本での享受が広がりを持たなかったのも事実である（台湾映画の認知度と比しても、圧倒的に遅れている）。小説ではないが、最初の翻訳作品である龍應台『台湾海峡一九四九』では、台湾人が語る重厚な歴史物語とその美しい言葉を初めて、日本の読者のみなさんに評価していただいた。本書の静かな個の物語とその優しい言葉は、これまで台湾文学に触れたことがない読者の方、あるいは海外文学がちょっと苦手だというみなさんにも、入門篇として読んでいただけるのではないかと思う。この作品から日本での台湾文学の再評価が始まり、新しい享受が始まることについてはいたって楽観している。できれば今後もこんな〝普通におもしろい〟台湾の小説を紹介・翻訳していければと切に願っている。

そういえば、ぼくもまた〝商場〟の子供であった。日本のある地方都市の国道沿いにある商店街で育ち、遊び、働いた（花屋の息子である）。もっとも、歩道橋はあったが、魔術師はいなかった。今、本書を読み返しながら、同じ失われた商店街の子供として、この素晴らしい小説のおかげであのころの自分と再会できた歓びとともに、記憶の断片を物語にしてよみがえらせ、水のように静かに残り続ける文学の力を感じている。

二〇一五年三月

天野健太郎

解説　魔法(マジック)を信じるかい？

東山彰良

呉明益さんと初めてお会いしたのは、二〇一八年二月に台北で開かれた国際書展(ブックフェア)のイベント会場だった。拙著『僕が殺した人と僕を殺した人』が台湾で翻訳出版されたタイミングで、現地の出版社が彼との公開対談を組んでくれたのである。

ふだんあまり緊張しない私が、その日はすこしばかり緊張していた。それというのも、私はすでに呉明益さんの『歩道橋の魔術師』と『自転車泥棒』を読んでいて、その豊かな物語性に圧倒されていたからである。しかも、この両作の翻訳者である故天野健太郎さんに、呉明益さんは「とてもクレバーな方」だとうかがっていた。

クレバー？　ということは、一般的にはクレバーな作家とそうじゃないのがいるということか？　だとしたら、いつも出たところ勝負で物語を書いていく私のようなものは間違いなく後者だ。呉明益という作家はきっと緻密(ちみつ)に計算して小説を紡いでいく気難しい学者タイプにちがいない。勝手にそう思いこんでいた。

　実際にお会いしてみると、その印象は半分だけ当たっていた。つまり彼は本当に大学で教鞭を執る教職者で、初対面の私の目にはたしかに近寄りがたい雰囲気があった。しかし、それはおそらく人見知りのせいなのだということがすぐにわかった。私と同じで、他人との距離の取り方がイマイチよくわからないタイプなのだという気がした。じつはとても控えめな方で、かなり気を使って対談をおおいに盛り上げてくれた。文学に対する博識、言葉に対する真摯な姿勢、物語の細部へのこだわりに私は舌を巻いた。なるほど、クレバーか。たしかに私にはないものを、彼はたくさん持っていた。

　対談のあとで、彼が勤める花蓮の東華大学へ駐校作家として来てもらえないかと打診された。駐校作家とはライター・イン・レジデンスのことで、ようするに大学が作家を招聘して一定期間生活の面倒を見るかわりに、講義や講演をしてもらうという制度である。どうせ社交辞令だと思い、「ぜひぜひ」などと調子をあわせていたら、日本へ帰国したあとで本当に正式な招聘状が届いたのでびっくり仰天してしまった。

　そんなわけでコロナ禍など影も形もなかった二〇一九年の十一月に、私は二週間ほど台湾東部の都市、花蓮県に滞在したのだった。その間に東華大学で何度か講演をし、作家を志す学生たちと交流し、台北でまた呉さんと公開対談をさせてもらった。彼は、平日は大学で文学を教えたり、学生を引き連れて台湾山脈をハイキングしたり、絵を描いたり、蝶を観察したりしているとのことだった。そして週末になると家族の暮らす台北へ帰っていく。文学を愛する学生たちは、彼の薫陶を受けるために台湾全土から花蓮へ集まってくる。そうした学生たち、卒業生たちは台湾の文学賞候補の常連で、周囲からは尊敬と妬みをこめて「東華派」と呼ばれているらしい。

さて、この連作短編集の解説、そして物語の舞台となった中華商場に関しては、すでに単行本刊行時に天野さんが書いたすばらしい「訳者あとがき」があるのでそちらを読んでいただきたい。そのなかで天野さんは、ざっくばらんにつぎのように吐露している。「そもそも、マジックリアリズムがいったいどういうものを指すのか、訳者にはよくわからない」

呉明益さんの作品を語るときに、「マジックリアリズム」は間違いなく重要なキーワードのひとつだ。本書の冒頭にもマジックリアリズムの大家、ガルシア゠マルケスの言葉が引かれている。そこで私は、天野さんが語らなかったそのへんの切り口から本書を俯瞰してみたいと思う。

初めてマルケスの『百年の孤独』を読んだときの衝撃は、いまでも忘れられない。そのころの私は「マジックリアリズム」という言葉すら知らず、ただ巨匠の手になる圧倒的な世界観を「四次元的」と捉えていた。つまり生者の世界に、ごくあたりまえのように死者が踏みこんでくるフォークロア調の物語を自分なりにそう表現したのである。そのせいか私はいまでも、マジックリアリズムとは生者と死者を結びつけるための表現手段だと思っている。ファン・ルルフォしかり、エイモス・チュツオーラしかり、莫言（ばくげん）もしかり。死者が生者の領域に踏みこんでくるくらいなのだから、その世界ではどんな不思議なことでも起こり得る。

その観点から言えば、本書に収められた物語のほとんどが死の気配を色濃く漂わせているのだ。事件や事故や自殺。人の死だけとはかぎらない。表題作で死ぬのは魔術師が黒い紙から切り出した紙の小人で、「鳥を飼う」で命を落とすのは鳥だし、「金魚」では不思議な金魚が死ぬ。けれど登場人物たちが、なんらかの死によって自我を揺さぶられるという意味では、どれも同じである。

じつのところ、「金魚」と「唐（とう）さんの仕立て屋」の二篇は、死よりも失踪に重点が置かれている。「金魚」では主人公の初恋の女の子テレサがある日忽然（こつぜん）と失踪する。「唐さんの～」では仕立て屋の唐さんの死に先だって、唐さんの猫が失踪してしまう。残されたものが不可避的に抱いてしまう理不尽さ、苦しみという点では、おそらく失踪とは死以外でもっとも死に近いものだろう。両者のちがいは理由を解明できる余地が残されているかどうかだが、そもそも猫の失踪の理由など未来永劫わかりっこないし、「金魚」でもテレサの失踪の理由は最後まで語られない。やがてテレサと再会を果たした主人公がつぎのように思うだけだ。

生命とは繁殖して、消えていくべきものだ。まして、ぼくらはなにも残していない。ぼくらはこんなに長く生きるべきではなかった。

つまり、作者は「なにかを残せないなら生きていても無意味だ」と言いたいのだろうか？　そうなのかもしれない。ただし、その「なにか」とは即物的なものではないし、ましてや他人に残せるようなものでもない。他人の目にはつまらないことでも、たとえ誰にも理解されなくても、私たちを救ってくれるものはかならずある（裏を返せば、致命傷となるものもまたかならずある。たとえば、そう、猫の失踪とか）。主人公とテレサは再会を果たしたあとで長い散歩に出る。そして、最後にキスをする。

奇妙なことだけど、テレサの唇の柔らかさと匂いを、ぼくは忘れていなかった。ぼくのくだらない、いいかげんな人生のなかで、やっとひとつ残すものを見つけた。たとえ氷のように溶けてしまっても、それはきっと水となって、どこかに残り続けるだろう。

たったひとつのキスが主人公を生かす。人生はかくも単純明快で、ほんのささいなことで私たちは今日を生き長らえたり、反対に乗り切れなかったりする。そして、その単純な悟りに読者を導いてくれるのが、魔術師の存在なのだ。

この連作短編集では、中華商場に暮らしたことがあるそれぞれの主人公が子供時代を回顧(かいこ)するかたちで、かつて歩道橋にいた魔術師の不思議を語る。魔術師の存在は、子供の力ではどうにもならないことを、まさにマジックのように変えてくれる奇跡を象徴している。しかし、現実の人生では奇跡など起こらない。ノスタルジックのひと言では片付けられない子供時代の閉塞感(へいそくかん)は、やがて彼らが成長して中華商場を出たあとにも解消されない。それどころか彼らのなかで凝(こご)り、誰かの死の記憶というかたちで沈殿してゆく。

そうした死に内包されたポジティブなもの、つまり残された者たちを生かすもの、「たとえ氷のように溶けてしまっても、それはきっと水となって、どこかに残り続ける」ものを抽出するために、作者は死ときちんと向き合う必要があった。読者に死の側から生を見せるために、作者は歩道橋の魔術師という四次元的な存在を用意したのではないか。「鳥を飼う」では猫に食いちぎられたペットのブンチョウを、女の子が接着剤でくっつけようとする。そのときにふと魔術師の言ったことを思い出す。

マジックをかけるとき、なにも考えてはいけない。ただ自分が必要なものを思い描くんだ。想像したそれが、本当だと考える。それ以外の世界はすべて忘れ去り、心のなかに見えるイメージだけが本当だと思うんだ……

子供のころにいともたやすくかかっていた魔術師のマジックが、大人になるとかからなくなる。誰しも経験があるだろう。魔法やそれに属するものはすべて、純真だったころの記憶のなかにしか存在しない。だけど魔法を本当に必要としているのは、じつのところ子供よりも私たち大人のほうなのだ。ほんの小さな、なんの役にも立たない魔法を信じる力を取り戻すことができれば人生どうにかなる。そうすれば、自分を救ってくれる世界が再構築される。それこそが人間を生かすものの正体なのだと、呉さんは言いたいのではないだろうか。

と、説教くさい分析をしてみたけれど、本書の魅力はおそらく理解できないものは理解できないものとして、まあ、そういうこともあるかもしれないな、と思わせてくれるひとつひとつのエピソードのみずみずしさにあるだろう。ページをめくれば、記憶の奥底で埃をかぶっていたものをひさしぶりに手に取ってみたくなる。

台湾にいたころ、私は台北の小南門にある祖父母の家で暮らしていた。ほんの十分も歩けば、中華商場の端っこに着いた。本書に登場する歩道橋だって、西門町へ行くときのいつもの通り道だった。日本へ越したのは五歳のときで、一九七三年のことだった。その後も大学を卒業するまで、毎年夏休みになると台湾へ帰っていた。つまりいちばん多感な時代の、いちばん胸躍る季節をずっと台北で過ごしてきたわけだ。そのせいで私にとっての台湾とは一九七〇年代から八〇年代にかけての台北（しかも真夏！）がすべてで、いまでも帰省すればそのころの名残りばかりを探してしまう。

私はあの歩道橋で魔術師に出会わなかったけれど、私に魔法をかけてくれたたくさんのことがあの街で起こった。たった一枚のレコードを探して、中華商場を端から端まで歩いた。不良のおばさんにオートバイの運転を教わったのが小学校五年生のころで、私はすぐにあのへんをブンブン走りまわるようになった。エレキギターのアンプも中華商場で買って日本に持ち帰った。それらは長い年月のなかで失われたり、見限られたり、いまなお残っていたりする。魔法はもう解けてしまった。だけど、そうしたものを心から信じた時代が、いまの私のちっぽけな世界を支えている。

本書は、二〇一五年五月に白水社より刊行された単行本『歩道橋の魔術師』を文庫化したものです。文庫化にあたり、単行本未収録の短篇「森林、宮殿、銅の馬と絵の中の少女」（及川茜訳）を収録しました。

歩道橋の魔術師

二〇二一年一一月一〇日　初版印刷
二〇二一年一一月二〇日　初版発行

著　者　呉明益
訳　者　天野健太郎
発行者　小野寺優
発行所　株式会社河出書房新社
〒一五一-〇〇五一
東京都渋谷区千駄ヶ谷二-三二-二
電話〇三-三四〇四-八六一一（編集）
〇三-三四〇四-一二〇一（営業）
https://www.kawade.co.jp/

ロゴ・表紙デザイン　粟津潔
本文フォーマット　佐々木暁
印刷・製本　中央精版印刷株式会社

Printed in Japan　ISBN978-4-309-46742-9

突囲表演

残雪　近藤直子〔訳〕　46721-4

若き絶世の美女であり皺だらけの老婆、煎り豆屋であり国家諜報員——X女史が五香街（ウーシャンチェ）をとりまく熱愛と殺意の包囲を突破する！世界文学の異端にして中国を代表する作家が紡ぐ想像力の極北。

慈善週間　または七大元素

マックス・エルンスト　巖谷國士〔訳〕　46170-0

自然界を構成する元素たちを自由に結合させ変容させるコラージュの魔法、イメージの錬金術!!　巻末に貴重な論文を付し、コラージュロマン三部作、遂に完結。

百頭女

マックス・エルンスト　巖谷國士〔訳〕　46147-2

ノスタルジアをかきたてる漆黒の幻想コラージュ——永遠の女・百頭女と怪鳥ロプロプが繰り広げる奇々怪々の物語。二十世紀最大の奇書。瀧口修造・澁澤龍彥・赤瀬川原平・窪田般彌・加藤郁乎・埴谷雄高によるテキスト付。

カルメル修道会に入ろうとしたある少女の夢

マックス・エルンスト　巖谷國士〔訳〕　46157-1

厳格な女子修道院に入りたがる敬虔な（？）少女の夢という典型的なポルノグラフィーふうの設定から引き出される過激なエロティシズムと黒いユーモア!!　『百頭女』につづくコラージュロマンの幻の名作。

見えない都市

イタロ・カルヴィーノ　米川良夫〔訳〕　46229-5

現代イタリア文学を代表し世界的に注目され続けている著者の名作。マルコ・ポーロがフビライ汗の寵臣となって、様々な空想都市（巨大都市、無形都市など）の奇妙で不思議な報告を描く幻想小説の極致。

くるみ割り人形とねずみの王様

E・T・A・ホフマン　種村季弘〔訳〕　46145-8

チャイコフスキーのバレエで有名な「くるみ割り人形」の原作が、新しい訳でよみがえる。「見知らぬ子ども」「大晦日の冒険」をあわせて収録したホフマン幻想短篇集。冬の夜にメルヘンの贈り物を！

チリの地震　クライスト短篇集

H・V・クライスト　種村季弘〔訳〕　46358-2

十七世紀、チリの大地震が引き裂かれたまま死にゆこうとしていた若い男女の運命を変えた。息をつかせぬ衝撃的な名作集。カフカが愛しドゥルーズが影響をうけた夭折の作家、復活。佐々木中氏、推薦。

ソドム百二十日

マルキ・ド・サド　澁澤龍彥〔訳〕　46081-9

ルイ十四世治下、殺人と汚職によって莫大な私財を築きあげた男たち四人が、人里離れた城館で、百二十日間におよぶ大乱行、大饗宴をもよおした。そこで繰り広げられた数々の行為の物語「ソドム百二十日」他二篇収録。

毛皮を着たヴィーナス

L・ザッヘル=マゾッホ　種村季弘〔訳〕　46244-8

サディズムと並び称されるマゾヒズムの語源を生みだしたザッヘル＝マゾッホの代表作。東欧カルパチアとフィレンツェを舞台に、毛皮の似合う美しい貴婦人と青年の苦悩の快楽を幻想的に描いた傑作長篇。

類推の山

ルネ・ドーマル　巖谷國士〔訳〕　46156-4

これまで知られたどの山よりもはるかに高く、光の過剰ゆえに不可視のまま世界の中心にそびえている時空の原点――類推の山。真の精神の旅を、新しい希望とともに描き出したシュルレアリスム小説の傑作。

幻獣辞典

ホルヘ・ルイス・ボルヘス　柳瀬尚紀〔訳〕　46408-4

セイレーン、八岐大蛇、一角獣、古今東西の竜といった想像上の生き物や、カフカ、C・S・ルイス、スウェーデンボリーらの著作に登場する不思議な存在をめぐる博覧強記のエッセイ一二〇篇。

夢の本

ホルヘ・ルイス・ボルヘス　堀内研二〔訳〕　46485-5

神の訪れ、王の夢、死の宣告……。『ギルガメシュ叙事詩』『聖書』『千夜一夜物語』『紅楼夢』から、ニーチェ、カフカなど。無限、鏡、虎、迷宮といったモチーフも楽しい百十三篇の夢のアンソロジー。

裸のランチ

ウィリアム・バロウズ　鮎川信夫〔訳〕　46231-8

クローネンバーグが映画化したW・バロウズの代表作にして、ケルアックやギンズバーグなどビートニク文学の中でも最高峰作品。麻薬中毒の幻覚や混乱した超現実的イメージが全く前衛的な世界へ誘う。

黒いユーモア選集 1・2

アンドレ・ブルトン　山中散生／窪田般彌／小海永二ほか〔訳〕　46290-5 46291-2

アンドレ・ブルトンが選んだシュルレアリスムの先駆者たちが勢ぞろい。「他のすべての価値を制圧し、それらの多くについて、あまねく人々の評価を失わせてしまうことさえできる」言葉に満ちた幻のアンソロジー！

長靴をはいた猫

シャルル・ペロー　澁澤龍彥〔訳〕　片山健〔画〕　46057-4

シャルル・ペローの有名な作品「赤頭巾ちゃん」「眠れる森の美女」「親指太郎」などを、しなやかな日本語に移しかえた童話集。残酷で異様なメルヘンの世界が、独得の語り口でよみがえる。

さかしま

J・K・ユイスマンス　澁澤龍彥〔訳〕　46221-9

三島由紀夫をして“デカダンスの「聖書」”と言わしめた幻の名作。ひとつの部屋に閉じこもり、自らの趣味の小宇宙を築き上げた主人公デ・ゼッサントの数奇な生涯。澁澤龍彥が最も気に入っていた翻訳。

ランボー全詩集

アルチュール・ランボー　鈴木創士〔訳〕　46326-1

史上、最もラディカルな詩群を残して砂漠へ去り、いまだ燦然と不吉な光を放つアルチュール・ランボーの新訳全詩集。生を賭したランボーの「新しい言語」が鮮烈な日本語でよみがえる。

大洪水

J・M・G・ル・クレジオ　望月芳郎〔訳〕　46315-5

生の中に遍在する死を逃れて錯乱と狂気のうちに太陽で眼を焼くに至る青年ベッソン（プロヴァンス語で双子の意）の十三日間の物語。二〇〇八年ノーベル文学賞を受賞した作家の長篇第一作、待望の文庫化。

失われた地平線

ジェイムズ・ヒルトン　池央耿〔訳〕　46708-5

正体不明の男に乗っ取られた飛行機は、ヒマラヤ山脈のさらに奥地に不時着する。辿り着いた先には不老不死の楽園があったのだが——。世界中で読み継がれる冒険小説の名作が、美しい訳文で待望の復刊！

どんがらがん

アヴラム・デイヴィッドスン　殊能将之〔編〕　46394-0

才気と博覧強記の異色作家デイヴィッドスンを、才気と博覧強記のミステリ作家殊能将之が編んだ奇跡の一冊。ヒューゴー賞、エドガー賞、世界幻想文学大賞、ＥＱＭＭ短編コンテスト最優秀賞受賞！　全十六篇

ある島の可能性

ミシェル・ウエルベック　中村佳子〔訳〕　46417-6

辛口コメディアンのダニエルはカルト教団に遺伝子を託す。2000年後ユーモアや性愛の失われた世界で生き続けるネオ・ヒューマンたち。現代と未来が交互に語られるSF的長篇。

青い脂

ウラジーミル・ソローキン　望月哲男／松下隆志〔訳〕　46424-4

七体の文学クローンが生みだす謎の物質「青脂」。母なる大地と交合するカルト教団が一九五四年のモスクワにこれを送りこみ、スターリン、ヒトラー、フルシチョフらの大争奪戦が始まる。

精霊たちの家　上

イサベル・アジェンデ　木村榮一〔訳〕　46447-3

予知能力を持つクラーラは、毒殺された姉ローサの死体解剖を目にしてから誰とも口をきかなくなる——精霊たちが飛び交う神話的世界を描きマルケス『百年の孤独』と並び称されるラテンアメリカ文学の傑作。

精霊たちの家　下

イサベル・アジェンデ　木村榮一〔訳〕　46448-0

精霊たちが見守る館で始まった女たちの神話的物語は、チリの血塗られた歴史へと至る。軍事クーデターで暗殺されたアジェンデ大統領の姪が、軍政下の迫害のもと描き上げた衝撃の傑作が、ついに文庫化。